P9-CAA-958

Manuel, con mucho
cariño
papá Manuel.

SÓCRATES
El sabio envenenado

Diseño de tapa: Isabel Rodrigué

SÓCRATES
El sabio envenenado

MIGUEL BETANZOS

Grijalbo

Betanzos, Miguel
Sócrates : el sabio envenenado - 1ª ed. - Buenos Aires : Grijalbo, 2005.
224 p. ; 23x15 cm. (Novela histórica)

ISBN 950-28-0380-9

1. Narrativa Argentina I. Título
CDD A863.

Publicado por Editorial Sudamericana S.A.® bajo el sello Grijalbo

IMPRESO EN LA ARGENTINA

Queda hecho el depósito
que previene la ley 11.723.

Humberto I 531, Buenos Aires.

ISBN 950-28-0380-9

www.edsudamericana.com.ar

Para Alexia, que lo merece,
y para mi padre, que empezó con todo esto.

I

La noche ardiente de calor se había llenado de olores deliciosos, crepitantes, de olores que impregnaban el aire de un irresistible perfume, y desde un centenar de pasos era posible adivinar, en el interior de la casa, la presencia de sartenes llameantes, de ollas repletas que exhalaban un grave, intenso, lujurioso aroma de ajos refritos en aceite, de carnes grasientas, de salsas atiborradas de pimientos que parecían arder como brasas entre el rescoldo.

Cerca de allí, casi invisible en medio de la oscuridad, un pequeño grupo de hombres marchaba en dirección a la casa atraído por la tentadora fragancia que emergía de las cocinas. Allí estaba Erixímaco, hombre de baja estatura y gran obesidad, médico de oficio, que venía cojeando ayudado por un bastón que amenazaba quebrarse en cualquier momento. Allí estaba Pausanias, aún más bajo, aún más obeso, arrastrando sus pies con indignante flojedad y entonando un impreciso estribillo que sonaba a escándalo. Allí estaba el poeta Aristófanes, autor de algunas comedias que hacían reír a los atenienses, riendo él mismo a causa de los destemplados gorjeos de Pausanias. Y luego, unos pasos más atrás, cerrando el jubiloso grupo de invitados al ágape, el joven Fedro y el enano Aristodemo, quienes veían relamiéndose de gusto ante la anunciada tragantona.

Aún entre la oscuridad, extasiados por el concierto de olores, los cinco hombres atravesaron la desembocadura de la calle y adivinaron, ahora sí, el oscilante resplandor de una lámpara de aceite que ardía junto a la puerta de la casa. Fue el gordo Pausanias quien se adelantó unos pasos y golpeó animosamente, con la palma de la mano, y luego, tras ser recibido por un esclavo, se hizo anunciar junto a los demás invitados ante el dueño de casa, el poeta Agatón, quien ofrecía aquel majestuoso banquete para celebrar la reciente victoria de una de sus tragedias.

Adentro había música de liras y flautas, y se respiraba un aire sobrecargado de olores excitantes, de olores cálidos, de olores que hacían picar las narices. Retumbaba la luz de las antorchas sobre los muros y un grupo de sirvientes hormigueaba de un lado a otro llevando copas, botellas, bandejas y fuentes repletas de manjares. Los invitados fueron entrando uno a uno, riendo y charlando, sorprendidos ante el despliegue de ornamentos que animaban la sala, cuyas paredes rebosaban de flores y guirnaldas.

Una mueca de extrañeza apareció en el rostro de Agatón al recibir al último de sus invitados.

—Me es grato tenerte en mi casa, Aristodemo —saludó con infinita cordialidad—, pero creí que vendrías junto con Sócrates.

—Lo hacía —replicó el invitado encogiéndose de hombros—, juro por los dioses que hace un rato venía detrás de mí.

—¿Y qué ha ocurrido entonces?

Alzando su cabeza como un gallo, el enano Aristodemo se permitió una ligera sonrisa de complicidad:

—Oh, ya sabes cómo es él... —murmuró.

Y luego, ante el insistente reclamo de Agatón, recordó que un momento atrás se había encontrado con Sócrates en las proximidades del Pórtico, bajo las antorchas que iluminaban los muros; ambos se habían dado cita allí con el propósito de ir juntos hacia la casa de Agatón; y ya habían emprendido la marcha cuando de pronto, en medio de la infame tiniebla que envolvía las calles de Atenas, Aristodemo había descubierto que marchaba solo y sin nadie a su lado. Instintivamente había observado a sus espaldas, tanteado el aire y alzado la voz llamando varias veces a su amigo, pero el abismo de la noche le había devuelto un silencio aterrador. ¿Qué había sucedido con

Sócrates? ¿Habría errado el camino en algún momento? ¿Marcharía tan rezagado que apenas podría verlo? Vacilante aún, temiendo la inminencia de una tragedia, Aristodemo había retrocedido unos pasos en medio de la oscuridad, había desandado el camino en procura de su viejo compañero y durante un buen rato sus pequeños ojos habían hurgado en vano entre la espesura nocturna. Pero un momento después, no sin cierto estupor, había descubierto la silueta inmóvil del viejo, sentado sobre el canto de una roca, abstraído, la mirada fija en la bóveda celeste o acaso en el centelleo deslumbrante de alguna constelación. Sócrates permanecía allí, quieto, mesándose las barbas y profundamente hundido en la oscuridad de la noche, casi como una sombra pensante, del mismo modo que, una y otra vez, en la ciudad, solía detenerse de repente, ensimismado y ajeno al continuo retumbar de las calles. De pronto Aristodemo recordó las muchas veces en que el viejo solía detenerse ante el asombro de los demás, que de pronto advertían el raro gesto que se adueñaba de su rostro, un gesto algo hosco y ceñudo, inquietante, y que no era sino la expresión de una necesidad, necesidad de pensar, necesidad de hundirse en los abismos del alma humana. En un principio, Aristodemo no había sabido cómo reaccionar; habló y murmuró a oídos de Sócrates, intentó distraerlo de sus cavilaciones y animarlo a seguir la marcha, pero el viejo apenas respondió a sus ruegos: "Dile a Agatón que iré más tarde", susurró en un hilo de voz, y en ese preciso instante el atribulado Aristodemo comprendió que era inútil disuadir a su amigo, que era inútil perturbar aquel sagrado ritual en que parecía haberse hundido, motivado acaso por algún pensamiento que habría asaltado su espíritu en medio del camino. Quedamente se inclinó una vez más hacia Sócrates, palmeó sus espaldas y le dijo: "No temas, yo le avisaré", y luego emprendió la marcha una vez más hacia la casa de Agatón, mientras Sócrates permanecía allí, sentado, inmóvil, en actitud cavilante, viendo cómo el pequeño Aristodemo era tragado por la inmensidad de la noche.

—Ya sabes cómo es él —insistió Aristodemo ante Agatón—. Pero no temas, de seguro estará aquí dentro de un rato. Sócrates no se perdería un banquete ni por todo el oro del mundo.

Echados sobre mantas y cojines, hambrientos, excitados por los sensuales manjares que ofrecía el dueño de casa, los comensales fueron agasajados con lo mejor de la cocina ateniense durante el transcurso de una noche infinita y pletórica de risas, cantos, celebraciones y bullicio. Por casi tres horas habían desfilado las carnes rojizas y crujientes, el delicioso aroma de las salsas, y el vino, sobre todo el vino, en anchas y coloridas vasijas que iban y venían con alegre desenfado. Y ya el banquete llegaba a su fin, en medio de barrigas ostentosas, de mejillas acaloradas, de rostros empapados de sudor, cuando la figura del viejo Sócrates asomó bajo el marco de la puerta, la sonrisa amistosa, el brazo en alto, la expresión aún levemente reconcentrada.

—¡Por todos los dioses, viejo amigo! —rugió Agatón asombrado—. ¡Ya era tiempo de que llegaras! —Y mermando el tono de voz, añadió—: Pero ven, siéntate junto a mí y permíteme gozar de tu compañía.

El viejo sonrió una vez más, complacido por la invitación, y marchó a sentarse junto al dueño de casa mientras un inquietante silencio iba siguiendo sus pasos. Todos lo observaban intrigados, expectantes, demasiado curiosos por saber qué extraños y profundos pensamientos habrían demorado su llegada al banquete. Miraban su rostro algo enigmático y distraído, quizás aún enredado en alguna confusa abstracción; seguían sus pasos a la espera de que se resolviese a hablar de ello ante aquel auditorio que aguardaba afanosamente sus secretos, pero el viejo maestro no se dio por aludido y continuó su marcha sin abrir la boca hasta echarse junto a Agatón.

A veces actuaba de ese modo, sí, rehusándose a desvelar sus ideas ante los demás; quizá las juzgaba intrascendentes, demasiado sencillas e inútiles, fruto de una inspiración efímera que habría terminado por diluirse entre los vericuetos de su espíritu y que acaso fuera preciso revisar, examinar, meditar aun más profundamente antes de darla a conocer. El caso es que no abrió la boca y se sentó junto al dueño de casa acomodándose entre unos cojines. Con el rabillo del ojo advirtió que todos lo observaban con recelo y expectación, pero aun así permaneció callado y vuelto sobre sí mismo, y en tanto sus manos se apoderaban de una jugosa pierna de cordero, recién sacada del fuego y chorreante de sangre, se dedicó a contemplar a los músicos que animaban el banquete con sus liras y sus flautas.

Miraba a los músicos y él mismo era observado, mirado por los otros comensales que no quitaban sus ojos de aquel hombre extraño y singular, de la pétrea armazón de sus huesos, de su cráneo redondo y firme como el de un toro. En verdad llamaba la atención su rostro salvaje y animalesco, aquellas mandíbulas de perro que ahora masticaban con fruición, que roían los trozos de carne rugosa, humeante, y cuyo jugo se escurría por entre sus barbas. Todos contemplaban su mirada algo insolente y profunda, aquellos ojos oscuros y huidizos, reveladores de algún insondable misterio que parecía inaprensible al común de los mortales. Miraban su figura casi grotesca y fascinante y sin embargo tan sólida, tan indeleble que se asemejaba a la de un dios, quizás al tullido y horrible Hefesto, que habitaba las profundidades encubriendo su fealdad, sus repulsivas facciones y la espantosa mutilación que había sufrido en su pierna. Todos parecían extasiados al observar a aquel viejo y rudo maestro de filosofía que tan poco se parecía a los demás y pensaban que acaso algún aura divina, algún remedo olímpico debía anidar en su espíritu.

Y entonces fue el tiempo de las libaciones y las ofrendas. Acabada la cena, y cuando ya el propio Sócrates había devorado su pierna de cordero, el dueño de casa tomó una copa de vino y bebió en honor de los dioses, bebió hasta el fondo y con ritual solemnidad, acompañado por los demás comensales, que luego de vaciar sus copas entonaron un peán en honor del dios Apolo. Era el tiempo, ahora sí, de la embriaguez lujuriosa, del desenfreno, del combate orgiástico entre los cuerpos, era el tiempo de la exuberante obscenidad en que solían terminar los banquetes.

Pero esta vez no ocurrió nada de eso: Agatón había dispuesto que no hablaran los cuerpos sino las mentes, que no brillara el erotismo, el voluptuoso erotismo, sino el refinado ingenio del intelecto, ¡oh sí!, esta vez no habría lugar para los deleites amorosos, no habría lugar para Eros, para Afrodita, para el tormentoso Príapo, no habría lugar para encender las pasiones carnales sino para animar los goces del espíritu.

Entonces, a una señal del dueño de casa, el obeso Erixímaco fue el primero en romper el silencio. Echado sobre unos almohadones, la respiración agitada, algunas líneas de sudor en su frente, abrió su túnica para ventilar su enorme barriga y dijo:

—¿No os llama la atención, señores, que siendo el Amor una divinidad tan importante, no haya himnos ni peanes en su honor?

La pregunta quedó flotando en el aire y se alzó un ligero murmullo entre los comensales. Era extraño, sí, era sin duda muy extraño el hecho de que trágicos y poetas hubiesen cantado a los héroes, a las guerras y a los reyes de todos los tiempos; que hubiesen celebrado cada una de las inmortales hazañas de los dioses, tanto en bellos poemas como en himnos musicales, y sin embargo el Amor, esa infinita y proverbial fuerza que enredaba a hombres y dioses, carecía de encomios y alabanzas. ¿Qué imperdonable olvido había llevado a los poetas a relegar al Amor en la indiferencia?

—Por esa razón, amigos míos —continuó diciendo Erixímaco—, propongo hablar esta noche del Amor, tributarle el honor que en verdad se merece y que nunca ha tenido; y para hacerlo sugiero que cada uno de nosotros pronuncie un discurso, el más sabio y bello que puedan emitir sus labios acerca del Amor.

—¿Prefieres celebrarlo antes que practicarlo? —inquirió Aristófanes con cierta picardía.

Erixímaco rió de buena gana y contestó:

—No soy adivino, querido amigo, y no puedo saber qué nos tienen reservado los dioses para el final de esta noche. Pero ahora, si tu impaciencia nos lo permite, insisto en que hagamos a un lado nuestros deseos y discutamos acerca del Amor.

Aristófanes rezongó fingidamente y entre risas, mientras la propuesta de Erixímaco era aceptada y celebrada con una nueva ronda de vino que circuló entre los comensales. Por hallarse en una punta de la mesa, el joven Fedro fue elegido para iniciar la ronda, para esgrimir el primer discurso en torno al Amor, el cual aceptó alzando su copa en el aire y bebiendo un generoso trago de vino. Con la manga de su túnica se enjugó los labios, luego secó el sudor de su frente y dijo:

—Seré muy breve, señores. Tengo para mí que el Amor debe ser el más antiguo de los dioses, quizás el primero, tan embrionario como el propio cosmos y hecho de la materia del universo, pues según los más venerados poetas de la antigüedad, el Amor no tiene padres y ha sido engendrado en los remotos tiempos en que reinaba el Caos.

Era el más antiguo de los dioses, había dicho Fedro, y acaso también el más propicio de todos, pues nada era mejor para un hombre que la posesión de un amante virtuoso, nada, ni las riquezas ni los honores ni los títulos, nada era tan pródigo como ese individuo ante quien todos los sentimientos humanos cobraban una dimensión sublime, pues, ¿qué mayor tormento para el amado que defraudar a su amante? ¿Qué mayor vergüenza que ser sorprendido por éste en una acción deshonrosa?

—Sin esa vergüenza, sin ese pudor que se siente ante el ser amado —resaltó Fedro—, el hombre es incapaz de obras grandes y bellas. Por eso, caballeros, yo sostengo que el Amor inspira los mayores sacrificios en la criatura humana, y por consiguiente, es quien posee la fuerza necesaria para conferirle las más exquisitas virtudes.

Con brevedad, con pasmosa brevedad había explicado el joven su noción del Amor, había declarado sus fines y propósitos, y su intervención arrancó una salva de elogios y aplausos. De repente estallaron palmoteos entre los comensales, pesadamente echados en sus cojines, quienes celebraron la afiebrada apología del muchacho alzando sus copas, riendo, silbando, aplaudiendo, bebiendo hasta el fondo y una vez más cargando sus copas hasta rebosar, llenándolas de aquel vino fuerte y espeso, de aquel vino untuoso que era necesario rebajar con agua, pues beberlo en estado puro enturbiaba los sentidos y provocaba el enojo de los dioses.

Luego fue el turno de Pausanias. Era el siguiente comensal, y por lo tanto, quien debía tomar la palabra luego de Fedro. Pero a decir verdad nadie daba una moneda por él, pues había comido y bebido tanto que parecía a punto de estallar. Sus ojos orbitaban extraviados y sus labios se habían teñido de un color morado a causa del vino. Sin embargo, una vez atenuado el bullicio, acomodó su obesa humanidad sobre los almohadones y no sin cierto esfuerzo dijo:

—Estoy de acuerdo contigo, mi querido Fedro, y celebro el ingenio de tu discurso. Pero en mi opinión, no toda clase de amor debe considerarse bella y virtuosa.

—¿Qué quieres decir? —preguntó Fedro intrigado.

—Oh, es muy sencillo. Como bien sabes, nuestros poetas nos han enseñado que la diosa que encarna al amor tiene dos nombres: Afrodita Pandemo y Afrodita Urania. La primera representa el amor vulgar, necio, innoble, el amor de aquellos que prefieren el cuerpo antes que el alma. En cambio, Afrodita Urania es el amor espiritual, el amor virtuoso que anima a los hombres justos.

Su voz sonaba como un gemido ronco y entrecortado. A causa de los sofocones y el calor, pero sobre todo por su propia glotonería, Pausanias apenas lograba respirar entre palabra y palabra, y daba la sensación de ahogarse a cada momento.

—Por eso, amigos míos —añadió con enorme dificultad—, yo sostengo que sólo esta clase de amor, el que proviene de Afrodita Urania y que podemos llamar "amor espiritual", es el verdaderamente bello y noble, pues obliga tanto al amante como al amado a perseguir la virtud. En cuanto al otro, al amor vulgar, al que pertenece a Afrodita Pandemo, yo... creo que...

Pausanias interrumpió su discurso un instante. Se notaba que sus esfuerzos por hablar lo habían debilitado. Hubo un breve silencio, una leve carraspera y luego, de manera imprevista, cuando todos aguardaban el remate de aquella alocución, el ya maltrecho Pausanias empezó a gesticular nerviosamente con sus manos, agitándolas frente a su rostro, señalando su hinchada garganta de buey, dando a entender con aquella desesperada pantomima que su vientre inflamado por la generosa comilona le impedía continuar hablando, que le impedía inhalar el suficiente aire como para emitir sonido alguno que no fuera un estertor o un jadeo.

—¿Te sientes bien? —le preguntó Fedro, al tiempo que le echaba aire en el rostro con una palmeta.

No hubo respuesta alguna sino un leve gemido y un brevísimo, tranquilizador gesto de su cabeza con el que Pausanias dio a entender que se hallaba bien, que sólo estaba algo sofocado y no tardaría en recobrar su aliento. Giró apenas sobre sí mismo dejando caer su barriga entre los mullidos almohadones, aflojando aquel enorme peso que oprimía su humanidad, y cuando ya su respiración hubo de hacerse más apacible y sosegada, cuando se vio que ya había recobrado la calma, todos dirigieron sus ojos hacia el poeta Aristófanes, quien se hallaba a un lado de Pausanias y por tanto debía ser el siguiente en tomar la palabra.

Sin embargo, al igual que su antecesor, el joven poeta se había hartado con las delicias y manjares del banquete, había comido con exageración y ahora, merced a la voracidad de su apetito y al modo presuroso en que había tragado un bocado tras otro, se hallaba presa de un repentino ataque de hipo que lo tenía a maltraer. Su estómago rebotaba y se crispaba de manera acompasada a cada estertor de sus pulmones, los músculos de su cuello se contraían bruscamente, su respiración se agitaba cada vez más y, a causa de aquella enfadosa molestia, aun cuando era su turno de hablar, prefirió cederlo al médico Erixímaco, no sin antes rogarle un método para detener el hipo.

—Dime qué puedo hacer, por favor —le rogó.

Erixímaco se aproximó hasta él gateando, observó sus ojos, tomó su pulso y tras aquella breve auscultación observó:

—No tienes nada, querido amigo. Y si quieres quitarte el hipo, sólo contén la respiración durante un momento, y si eso falla entonces haz gárgaras con agua varias veces, y si aun así no se detiene, pues entonces buscaremos algo con que puedas hacerte cosquillas en la nariz, tal vez una pluma o alguna ramita, y veremos de hacerte estornudar.

El joven poeta aspiró profundamente y, fiel al consejo del médico, se afanó en contener el aire en sus pulmones. Mientras tanto, obligado por las circunstancias, Erixímaco caviló algunos instantes y luego dijo:

—Caballeros, ya que, por la infausta situación de nuestro amigo, me ha tocado en suerte continuar con nuestros discursos, os diré que será un placer compartir con vosotros mi opinión sobre el Amor. Sin embargo, para empezar, debo confesaros una pequeña divergencia respecto de la opinión de Pausanias. Él ha dicho que sólo el amor espiritual es bueno y virtuoso, pero yo digo que el amor al cuerpo también lo es, cuando complace lo bueno y noble que hay en él...

Un ruidoso silbido interrumpió las palabras del médico. Todos dirigieron sus ojos hacia Aristófanes, quien había estado reteniendo el aliento y ahora, de pronto, casi a punto de reventar, como ahogado por el titánico esfuerzo, había largado violentamente el aire en una brutal exhalación que alarmó a los comensales. El joven poeta quedó estirado en el piso y jadeando, una vez más, con el resuello entrecortado y haciendo esfuerzos por recobrar su aliento; por un momento se lo vio sonreír, feliz de haberse quitado su molesta afección, pero enseguida un nuevo ataque de hipo lo obligó a retorcerse como una lombriz.

—Es inútil... —alcanzó a murmurar—. No puedo quitármelo.

Algunos rieron del desgraciado muchacho, cuya grotesca expresión parecía la de un loco alucinado, pues ahora se había puesto de rodillas y rogaba a los dioses que alejaran el hipo de una vez por todas.

—Prueba de hacer gárgaras con agua —insistió Erixímaco, quien repartía su preocupación por el sufrido Aristófanes al tiempo que trataba de hilar su discurso—. Bebe dos o tres sorbos con mucha lentitud y verás cómo se te pasa —y procurando retomar sus palabras añadió—: Decía, pues, queridos amigos, que el amor es bueno cuando complace al cuerpo, y opino de ese modo pues no otro es el fin de la medicina a la que tan gratamente he dedicado mi vida. El arte de Asclepios, caballeros, no consiste sino en descubrir las tendencias favorables y desfavorables del cuerpo, aquellos elementos que son buenos y aquellos que son nocivos, para luego favorecer a los primeros y rechazar a los segundos...

Un nuevo incordio impidió a Erixímaco seguir adelante con su discurso, pero esta vez no fue un chillido ni una exhalación, sino el profundo y atento silencio con que todos observaban a Aristófanes, el interés con que seguían sus movimientos, con que espiaban casi hechizados a aquel joven que parecía cada vez más enfadoso y más irritado con su ataque de hipo. Al parecer, su rostro había comenzado a amoratarse, a tornarse de un extraño tono púrpura, y dado que el remedio de las gárgaras había fracasado, ahora se empeñaba en hallar alguna pluma, algún palillo, algo con que provocarse cosquillas en la nariz y librarse de una vez por todas de aquel fastidioso achaque.

Erixímaco alzó la voz con visible exageración.

—Decía que la medicina es armonía —observó casi gritando ante sus amigos—, y la armonía no es más que la concordancia entre los elementos opuestos. Por consiguiente, el amor debe estar presente para animar esa concordia y lograr que...

Un profundo, sonoro y grotesco estornudo vino a cortar una vez más el discurso del médico, y durante algunos instantes hizo enmudecer no sólo al orador sino también a un flautista que ensayaba con su instrumento y a los esclavos que cuchicheaban en la habitación de al lado. Todos enmudecieron de repente, todos se quedaron tiesos ante el estruendoso bramido, con las bocas abiertas de admiración, con las copas detenidas en el aire de la sala que también pareció aquietarse, y mientras las miradas de todos se concentraban en la figura de Aristófanes, ahora por fin librado del hipo, se hubiera podido creer que aquella escena inmóvil, detenida en el tiempo, duraría por siempre, por toda la eternidad, se hubiera podido pensar que todo el mundo había quedado petrificado ante el escandaloso estornudo del poeta, pero bastó la sutil insinuación de una sonrisa para que de pronto estallara una infinita sucesión de carcajadas, de risas hilarantes, eufóricas, una sucesión de risas desbordadas y aun más profundas, aun más sonoras, aun más burlescas que el propio estornudo de Aristófanes, quien no tuvo más remedio que sumarse a la algarabía con sus propias risotadas.

Por entre el bullicio el joven Fedro miró a Erixímaco, y mientras se tomaba el vientre de la risa le aconsejó:

—Será mejor que interrumpas tu discurso, amigo mío. Está visto que los dioses no quieren que hables.

Los calores subían más y más, encendiendo el ánimo de los invitados, y a los ardores del cuerpo se sumaban los fervores del espíritu. El dueño de casa, entretanto, procuraba serenar a todo el mundo con ademanes desesperados, pero él mismo se hallaba tan ebrio, tan visiblemente mareado por la bebida, que hablaba a los tropezones y apenas lograba hacerse entender, y aun cuando una y otra vez se esforzaba en mantener la serenidad, en contener su risa desbordante, su risa engolada y sonora, aun cuando trataba de esconder el rostro bajo la manga de su túnica, la impresionante figura de aquel hombre semejaba a la de un fauno hundido en la embriaguez más absoluta.

Aun así consiguió sacar fuerzas de su propio aturdimiento.

—¡Ya basta! ¡Ya basta, por favor! —prorrumpió casi atragantándose con sus propias palabras—. ¡A callar, señores, que ahora sí es el turno de Aristófanes!

Pero de nada sirvieron sus gritos en medio del bullicio general, porque en ese preciso instante un esclavo entró en la sala con dos jarras de vino colmadas hasta el tope, entró sin sospechar que su presencia avivaría el desenfreno, y bastó que alguien lo descubriese para que todo el mundo se empeñara en estirar su copa hacia él y alcanzar aquellas fuentes prodigiosas, aquellos ríos de néctar que traía bajo el brazo.

De pronto un enjambre de manos suplicantes y lujuriosas se lanzó ávidamente, desordenadamente, se lanzó con indecible desesperación a recoger más y más de aquel vino que desbordaba de las jarras y caía a torrentes entre los comensales. Y fue entonces cuando Pausanias, lejos del esclavo y anhelante de recoger un poco de aquella bebida, temeroso de que el divino manantial se agotara ante sus narices, se puso de pie con un tremendo y agobiante esfuerzo y trató de acercarse al esclavo, pesadamente, con una torpeza de bestia salvaje, tan obnubilado por su propósito, tan ciego y sordo, tan apresurado por llegar hasta el muchacho que bastó un ligero traspié sobre la alfombra para que toda su monstruosa humanidad se derrumbara en el suelo estrepitosamente.

De nada sirvió el esfuerzo de Agatón, quien había estirado sus brazos y tomado a Pausanias de un extremo de la túnica: la tela se le había escurrido entre las manos y el obeso invitado había caído en un estruendo de platos, copas y vasijas. El ruido acalló las voces y por un instante se temió por la osamenta de Pausanias, pero ni un solo grito emergió de sus labios, ni un gesto de dolor ni un leve gemido salió de su boca. Al igual que un pesado escarabajo se removió un poco en el suelo, tanteó la alfombra hasta alcanzar su copa y luego se levantó como si nada hubiera ocurrido, con una imperturbable indiferencia, tan enorme y tan torpe como un elefante, se puso de pie solo, sin pedir auxilio de nadie, primero una pierna y después la otra, y luego fue cojeando despreocupadamente hasta donde se hallaba el esclavo para obtener su elixir.

Saciada la sed por un momento, serenos los espíritus, echados los hombres cual bestias recién comidas, por fin fue el turno de que Aristófanes pronunciara su discurso. Parecía del todo repuesto, aunque su frente aún chorreaba de sudor. El joven poeta se aclaró la garganta, miró a todos uno por uno y esforzando sus pulmones dijo:

—Creo, amigos míos, que los hombres nunca han reparado en el verdadero poder del Amor. Y creo que nunca lo han hecho pues, de ser así, le habrían cantado loas y erigido templos. Por eso intentaré explicaros, si los dioses me asisten, en qué consiste ese poder infinito, pues sólo así podréis entender por qué el Amor es una divinidad tan importante.

Y luego se largó a hablar, a perorar de tal modo que todos enmudecieron ante su voz. Habló casi sin aliento y con exagerada vehemencia, tal vez porque ése era el único modo de captar la atención, de mantener el interés de un auditorio cuya embriaguez había obnubilado sus sentidos. Y entre laberintos y fárragos de palabras explicó que la única forma, el único modo de comprender las raíces profundas del amor era entendiendo que en un principio, en el remoto origen de los tiempos, había tres sexos que habitaban el mundo: los hombres, las mujeres y los andróginos, es decir, aquellos en cuya naturaleza habitaban los dos sexos. Cada criatura en aquel tiempo, arguyó el poeta, fuese hombre, mujer o andrógino, poseía cuatro piernas, cuatro brazos, una cabeza con dos caras y todo lo demás por partida doble; y así también era su fuerza, su vigor y, por cierto, su arrogancia, la cual los había llevado en cierta ocasión a atentar contra los dioses y a pretender derrocar al propio Zeus. Receloso de su poder y viéndose amenazado, el rey del Olimpo había decidido restarles fuerza y hacerlos más vulnerables, y para ello había resuelto cortar a cada uno por la mitad. Y así, tras la infame y horrible condena, una vez separada en dos la naturaleza de aquellas criaturas, cada parte había procurado reunirse con su propia mitad, enlazarse entre sí, recobrar aquella imposible unidad arrebatada por los dioses. Y de ese modo, andando el tiempo, las mitades fueron uniéndose unas con otras, mujer con mujer, hombre con hombre, andrógino con andrógino y todos ellos entre sí.

—De esa manera —continuó Aristófanes—, cada vez que se unía un varón con una mujer, se engendraba una nueva criatura que perpetuaba la raza. Por el contrario, al unirse varón con varón o mujer con mujer, sólo existía contacto, goce, satisfacción, pero ninguna posibilidad de fecundar un nuevo ser.

—¿Y dónde has puesto el amor en toda esta historia, querido Aristófanes? —preguntó Agatón.

—A eso voy, amigo mío. Sucede que, conforme a la naturaleza del varón, que es la más sublime de todas las criaturas, la reunión entre dos varones suponía la más maravillosa sensación de amistad y de intimidad. Sólo en ellos se daba el más noble y puro amor que pudiera concebirse.

Sólo en ellos, había dicho Aristófanes, pues ambos no eran sino el anverso y el reverso de una misma moneda, las dos mitades de una medalla que no aspiraban sino a fundirse, a amalgamarse entre sí para convertirse en un solo y único ser.

—Ése es el verdadero amor, amigos míos —enfatizó el poeta concluyendo su discurso—, el secreto anhelo de nuestras almas por hallar a su mitad perdida. Y por eso, nuestra especie sólo encontrará la felicidad más perfecta si cada hombre o cada mujer consiguen unirse a aquella mitad que les corresponde por naturaleza.

Por un instante fue como si un silencio repentino hubiese brotado desde la noche. Quizá fueran los vahos del alcohol, quizá lo abstruso de la disertación, pero cada uno pareció demorarse infinitamente en digerir las palabras de Aristófanes.

Al fin, tras un momento de vacilación, llegó el estrépito a la sala, como un murmullo ajeno y remoto, como un pálido rumor que se fue agigantando hasta reventar en aplausos.

—Bella fábula —se regocijó el médico Erixímaco—. Oh sí, muy bella fábula...

Y de nuevo fluyó el vino entre los comensales, fluyó hasta rebosar como un jubiloso río sobre las copas desnudas y anhelantes, derramando su perfume oscuramente húmedo y refinado, levemente primaveral, rezumando aquel jugo que era tragado con la avidez de un Cíclope, que asomaba chorreante por entre los labios amoratados y teñía las barbas de un encendido matiz violeta.

Y así, acalorados los sentidos, hundidos en el pesado y espeso aire de la habitación, todos se volvieron hacia el dueño de casa, quien en ese momento se hallaba tratando de aclarar su garganta a fin de poder hablar.

—Es tu turno, amigo mío —le señaló Fedro.

Agatón secó sus labios con un lienzo, delicadamente, casi como una fémina, luego se acolchonó sobre los almohadones, sorbió una bocanada de aire y vagamente se oyó su voz.

—No agregaré mucho a lo que han dicho mis predecesores —dijo en tono reposado—, pero en mi opinión, queridos amigos, el Amor es el más bienaventurado de todos los dioses, pues no cabe duda de que es el más bello y el mejor. Y es el más bello por ser el más joven, pues aun cuando su nacimiento haya ocurrido en el origen de los tiempos, el Amor siempre escapa de la vejez, le rehuye y siente aversión por ella, pues se siente más a gusto entre los jóvenes y siempre habita junto a ellos.

Era el más joven de los dioses, había dicho Agatón, y puesto a recitar las muchas virtudes de aquella divinidad, agregó que era el más templado, el más bondadoso, el que lograba despojar al hombre de su hostilidad y acercarlo hacia los demás.

—El amor favorece la contemplación —añadió—, da lugar a la delicadeza, a la indulgencia y a los buenos sentimientos. Por eso, amigos, el hombre debe respetar a esa noble divinidad, adorarla y elevar himnos en su honor.

El final de sus palabras se confundió con una nueva y estrepitosa celebración, se mezcló entre la risa gozosa y casi insultante de algunos de los invitados, una risa en la que podía advertirse un ligero matiz de burla, no porque el discurso de Agatón hubiese parecido impropio o desapacible, sino porque algunos, presa de la ebriedad, ya en manos de los demonios del vino, buscaban cualquier pretexto para estallar en risotadas. Pero Agatón no se dio por aludido, pues su propio aturdimiento le impedía comprender la intención de aquellas risas, y bastó que sus ojos se cruzaran con los del resto, que advirtieran una a una aquellas miradas de euforia y regocijo para que él también se echara a reír violentamente de sus propias palabras.

La noche se iba hundiendo sobre sí misma, apenas encendida por los reflejos de las antorchas, y entre el rimero de almohadones los hombres, ahogados por el calor, sofocados por la bebida, ostentaban sus vientres sudorosos e hinchados a reventar. Ahora, por fin, llegaba el turno de Sócrates, quien pese a haber bebido con fruición parecía estar sobrio y templado. Sobre sus rodillas sostenía la cabeza del joven Fedro, algo amodorrado, sin poder ver los ojos del muchacho, pero sí en cambio su largo y enmarañado cabello, tan negro como el azabache, tan ensortijado como el de un niño, y mientras sus dedos jugaban entre aquella melena con la delicadeza de un padre, con la suave y dulce ternura de un maestro, aclaró su garganta y dijo:

—En menudo aprieto me habéis puesto, amigos míos, al dejarme en último lugar. ¿Qué decir después de tan sabios y bellos discursos? ¿Qué agregar a tan maravillosas definiciones del Amor?

Se notaba un cierto recelo en su voz. En verdad creía ser indigno de semejante auditorio, y aunque estaba habituado a los discursos, aunque sus palabras fluían con gracia y lucidez, con la sencilla claridad de los sabios, no dejaba de pensar en que un pequeño grupo de hombres inteligentes era mucho más de temer que un enorme enjambre de necios.

—Pero en atención a vosotros —continuó—, no diré yo lo que pienso acerca del Amor, sino que repetiré aquí la opinión de una sabia mujer, Diótima de Mantinea, a quien conocí años atrás y quien me inició en los misterios del amor.

La sapientísima Diótima —explicó Sócrates— opinaba que el Amor no era un dios, pues carecía de ciertos atributos necesarios a toda divinidad. No era un dios ni un mortal, sino un *daimon*, un ser cuya naturaleza mediaba entre lo divino y lo humano. Su fin era servir como intermediario entre hombres y dioses, unirlos, rellenar el vacío que había entre ellos, propiciar los sacrificios y asegurarse de que éstos fueran recibidos y considerados en el Olimpo. Había sido engendrado por Penía, la Pobreza, y precisamente por ello era amigo de los pobres y olvidados, poseía la rudeza de los indigentes y conocía la desgracia más absoluta; pero también, de su padre Poro, el Recurso, había heredado el valor, la pasión por la sabiduría y un ingenio a toda prueba.

—Pero dime, Sócrates —lo interrumpió Erixímaco—, si ese *daimon* no es dios ni hombre, tal como ha dicho Diótima de Mantinea, ¿será entonces mortal o inmortal?

—Ni una cosa ni la otra —contestó el maestro—. Habrás de saber, mi buen Erixímaco, que el Amor es como la primavera: muere y renace a cada rato, de modo que no comparte la inmortalidad de los dioses ni la finitud de los hombres...

Y estaba por agregar algo a sus palabras cuando un repentino griterío se oyó en las afueras de la casa. Había estallado casi de repente y parecía una confusa mezcla de chillidos y lamentos, quizás una pelea entre muchachones en medio de la noche furiosa y desenfrenada. Sin embargo, al cabo de un momento, se hizo evidente que aquel bullicio, que aquel hervor de escándalo no era sino la voz de un solo hombre, tremendamente vocinglero y chillón, un solo hombre cuya garganta parecía desgañitarse en gemidos agudos y chirriantes. La voz calló durante un momento y luego volvió a hacerse más rugiente y escandalosa, hasta que el propio Agatón, resuelto a acabar de una vez con aquel tumulto, mandó a que uno de sus esclavos se asomara a la puerta y reconociera al incómodo visitante.

—Ve y dile que cierre la boca de una vez, o que se vaya con sus escándalos a otra parte.

El esclavo salió de la casa y un momento después regresó, pero no venía solo, sino trayendo consigo a Alcibíades, ¡oh sí, el divino Alcibíades!, quien apenas lograba tenerse en pie de tan borracho; sus piernas se atropellaban entre sí, daba pequeños saltitos y por momentos perdía el equilibrio y se derrumbaba pesadamente sobre el esclavo que hacía mil malabares por mantenerlo erguido.

Había sido él quien, en las afueras de la casa, tan ebrio y desenfrenado como un fauno, había provocado aquel enorme barullo que pusiera en vilo a Agatón. Llevaba una túnica encarnada en la que apenas se disimulaban varios manchones de vino, y toda su estrambótica figura, casi tan grotesca como un espantajo, se veía aún más ridícula a causa de una enorme corona de hiedras que adornaba su cabeza, absurdamente grande, absurdamente colorida, hecha de bejucos sucios y desprolijos, y de la cual brotaban un sinnúmero de cintas que caían sobre su rostro y sus hombros a modo de groseros cabellos y que le daban el aspecto de una extravagante Medusa.

—¡Salud, amigos! —vociferó el joven alzando ambas manos y agitándolas en el aire—. ¿Aceptáis como invitado a un hombre tan borracho como yo?

Su lengua era torpe, y sus ojos, enturbiados por el alcohol, oscilaban como dos uvas en el fondo de un vaso.

—Ven, siéntate aquí, Alcibíades —le dijo Agatón, y previendo cualquier accidente le aconsejó—: Pero hazlo con cuidado y procura no caerte sobre ninguno de nosotros.

Meneándose como un pavo, el joven se aproximó al dueño de casa y, antes de sentarse, tomó su estrafalaria corona y la colocó sobre la cabeza de Agatón. Luego se dejó caer sobre unos almohadones mientras un esclavo le quitaba las sandalias y otro le alcanzaba una espumosa copa de vino. Recién entonces, ya aliviada su respiración, ya aligerados sus pies, ya librado de la absurda y molesta corona de hiedras, paseó sus ojos entre los comensales y descubrió la presencia de Sócrates.

—¡Oh por Zeus! —exclamó refregándose el rostro con las manos, como si despertara de un sueño—. ¿Qué es lo que ven mis ojos? ¿Eres tú, Sócrates? ¿Pero qué haces en este lugar?

Había algo extraño en el tono de su voz, quizás algo de temer, pues todos conocían el irritable carácter del muchacho y sabían de sus inveterados celos hacia el maestro, a quien solía reprochar la cercanía de otros hombres. Había dejado su copa en el suelo y ahora, en sus ojos que parecían de fuego, en aquella mirada furiosa que se había clavado en el rostro de Sócrates, había comenzado a dibujarse una mueca de horror. De pronto la noche se volvió silencio y todos observaron la colérica expresión de Alcibíades, advirtieron cómo sus facciones se endurecían hasta conferirle una apariencia de hielo. Pausanias y Agatón se miraron entre sí perplejos y aturdidos, observaron una vez más el pétreo rostro de Alcibíades y entonces sí, temerosos, cayeron en la cuenta de lo que sucedía.

La había visto, sí, Alcibíades había visto la renegrida cabeza de Fedro apoyada sobre las piernas de Sócrates, había visto los dedos del maestro jugueteando entre la ensortijada melena del joven, y algo tremendo, una expresión cargada de espanto se había adueñado de él, de repente, como una súbita y salvaje tempestad a punto de estallar. Fue el propio Sócrates quien, sabedor del irascible carácter del muchacho, se apresuró a invocar el auxilio del dueño de casa.

—¡Por todos los dioses, Agatón! —le suplicó mientras apartaba a Fedro de sus rodillas—. Intenta calmar a Alcibíades, pues te aseguro que es capaz de irse a las manos en cualquier momento.

Agatón se dirigió al recién llegado y puso una mano en su hombro con la intención de serenarlo, de volverlo a sus cabales, y estaba por decirle algo cuando el propio Alcibíades, tan tornadizo, tan mudable, tan caprichoso como una mujer, pareció calmarse por sí mismo.

—No te preocupes, Agatón —dijo tras dispensarle una mirada algo intimidante—. No soy tan necio como creen algunos. Y en cuanto a ti, Sócrates, ya arreglaremos esto en otro momento.

La calma parecía haber regresado, y mientras el dueño de casa se echaba una vez más sobre sus almohadones, Alcibíades mudó súbitamente la expresión de su rostro, y en tono de juerga, casi provocador, miró a todo el mundo y dijo:

—¡Y ahora a beber, que para eso he venido a esta casa!

Con los mismos ímpetus, con el mismo desenfreno con que había entrado un momento atrás, tomó su copa y, en lugar de llevársela a los labios, la hizo volar por los aires con jubilosa impertinencia, riendo a carcajadas, acaso algo desafiante, provocando un sonoro y metálico estruendo en la pared, y mientras todos observaban la enorme aureola de vino que chorreaba del muro, la frondosa y retinta aureola que semejaba una mácula sangrante, Alcibíades alzó sus manos y ordenó a uno de los esclavos que le llevara una vasija entera de vino para él solo, una vasija entera y llena hasta el tope, y cuando un momento después la tuvo entre sus manos, perfumada y rezumante, cuando la acercó a sus labios con una avidez orgiástica, todos lo vieron hundir su boca en ella y beber sin respiro hasta que sólo quedó un último resto, una última humedad en el fondo.

Recién entonces, aún jadeante y con hilos de vino que chorreaban a ambos lados de su boca, se interesó por cuál era el motivo del banquete.

—Pues bien —dijo—. ¿De qué va la cosa, amigos míos?

—Hemos estado hablando del Amor —le respondió Agatón procurando olvidar las desmesuras del muchacho—. Cada uno de nosotros ha pronunciado un discurso al respecto. De modo que, si tú quieres, Alcibíades, puedes decir el tuyo en este momento.

El joven estalló en una socarrona carcajada, y cuando al fin pudo recobrar la compostura, exclamó:

—¡Por Zeus, querido Agatón! ¡Me pides algo injusto! Sabes que estoy demasiado borracho como para hilar un discurso.

—Todos estamos borrachos, mi querido amigo —intervino Pausanias.

—Ya lo creo, pero, ¿lo estáis tanto como yo, que he bebido vino puro? ¿Lo estáis tanto como yo, que acabo de secar una vasija entera con mis labios? No, mi buen amigo Pausanias, terminaríais riéndoos de mí. Sin embargo, os diré lo que voy a hacer: vosotros habéis hablado del dios del Amor, ¿no es así? Pues bien, si estáis de acuerdo, yo hablaré de Sócrates, que es casi como un dios.

La comparación había sonado algo irónica y burlona, y viendo el rostro de Alcibíades, cuya expresión dejaba traslucir un cierto disgusto hacia el maestro, se hubiera podido pensar que la aspereza de sus palabras era deliberada, que había procurado ser incisivo y punzante, que la visión de Fedro recostado sobre las piernas de Sócrates lo había herido profundamente y que acaso desahogaba su cólera hablando así, de aquel modo hiriente y socarrón, con aquella arrogancia tan propia de su malhumorado genio.

Hubo un instante de vacilación en la mesa. ¿Hablar de Sócrates? ¿Qué podría decir Alcibíades de aquel viejo maestro a quien ahora miraba con tanto recelo? Seguramente se despacharía con falsedades y mentiras, o tal vez inventaría patrañas, o alteraría los hechos, o contaría historias tan inverosímiles como vergonzosas. No obstante, fue el propio Sócrates quien, procurando mantener la calma, miró al joven Alcibíades con ojos compasivos y dijo:

—Está bien, muchacho. Habla de mí cuanto quieras, haz un elogio o suelta la más filosa de tus críticas. Pero al menos sé amigo de la verdad y no cuentes mentiras.

Alcibíades asintió quedamente y dedicó una sonrisa al viejo maestro. Ambos se conocían desde mucho tiempo atrás. Sócrates le había salvado la vida en la batalla de Potidea, y desde ese momento, el joven Alcibíades se había transformado en su discípulo y admirador. Casi veneraba a aquel hombre diferente a los demás, libre de las pasiones y necesidades humanas, capaz de permanecer día y noche pensando, de pie, caminando entre los árboles, o sentado sobre la nieve con sus pies desnudos. Alcibíades había visto por sí mismo la admiración y el recelo con que los soldados observaban al viejo en el campamento, había oído sus comentarios sobre aquella suerte de semidiós, inmune al frío, al hambre y al cansancio. Y había sentido en carne propia el rechazo, quizá la soberbia del maestro, aquella noche en que le había ofrecido su cuerpo, sí, la juvenil belleza de su cuerpo a cambio de la reposada belleza espiritual del sabio, y Sócrates, quizá sintiéndose humillado, había rehuido la propuesta indignado, ya que a su juicio, el muchacho pretendía cambiar oro por bronce al ofrecer su efímera hermosura a cambio de la sublime y eterna sabiduría del maestro.

—No contaré mentiras, Sócrates —convino el muchacho ya más calmado—. Aunque no lo creas, hablaré de ti con gran honestidad. Y lo haré de ese modo pues todo cuanto habrá de salir de mi boca proviene de mi corazón. Y para comenzar, diré que, en mi opinión, tú eres como un hechicero, como un mago, como uno de esos sátiros cuya flauta seduce y encanta a los hombres...

Como un sátiro, había dicho el joven, como un inquietante y sugestivo sátiro, y no hablaba sólo de su aspecto físico, de aquella figura cautivante, lúbrica, de esa rara fascinación que despertaba su presencia, de aquella voz grave y serena que atraía por su melodiosa entonación; no hablaba sólo de ello sino también de aquel misterioso e inexplicable arrebato que provocaban las palabras del viejo en los oyentes. Escuchar al maestro, confesaba Alcibíades, era abandonarse a las delicias de un sueño divino, era sentir el tembloroso hálito de los dioses o el mágico llamado de las sirenas. Pero aún había algo más, continuó reposadamente, algo personal, casi sagrado, algo tan intenso que emergía de sus entrañas como una íntima confesión. Respiró un instante, cobró fuerzas y tras beber otro sorbo de vino, dijo:

—Eres la única persona en el mundo, Sócrates, ante la cual he sentido vergüenza...

Tras decir aquello se retrajo sobre sí mismo y sus ojos se volvieron algo huidizos. ¿Se había sonrojado? Nadie esperaba aquella suerte de confesión de parte de Alcibíades, nadie esperaba oírlo hablar con una sinceridad visceral, impropia de su altivez y de su orgullo desmedido. Acaso la embriaguez había derribado su altanería y ahora se mostraba así, sencillo, veraz, desnudo de espíritu, se mostraba ante los demás como nunca antes lo había hecho, y mientras sus mejillas se ruborizaban aún más, mientras su rostro se encendía como una brasa, todos advirtieron la singular expresión de Sócrates, para quien la vergüenza era la más noble y virtuosa de las cualidades humanas. Siempre había sostenido que la vergüenza de uno mismo, la voz de la conciencia, aquel temible insecto que anidaba en nuestras almas, era el más implacable y riguroso de los jueces, pues el hombre justo debía aprender a avergonzarse de sí mismo antes que de los demás.

Sin embargo, tras escuchar las palabras de Alcibíades, tras oír aquella sorpresiva confesión, temió que el joven aún se reservara una diatriba en su contra.

—Celebro lo que dices, mi joven amigo —observó tanteando el terreno—. Pero sospecho que no has acabado de hablar, y si hasta ahora no has hecho más que elogiarme, es porque te guardas tu peor veneno para el final.

—¿Eso piensas, Sócrates? —preguntó Alcibíades.

—Así es, pues convengamos, amigo mío, que estos años tu comportamiento ha sido algo errático. Has avergonzado a la ciudad y te has avergonzado a ti mismo en más de una ocasión.

El muchacho sintió el golpe y trató de no enredarse aún más en aquella vieja cuestión, pues todos sabían que años atrás, su ambición y su extraordinaria soberbia lo habían llevado a traicionar más de una vez a la ciudad de Atenas. Tratando de hacer a un lado aquel viejo recuerdo, observó:

—Sólo quiero ser ecuánime contigo, Sócrates, y así como he celebrado la nobleza de tu espíritu, lo cual no puedes negarme, también debo decir que has sido injusto conmigo, que muchas veces me has rechazado y apartado de ti sin razón alguna, y eso te hace un hombre innoble a mi modo de ver —quitó sus ojos de Sócrates, aspiró una interminable bocanada de aire y mirando al resto de los comensales, añadió—. Y en cuanto a vosotros, amigos míos, guardaos bien de este viejo: no os dejéis engañar por él y cuidaos de sus artimañas, pues en el fondo es tan peligroso como un áspid.

Sócrates había escuchado aquello con paciencia, mudo ante las palabras de Alcibíades, pero conocía esa forma de hablar, el tono resentido, áspero, mortificante, pues una vez más el muchacho hablaba desde el rencor de sus celos y procuraba enemistarlo con los demás, como si pretendiera arrogarse tan sólo para sí la atención del maestro. Miró a Alcibíades con algo de lástima y dijo:

—¿Por qué me tratas de ese modo? Jamás he hecho nada contra ti ni lo haría...

—¿Jamás, dices? —lo interrumpió Alcibíades—. Pues, has de saber, Sócrates, que me has tratado con desprecio y has sido indiferente conmigo.

¡A ver! ¡Dime por qué me rechazaste, por qué no quisiste que estuviera a tu lado!

—Eres un joven demasiado insolente, Alcibíades —respondió el maestro—. Te acercaste a mí porque buscabas aprender, es cierto, pero en modo alguno estabas dispuesto a poner lo necesario de ti mismo. Debes comprender que la sabiduría no se transmite por mero contacto, no se derrama de lo más lleno a lo más vacío, tal como puede ocurrir con dos vasos de agua que están unidos por un hilo de lana. La sabiduría exige un esfuerzo tenaz, dar todo de uno mismo para alcanzarla. Y sin embargo, tú viniste a mí de un modo mezquino, esperando obtener sabiduría sin hacer el menor esfuerzo...

Alcibíades estaba por responder, pero en ese momento un nuevo estruendo se oyó a las puertas de la casa. Ya moría la noche profunda, ya en la fatigada oscuridad brillaban unas pocas estrellas, débiles, apenas dibujadas entre la naciente claridad, y sin embargo seguían llegando algunas gentes enteradas del banquete de Agatón, seguían llegando ávidas de vino y de jolgorio, ávidas de prolongar el éxtasis, la embriaguez, el desenfreno. La nueva turba había irrumpido en la entrada de la casa tambaleándose, gritando, riendo, aullando, injuriando a los dioses, y aquella sedienta y bulliciosa ralea había golpeado las puertas clamando por más y más vino, por más y más juerga, aullando palabras ultrajantes y deshonrosas, queriendo hundirse aún más en la barbarie de la ebriedad, y mientras insistían en entrar, mientras crecía la tensión ante lo que podía transformarse en un furioso arrebato, el dueño de casa prefirió evitar contratiempos y ordenó a sus esclavos que les franquearan el paso.

Entraron casi en tropel, empujándose unos a otros, gritando y jadeando como fieras, y con los mismos ímpetus con que habían llegado fueron dejándose caer pesadamente sobre los almohadones distribuidos en el piso.

Pronto se hizo evidente que era imposible continuar la discusión. Sócrates, Agatón, Erixímaco, Alcibíades y los demás quedaron atrapados entre el alborotado enjambre de gentes, que ahora se dedicaban a calmar sus ánimos con una ronda de vino tras otra, y tras advertir que aquello iba para largo, un pequeño grupo en torno al maestro se refugió en un rincón de la sala, se acomodó sobre sus almohadones y prolongó la charla hablando al desgaire, sin tema ni concierto alguno, mientras el resto se entretenía con sus propios festejos.

Y así continuó la noche, lentamente, resbalando hacia el amanecer, hacia ese primer bostezo del sol, hasta que poco a poco la turbamulta fue dejándose invadir por un sueño letárgico y profundo, echándose unos sobre otros en un confuso y orgiástico abrazo sin forma, enredados los brazos, enredadas las piernas, mezclados los alientos, y aquellos cuerpos suspendidos en el sueño, dominados por el sueño, permanecieron la mañana entera allí, inmóviles, roncando a pierna suelta. Y fue casi un prodigio cuando, al despertar, ya cerca del mediodía, algunos de ellos vieron a Sócrates charlando animadamente con Aristófanes y Agatón, aún prendidos a una jarra de vino y bebiendo con la misma fruición de la noche anterior, y fue preciso que Aristófanes y el dueño de casa empezaran a mostrar su fatiga, a dar cabezadas de sueño, para que sólo entonces el viejo maestro se resolviera a marcharse de la casa, tan sobrio como al principio, tan vivaz como cuando había cruzado aquella puerta la noche anterior, y en aquel admirable estado se dirigió caminando hacia el Liceo, se lavó un poco y pasó el resto del día conversando con sus amigos y discípulos.

II

A tempranas horas de la mañana, con un fervor apasionado, el joven Querefonte golpeó secamente la puerta de la casa, cuatro o cinco veces, tan lleno de ansiedad que parecía a punto de estallar, golpeó casi con furia, sin hacer caso del escándalo que provocaban sus manotazos sobre la puerta, y ya su impaciencia estaba por desbordarse cuando al fin oyó pasos en el interior.

Bostezando aún, desperezándose como un perro, Sócrates abrió la puerta y descubrió la expresión imberbe y casi aniñada del muchacho, observó aquel gesto de entusiasmo que brotaba de su rostro y no pudo más que echarse a reír ante la atribulada expresión del visitante.

Conocía muy bien a Querefonte: era un joven algo tímido y apocado, tal vez un poco retraído y cuyas mejillas solían ruborizarse ante el menor asomo de pudor. Sí, lo conocía demasiado bien, y por eso ahora, mientras se frotaba los ojos aún contagiados de sueño, se extrañó al notar aquella expresión demasiado jovial, aquella mirada harto chispeante en el rostro del muchacho.

—¿Pero qué sucede contigo? —preguntó algo sorprendido—. ¿Qué haces aquí a estas horas de la mañana?

Por un interminable instante la pregunta quedó sin respuesta. Querefonte clavó sus ojos en los del viejo, y aun cuando se salía de la vaina por hablar, aun cuando balbuceaba y gesticulaba en forma desordenada, llevando las manos a su cabeza y a su pecho, dando coces en el piso como si fuera una mula cansada, su aturdida mente no lograba poner concierto a sus palabras.

—¡Vamos, muchacho! ¿Qué es lo que sucede? —insistió Sócrates poniendo énfasis en sus palabras—. ¡Habla de una vez por todas!

Recién entonces el joven y atolondrado Querefonte pareció calmar sus ánimos y entrar en razón. Se dejó caer sobre el marco de la puerta y aún jadeando sollozó:

—¡Sócrates! ¡He ido a Delfos! ¡He ido al oráculo a consultar a la Pitia y me ha dicho algo increíble...!

Luego se irguió una vez más y pareció recobrar la jovialidad. Sin duda aquellas primeras palabras lo habían exacerbado aun más, pues ahora, mientras seguía agitando sus manos en el aire, había hecho a un lado su timidez y saltaba alegremente, con una inconfundible expresión de gozo en el rostro, mientras se había puesto a brincar dando vueltas sobre sí mismo y tan desordenadamente que parecía albergar una colonia de hormigas bajo los pliegues de su túnica.

Sócrates procuró calmarlo una vez más.

—Me alegro por ti, querido amigo —dijo haciendo un ligero ademán—. Pero, ¿a qué viene esa euforia que traes contigo? ¿Qué puede haberte dicho la Pitia que sea tan auspicioso? ¿Harás un viaje? ¿Recibirás una herencia?

—¡No, Sócrates, no es eso! —respondió Querefonte.

—¿Y entonces qué? ¿Has conocido a alguna hermosa muchacha que estás tan contento? ¿O es que por ventura has tomado vino puro a estas horas?

El muchacho negó afanosamente con la cabeza. No, no parecía borracho en modo alguno, sino tan sólo enardecido como un sátiro ante la visión de una ninfa, y al advertir que era imposible dominar sus ímpetus, al darse cuenta de que no podía amansar a su fogoso visitante, Sócrates lo tomó firmemente por los hombros, sus manos se hundieron como garras en la piel del muchacho, y cuando al fin consiguió serenar sus ánimos y devolverle el sosiego, recién entonces el joven alzó lentamente la cabeza, vio aquellos ojos incrustados en los suyos, descubrió el dulce rostro del anciano junto a su propio rostro, tragó saliva para apaciguar sus nervios y dijo:

—He ido a Delfos, Sócrates, a preguntar a los dioses quién es el hombre más sabio de toda la Hélade... ¡Y me han dicho que tú lo eres...!

El viejo parpadeó algo aturdido. ¿Había escuchado bien? ¿Había dicho aquel jovenzuelo que el oráculo, nada menos que el célebre y antiguo oráculo de Delfos, lo había señalado como el hombre más sabio entre todos los griegos?

No sin cierta desconfianza dio en pensar que se trataba de una broma; quizá la imprudencia del joven Querefonte lo llevara a perpetrar semejantes tonterías; o tal vez era la insensatez propia de su edad, demasiado proclive a la exageración y al delirio. Con todo, se sintió algo incómodo ante lo que había escuchado y procuró eludir el asunto. En tono de escarmiento dijo:

—¿Qué osadías son ésas, mi buen Querefonte? ¿Desde cuándo importunas a los dioses con esa clase de asuntos? ¡Vamos, dime! ¿Por qué los aturdes con preguntas que sólo revelan tu descarada curiosidad? —hizo una pausa y recobrando la serenidad agregó—: Ah, amigo mío, deberías acudir a la Pitia como hace todo el mundo, en procura de chismes sin cuento, de inquietudes vanas, de asuntos cotidianos, de materias ordinarias tales como si habrá nieve este invierno o si la cabra parirá el mes entrante; deberías hacer eso, mi buen muchacho, y no fastidiar al oráculo con preguntas enmarañadas y presuntuosas.

Querefonte lo miró boquiabierto. Se había quedado algo tieso ante la reacción de Sócrates, y sus ojos, ahora esquivos y humildes, parecían haber recobrado la timidez que lo caracterizaba.

—¡Pero Sócrates, por todos los dioses! —tartamudeó—. Creí que semejante anuncio te agradaría. ¿Qué mayor regocijo que saberse el hombre más sabio en toda la Hélade?

Lentamente el viejo cerró sus ojos, lentamente bajó su cabeza y suspiró con cierto desgano. ¡Ay de la inexperiencia de los jóvenes, ay de su consabida inmadurez, que a veces los llevaba a extraviar el juicio ante opiniones apresuradas!

No había advertido el buen Querefonte la gravedad de aquella sentencia; acaso no comprendía el terrible mandato que se escondía tras aquellas palabras, o ignoraba que los dioses, al imponer aquel dictamen, no hacían sino atormentar al viejo, condenarlo al más feroz de los suplicios, ya que en modo alguno aquello era un halago sino más bien al contrario, una pesada carga.

¿Ser el más sabio entre los mortales? ¡Oh, por Zeus! ¿Ostentar aquella gravosa y agobiante dignidad como quien porta una corona de laureles? El viejo sabía que muchos hombres vanidosos podrían regodearse con aquel título, recorrer las calles ufanándose de sus grandes saberes, de su ciencia, de sus conocimientos; sabía que muchos se jactarían de ello poniendo al mismísimo oráculo por testigo indiscutible; y cuántos más lo darían todo, sus tierras, sus bienes, sus esclavos, cuántos más celebrarían atroces sacrificios con tal de que los dioses les ofrendaran semejante honor. Él mismo podía imaginarlos con pasmosa claridad, podía verlos allí, vagando a lo largo y ancho del Ágora, siempre altivos y arrogantes, henchidos de orgullo, con el cogote estirado como un cisne y despreciando al resto de los mortales. Pero Sócrates no era de esa clase de hombres, no era codicioso ni ansiaba honores de esa índole. Su espíritu más bien se mareaba con ellos y rehuía al peligro, al inquietante peligro de quienes se tenían por sabios y no eran sino un rebaño de necios. ¿Habría de aceptarlo entonces? ¿Habría de solazarse en ser tenido por el hombre más sabio de toda la Hélade? ¿Habría de pasearse por las calles de Atenas con un gesto de soberbia, con la mirada torva y el mentón erguido, aguardando a que algún jovenzuelo despierto lo interrogara sobre cualquier asunto espinoso y su ignorancia no hiciera más que ponerlo en ridículo?

—No, mi buen Querefonte —dijo enarcando las cejas—. Lo que dices no es motivo de júbilo, aunque entiendo que tú lo consideres de ese modo. Pero piensa que para un viejo como yo, semejante anuncio no es más que una carga. Si quieres saber mi opinión, no creo que al gigante Atlas le haya caído en gracia que le ordenaran sostener la bóveda del mundo...

El muchacho pareció despertar de una incómoda pesadilla. Nunca se había sentido tan próximo a una desilusión, a un desencanto; su espíritu jovial mudó de repente y mientras su rostro se acongojaba, mientras su ojos perdían la vivacidad de un momento atrás, mientras su cuerpo todo parecía retraerse y volverse inmutable, pensó para sí mismo en qué clase de viejo desquiciado rechazaría y se ofuscaría ante el magnífico honor que le habían dispensado los dioses. No comprendía el impávido gesto de Sócrates, cuya prudencia a veces llegaba hasta la desesperación, cuyo temple a veces irritaba a sus amigos, no lo comprendía y su primitiva euforia se había transformado en una angustia profunda que había opacado su rostro.

—¡Pero Sócrates! —balbuceó una vez más—. ¿Me has escuchado bien? He dicho que los dioses...

—Lo sé, muchacho, lo sé y te he escuchado perfectamente.

—Pero entonces, ¿vas a decirme que no te importa la sentencia del oráculo?

El viejo insinuó una sonrisa que luego se desvaneció rápidamente.

—No he dicho que no me importara —observó—. Pero creo que a veces la Pitia se equivoca...

—¿Cómo dices? ¡Son los dioses quienes hablan a través de ella!

—Es cierto, y no olvides que yo mismo he ido muchas veces a Delfos. Pero no he dicho que los dioses se equivocaran ni mucho menos. Lo que creo, amigo mío, es que en ocasiones los sacerdotes y augures que interpretan el mensaje pueden hacerlo de un modo..., digamos..., algo antojadizo. ¡Vamos! Tú sabes a qué me refiero, ¿verdad? —palmeó el hombro del muchacho y como restando importancia al asunto, agregó—: Y ahora, mi buen Querefonte, olvida toda esta cuestión y vete a casa. De seguro tendrás mejores cosas en que ocupar tu tiempo.

Querefonte se encogió de hombros y dejó escapar un suspiro de rabia. Todo su entusiasmo se había esfumado en un instante. Se volvió sobre sus pasos con brusquedad, dispuesto a marcharse de allí, pero en sus ojos aún latía una mueca de inquietud ante la inesperada reacción de Sócrates. "¡Viejo desquiciado!", murmuró entre dientes, y con los mismos ímpetus con que había llegado se marchó presuroso en dirección al Ágora bufando como una mula.

Inmóvil estaba la noche, inmóvil bajo el rumor de las estrellas, y en aquella extraña y apacible inmovilidad el viejo advirtió que una espina delgada y sutilísima aún le abría heridas en el espíritu. Molesto, acalorado, el rostro embebido en sudor, había pasado casi toda la noche en vela sentado sobre su catre, los ojos abiertos contemplando la oscuridad invisible, las manos inquietas, el cabello revuelto y desgreñado, y en aquel estado cercano a la ingravidez y a la ausencia de tiempo, se había hallado a sí mismo algo aturdido y perplejo. Aún daban vueltas en su cabeza las palabras que el ingenuo Querefonte le había transmitido en la mañana. ¿Hasta dónde creer en la sentencia de la Pitia? ¿Hasta dónde fiarse de un oráculo cuyo prestigio ya no era el mismo de años atrás, cuando políticos y gobernantes confiaban sus decisiones a la palabra de los sacerdotes?

En verdad, Sócrates aún creía en la evidencia oracular, aún aconsejaba a sus amigos visitar Delfos en busca de una guía para sus almas, de una luz que alumbrara el oscuro desasosiego de la vida humana, pero tendía a recelar de las sentencias rigurosas. Quizá, como había dicho Heráclito, el oráculo no afirmaba ni ocultaba nada, sólo ofrecía indicios, símbolos, pequeñas y breves señales enigmáticas que era preciso interpretar, pues en ocasiones la Pitia hablaba con tales rodeos y oscuridades que sus palabras parecían ebrias de sentido y faltas de nitidez, tan insondables, tan inescrutables como la noche misma.

Sin embargo, ¿qué debía pensar en este caso? Tal vez fuera sencillo: podría simplemente desembarazarse de aquel pomposo título, desoír la no menos pomposa responsabilidad que el oráculo había echado sobre sus espaldas: ¡Sócrates, el hombre más sabio de toda la Hélade! ¡Qué absurdo era el sólo mencionarlo! No obstante, pensándolo mejor, acaso hubiera en ello una señal, un destino, una ruta indescifrable que los dioses hubieran trazado para su vida. Tal vez, caviló, su nacimiento había sido igual al de Aquiles: un acto prodigioso, urdido por alguna divinidad, un nacimiento propiciado en el mismísimo Olimpo con fines que sólo los dioses conocerían, y tal vez él, Sócrates, ya desde la cuna, ya desde el humus primigenio con que había si do formado, detentara esa luz sagrada y misteriosa que era propia de inmortales.

Sin embargo, aquello no dejaba de parecerle una insensatez
los dioses lo escogerían a él, justamente a él, un viejo impertinente, necio acaso algo tonto? ¿Por qué, para encarnar el sagrado papel de un sabio, elegirían a un mortal que bebía como un odre sin fondo, que gustaba holgarse hasta la madrugada y andar todo el día desarrapado como un perro callejero? En verdad no era él, Sócrates, un hombre cuyas virtudes admiraran a sus conciudadanos. Pero aún había más, sí, algo que resultaba del todo

incomprensible en la respuesta del oráculo. Se levantó del catre con cierto esfuerzo, caminó unos pasos hacia la ventana, suspenso en la vigilia, envuelto en la profundidad de la noche, y dejó que sus ojos se perdieran en la oscuridad. Aún había algo más, pensó mientras contemplaba el mudo parpadeo de los astros: ¿por qué los dioses proclamarían como el hombre más sabio a quien no estaba sino lleno de dudas, a quien todo lo ignoraba sobre la infinitud del mundo, sobre el alma humana, sobre el misterio de la existencia? ¿Por qué escogerían a un viejo torpe y deslenguado a quien, si alguna virtud le cabía en esta tierra era la de andar preguntando, fastidiando el día entero a sus conciudadanos, inquiriendo a todo el mundo una y otra vez con el sólo propósito de encubrir su propia ignorancia?

Silenciosamente fluía la noche. Desde algún lugar le llegaba un intenso perfume de lirios que evocaba su infancia, y en aquella íntima oscuridad, en aquel frescor que lo envolvía como una brisa suave, el viejo pareció oír el murmullo de su propia voz: era como un susurro apenas comprensible que retumbaba débilmente, como un eco lejano. Se preguntó una vez más qué sentido esconderían las palabras del oráculo. Acarició su cabeza en la oscuridad, mesó sus cabellos, y en ese preciso momento, en ese inesperado momento algo le fue revelado: sí, tal vez el oráculo había errado en aquel insólito anuncio, pero sólo había una forma de comprobarlo: era preciso salir a las calles y hablar con las gentes, ir en procura de aquellos que eran tenidos por sabios y conversar con ellos, dialogar, indagarlos, husmear en sus almas y examinar sus oficios, pues sólo de ese modo podría objetar la sentencia de la Pitia, demostrándole su error, señalando a Menexeno y a Calícrates, a Polidoro y a Simónides, todos ellos tan eruditos y notables en lo suyo. ¡Mirad, oh dioses!, exclamaría, ¡mirad cuán diestros son ellos en sus artes! ¡Mirad cuánto más conocen de moral y de política, cuánto más saben de retórica y del oficio de gobernar a los pueblos!

Sí, se dijo a sí mismo, iría a las calles y hablaría con todo el mundo hasta convencer a los dioses de su error.

La idea sosegó en algo su atormentado espíritu, y mientras se hundía aún más en la noche, mientras afuera la bóveda celeste hacía correr su indescifrable mecanismo, Sócrates regresó una vez más a su camastro, rendido de cansancio, y se echó a dormir a pierna suelta hasta bien entrada la mañana.

Los días siguientes, mientras la ciudad hervía en su diario ajetreo, fueron de una intensa y afiebrada búsqueda. En las plazas, en las calles, recibido a veces con entusiasmo y a veces con hosquedad, surgiendo de la nada, sorpresivo, ansioso, el viejo Sócrates pasaba la mayor parte del tiempo enfrentando rostros y más rostros, oyendo palabras y más palabras; transcurría el día entero enredándose en conversaciones acerca de las más variadas materias y con los más variados personajes, y en aquellas mañanas y tardes bajo el nítido sol de Atenas, su incansable peregrinaje en busca de hombres sabios lo llevaba a tropezar con charlatanes y farsantes de toda laya.

No sin cierta amargura había descubierto que los hombres hacían ruido, sí, nada más que un ruido confuso y atronador cuando hablaban. La ilustrada y sublime Atenas parecía esconder toda una inmensa fauna de insensatos que andaban proclamando sus muchas y pretendidas virtudes, pero bastaba interrogarlos un poco, adentrarse en los meandros de sus almas, meterse en los huecos de sus espíritus para advertir que todos sus saberes pendían de un hilo tan delgado como un cabello. El más hablador era quien menos sabía, el más presumido era el menos honesto, el que más insistía en sus virtudes solía ser el menos virtuoso.

Cierta mañana, por consejo de un amigo, marchó a visitar a un conocido político cuya fama de sabio era indiscutida en toda la ciudad. Fue recibido con gran amabilidad en la casa y, desde un principio, tuvo la sensación de que su anfitrión era un hombre de mucho genio, gran conocedor de su oficio y con infinitas dotes para la retórica. Sin embargo, conforme hablaban de las cuestiones del intelecto, Sócrates fue advirtiendo que los conocimientos de aquel hombre hacían agua por todas partes. Al preguntarle sobre lo vericuetos de su materia se había mostrado elocuente y suelto de lengua quizás un poco arrogante y algo vanidoso, pero cuando Sócrates pretendi indagar en las grietas de su espíritu, descubrió con espanto que los ojos de su anfitrión giraban desorientados, que su garganta se anudaba y todo su aspecto se había vuelto como el de un simio aturdido.

Visiblemente irritado, sin aliento por la tensión, las manos cruzadas, lo dedos entrelazados, su voz había resonado turbia y acaso hiriente.

—¿Por qué preguntas semejantes tonterías? —había rugido como única respuesta.

Sócrates había balbuceado alguna explicación.

—No te enfades conmigo —dijo—, pues yo sólo he querido hacerte algunas preguntas.

—Sí, pero hablas de cosas extrañas y me indagas como si fuera yo un condenado ante un tribunal. ¿Qué es lo que quieres de mí?

—Tan sólo aprender un poco, amigo mío. Créeme que no tengo otra intención.

Había dicho aquello en tono conciliador, procurando no enfadar aún más a su anfitrión. Pero desde ese momento, un frío de piedra se había impregnado en el rostro de aquel hombre. Sus ojos rehuían la mirada del viejo, se lo veía incómodo y a cada rato murmuraba para sí con indecible inquietud. ¿Qué hacía ese hombre allí, en su propia casa, importunándolo con semejantes preguntas? Sócrates intuyó el rechazo de inmediato, la ardorosa frialdad de aquel hombre que parecía sentirse invadido en su intimidad; advirtió la invisible muralla que había erigido en su derredor y el modo en que sus ojos lobunos y feroces lo atravesaban de lado a lado. Pero aun así intentó una vez más ser cordial y enseñar su mejor semblante. Con gran sutileza dejó que algunas palabras elogiosas se deslizaran en la conversación; dijo que un político, sin duda, debía ser un hombre de grandes virtudes y cualidades. Pero asimismo, procurando no ser ofensivo, sugirió que el dueño de casa tal vez gozara de una reputación un tanto inmerecida, y aquello bastó para que el hombre estallara como un trueno.

Su tempestuosa voz, cargada de virulencia y desprecio, se oyó en los cuatro rincones de la casa:

—¡Márchate de aquí! —le ordenó con severidad—. ¡Ya no quiero escucharte más!

Esa mañana Sócrates dejó la casa envuelto en una nube de incertidumbre. Había sentido en carne propia el odio y la antipatía de aquel hombre, había sufrido el desdén y el rechazo, y sin embargo, mientras se alejaba de allí rumiando su propia desilusión, intuyó que al menos había aprendido algo: nada hay más imprudente, se dijo a sí mismo, nada hay más insensato y absurdo que descubrir al necio sus propias necedades.

Pero el viejo era un hombre testarudo, a qué negarlo, y en los días siguientes continuó visitando uno tras otro a quienes eran tenidos por sabios, fue a verlos a sus casas, al gimnasio, al Ágora, fue a verlos aun a riesgo de granjearse su hostilidad o, en el peor de los casos, un puntapié en el trasero. La fuerza del oráculo animaba sus pasos, era como un murmullo venido desde algún lugar inescrutable, un murmullo que resonaba en la intimidad de su alma, tan sencillo, tan frágil, tan delicado y sin embargo tan inexorable.

De una vez por todas debía entender, necesitaba entender cabalmente qué había querido decir la Pitia al regalarle el mote de sabio. Pero esta vez la sensación fue aún más agria: interrogó, examinó, indagó, fastidió hasta el cansancio a cuanto ateniense se cruzó en su camino; visitó a los oradores y a los artesanos, a los poetas y a los autores de tragedias y comedias; llevó consigo los poemas y las obras escritas por ellos y les preguntó qué habían querido decir en tal o cual pasaje, qué profundos saberes escondían sus estrofas y sus versos; también les preguntó cómo hacían para escudriñar el alma humana, pero después de todo aquel ajetreo no halló sino palabras vacías, rostros impenetrables, nada que pudiera apreciarse como una respuesta ni una explicación.

Había vuelto a fracasar, sí, se había hundido en la desilusión una vez más, enfrentando la pasmosa realidad, como si aquella experiencia le revelara definitivamente lo que no quería saber, lo que no quería comprender.

Entonces sintió un arrebato de culpa: tal vez quien se equivocaba era él mismo, que no había sabido hurgar en el corazón de los hombres y hallar la misteriosa belleza, la inmutable y profunda sabiduría que se escondía en ellos; quizás era él mismo quien debía indagar su propia alma y hundirse en el insondable abismo de su ser.

Pero en ese momento, súbitamente, se volvió hacia su interior y comprendió lo que ocurría. Con una sonrisa en el rostro intuyó que el oráculo llevaba razón en lo que había dicho: Sócrates era el hombre más sabio, el más sabio de toda la Hélade, pues aun cuando nada sabía de valioso, aun cuando no era un hombre versado en la ciencia o en la filosofía, aun cuando su espíritu solía dudar y naufragar en las aguas del conocimiento, al menos era el único de todos en reconocer su ignorancia.

¡Oh sí, por Zeus! Ése era el mensaje, la abstrusa y oscura clave del oráculo, el misterioso anuncio que los dioses le habían revelado a través de la sacerdotisa de Delfos. Todos se creen sabios, Sócrates, había querido decir el mensaje, todos presumen de saberes y ciencias y despliegan su vanidad como pavos reales; pero en cambio tú, sin saber más que ellos, eres el único en advertir tu propia ineptitud.

Quedó un tanto perplejo ante aquella revelación. Parecía una broma de los dioses, sí, una gigantesca y jovial broma urdida en el Olimpo. ¿Cómo era posible tildar de sabio a quien andaba a tientas en la oscuridad, a quien admitía su propia ignorancia? Pero tal vez, pensó, ese reconocimiento era una forma de sabiduría, tan extraña y sutil que apenas unos pocos mortales eran capaces de intuir su presencia; una forma de sabiduría en la que el propio espíritu se purificaba del error y vacilaba antes de afirmar nada, pues quien se sabe ignorante jamás pretenderá imponer sus opiniones ante los demás. Por el contrario, pensó el viejo, la más grave y peligrosa ignorancia es la de aquel que, teniéndose a sí mismo por sabio, engañándose a sí mismo, no es más que un tonto y un imprudente, y aquella necia categoría humana es tanto más peligrosa pues el pretendido sabihondo es quien, ciego ante las luces de la razón y engreído por sus propias ínfulas, no dudará en acompañar sus opiniones con el filo de su espada. ¿Cuándo se había visto, si no, que un filósofo persuadiera a su oponente a golpes de puño? Y sin embargo, los más crueles hombres de la historia, aquellos que han aplastado ciudades y derribado imperios, han sido los más ufanos de su propia sabiduría.

Continuó andando, aquella mañana, respirando el aire de Atenas y descubriendo, sorprendido, que todo el cosmos en su derredor parecía haber vuelto a recobrar su orden.

III

El cielo rígido y hundido en la bóveda nocturna envolvía las calles de la ciudad como un manto denso y oscuro. Sócrates regresaba a su casa después de visitar a su viejo amigo Critón, con quien había compartido la cena y charlado sobre cuestiones del espíritu. Hacía algo de frío, pero el vino acaloraba sus venas y era como un fuego que ardía en su interior y calentaba todo su cuerpo. De pronto, bajo el rumor de las estrellas que poblaban la noche, creyó notar una presencia en las cercanías. Se volvió con gran curiosidad, atisbó entre los árboles, columbró a lo largo de la calle silenciosa, miró debajo de un carro estacionado frente a una casa y volvió a observar entre la espesura de los árboles, pero sus ojos no hallaron sino la profunda quietud de la noche, que a esas horas parecía eterna e inmutable.

Había sólo una débil y remota lámpara de aceite que interrumpía la oscuridad, que apenas proyectaba un cono de luz sobre un muro descascarado y sucio, pero nada parecía moverse, nada se estremecía ni vibraba entre las sombras, nada se percibía sino la suave calma que impregnaba las horas nocturnas. Y sin embargo, como una delgada penumbra, algo parecía venir desde lo inescrutable, desde la indefinible oscuridad, desde el silencio, algo que no parecía de origen humano aunque apenas se alcanzara a percibir como una huella imprecisa.

De repente oyó un sonido casi imperceptible y vio un ligero y cálido resplandor que parecía emerger de todos lados, como si fuese un tenue rayo lunar que fluyera en el aire, que se deslizara, que fluctuara vacilante entre los pliegues de la oscuridad, un brillo azulado que emergiera desde lo más remoto y silencioso de la noche. Extrañamente se apoderó de él una imperiosa necesidad de ver, de oír, de olfatear aquella presencia que se escondía tras la quietud nocturna; y una vez más, aun cuando nada percibían sus ojos, sintió que algo inquietante latía en medio de la noche, algo hundido en las tinieblas, emboscado en la negrura y que parecía desplazarse lentamente, como una sombra entre las sombras.

—¿Quién eres? —se escuchó decir tímidamente—. ¿Por qué no vienes a mi encuentro?

Su propia voz había quebrado el silencio de un modo tan brusco que llegó a sentir un ligero escalofrío. Sin embargo, nada sucedió en ese momento, nada alteró la obstinada quietud que parecía haberse adueñado de aquel instante.

¿Debía esperar? Sí, algo en su interior le insinuaba que debía esperar a que la ignota presencia decidiera revelar sus formas. Debía estarse quieto y permanecer inmutable aguardando el momento oportuno. Era así, lo sentía en las honduras de su alma, como si una voz interior emanara abismal desde las raíces más profundas; y aunque la espera se hacía grave y su espíritu se impacientaba, una rara intuición lo empujaba a permanecer tieso, expectante, a no mover una sola extremidad de su cuerpo, a no parpadear siquiera, a contener el aliento como si fuese un cazador acechando a su presa.

Y de pronto algo pareció llegar, algo empezó a revelarse vagamente entre la oscuridad, mostrándose poco a poco, tomando la forma de una aneblada figura que aún por unos instantes permaneció en las sombras, adherida a la espesura de la noche, hasta que al cabo de un momento empezó a asomarse pausadamente y fue haciéndose cada vez más reconocible bajo la luz de la luna.

Sócrates sintió que su pulso se aceleraba, que perdía el aliento, que la propia noche parecía envolverlo y ahogarlo mientras sus ojos se esforzaban en descifrar aquel confuso resplandor que iba definiendo sus contornos. No había miedo en su espíritu; no, la oscuridad, la profunda oscuridad, la Noche Eterna, hija del Caos y madre de la Angustia y de la Venganza, no le causaba temor alguno sino más bien al contrario, sentía una rara y tibia serenidad en todo su cuerpo, una embriagante serenidad de cielo despejado, serenidad de agua mansa, imperturbable serenidad.

Poco a poco el inerte silencio fue invadido por un murmullo, un ligero zumbido casi inaudible, como un chisporroteo semejante al crujido de la hojarasca en otoño, hasta que al fin, después de un interminable y prolongado lapso de tiempo, una voz sepulcral y firme, una voz áspera y sin embargo armoniosa, anunció calladamente:

—Soy el dios...

Y luego regresó el silencio una vez más. La voz parecía no admitir respuesta. Había resonado así, de un modo frío y lacónico, tal vez algo atemorizante, y por un momento Sócrates creyó ser presa de un delirio alucinatorio.

Toda la escena, aquella enigmática silueta, la luz aneblada, la figura incorpórea que semejaba un espectro, todo ello le parecía extrañamente inverosímil y se resistía a aceptarlo; tal vez había bebido demasiado en casa de Critón, quizás aquella deslumbrante aparición no era sino el fruto de su embriaguez y no se trataba más que de una alucinación, de una profunda y vívida alucinación de sus sentidos. Pero había algo que parecía indudable: el eco que aún resonaba en sus oídos, aquella imperiosa y seductora voz que había escuchado un momento atrás, poseía el inconfundible matiz de un anuncio divino.

—¿El dios? —preguntó—. Pero, ¿qué haces aquí? ¿Por qué te presentas ante mí esta noche?

Otra vez retornó el silencio, un silencio encadenado a la oscuridad, mientras la figura se volvía más y más nítida a sus ojos, cada vez menos borrosa, cada vez menos irregular aunque sin revelarse por completo.

—Te he elegido, Sócrates —anunció de pronto la voz—. Estoy aquí para asignarte una misión entre los mortales.

—¿Una misión? ¿Qué clase de misión?

Se oyó algo que semejaba a una respiración profunda, una respiración pausada y susurrante que procedía de la extrema tiniebla. Por algún extraño motivo no se escuchaban los sonidos naturales de la noche: calladas estaban las ranas, callados los grillos, calladas las criaturas que poblaban el aire nocturno, como si aquella mágica aparición divina hubiese hecho enmudecer a todos a su alrededor, como si hubiese recreado el silencio primigenio anterior a la Creación y reclamara para sí aquel momento, mudo de voces, mudo de rumores, vacío de toda posible sonoridad.

—Tu misión, Sócrates, consistirá en purgar el espíritu de los hombres —continuó la voz, que ahora se oía con mayor nitidez—. Deberás escrutar sus conciencias y estimularlos a la reflexión. Habrás de visitar los gimnasios, el Ágora, los sitios públicos, habrás de recorrer las calles, las casas, los rincones más apartados de la ciudad, y allí hablarás con cada uno de ellos sin hacer distinciones de ninguna clase: les hablarás a políticos y sofistas, a poetas y artesanos, a libres y esclavos, a jóvenes y viejos, a extranjeros y conciudadanos. Hablarás con ellos sin hacer caso al frío, al hambre, al calor, a la fatiga, y desnudarás sus almas para que ellos, por tu intermedio, se descubran a sí mismos...

Así había resonado, transparente y melodiosa, casi musical, desde ningún sitio, invisiblemente cercana o invisiblemente remota, la voz del dios. Así había resonado y cada una de sus palabras parecía contener una indecible ternura que trasuntaba confianza.

Sócrates procuró mantenerse atento pese a que un delicado sopor invadía todo su cuerpo. Aun cuando todo aquello le resultaba desconcertante, imaginario, intentaba concentrarse en aquella visión, los ojos celosamente abiertos, los oídos vigilantes, pues temía que algún descuido de su parte, que alguna ligera distracción, que el mero parpadeo de sus ojos causara alguna perturbación que enfadara y ahuyentara al dios.

—¿He oído bien? —preguntó casi absurdamente—. ¿Tú, el dios, te apareces ante mí para encomendarme una misión?

—Eso te pido, Sócrates, una misión que deberás llevar sobre tus espaldas.

Pero la mente del viejo aún renegaba de aquella presencia, de aquella súbita manifestación divina que tenía frente a sí. ¿Qué es esto?, se interrogaba a sí mismo desconcertado, ¿es la locura que habla en mí? ¿Es una alucinación? ¿Un sueño? Ya había muerto el tiempo de los dioses que inspiraban a los hombres; ya habían muerto aquellos homéricos días en que Zeus, Hera,

Apolo, Afrodita, se aparecían a los mortales en medio de un terrible fulgor que alumbraba el aire, aquellos días en que emergían como niebla, como lluvia dorada, como espuma de mar; ya habían muerto aquellos días y sin embargo, ahora, tenía ante sus ojos a aquella inconmovible figura divina que para colmo le imponía un mandato irrenunciable y tan pesado como la bóveda del mundo.

—Me pides algo que no puedo hacer —dijo Sócrates con visible timidez—. Apenas soy un pobre viejo ignorante y hosco. Además, ¿cómo habré de presentarme ante mis conciudadanos? ¿Diré que un dios me ha ordenado enseñarles? Sin duda se burlarán de mí y me tendrán por soberbio y vanidoso. Ya conoces a los atenienses: son demasiado orgullosos y creen saberlo todo.

—No he dicho que fuera sencillo —sentenció la voz, que ahora había cobrado un tono más grave, acaso temible—. No estoy aquí para concederte un don, Sócrates, sino para imponerte un deber entre los mortales, un deber inexorable que tendrás que cumplir.

—¿Y por qué yo? —preguntó el viejo—. ¿Por qué me eliges a mí?

No se escuchó una respuesta y durante un lapso de tiempo inconmensurable no hubo sonido alguno que interrumpiera el silencio. La oscuridad pareció aún más cerrada, aún más profunda, aún más terrible, como una gran boca de lobo que hubiera cerrado sus fauces sobre la ciudad. Y luego, desde los pliegues de la noche volvió a oírse la voz:

—Unos son destinados a zapateros, otros a costureros, otros más a artesanos. Tú, Sócrates, has sido puesto sobre esta ciudad para andar por las calles, para ir de casa en casa persuadiendo a los atenienses de no preocuparse por sus fortunas, sino antes bien de atender al cuidado de sus almas.

Y una vez más el silencio inalterable siguió a las palabras del dios; otra vez la noche pareció abarcarlo todo y adueñarse de la infinita oscuridad. Ya se había extinguido la llama de la antorcha que alumbraba el muro y ahora sólo quedaba el tenue resplandor de aquella presencia, de aquella divinidad cuyo perfil se recortaba contra el cielo salpicado de astros.

Sócrates sentía el corazón lleno de dudas. Hubiera querido saber, comprender la esencia de aquel mensaje divino, hubiera querido intuir las razones del dios, pues sin duda algún oscuro propósito lo había llevado esa noche hasta aquel recodo de la calle. Sabía que ese encuentro nada tenía de fortuito, que tras él había una indescifrable trama olímpica, pues los dioses preveían cada paso y cada instante de la vida humana. Pero todo aquello, ahora, se le antojaba inconcebible. Se veía a sí mismo como una criatura frágil y a merced de fuerzas desconocidas. Sin embargo, un extraño impulso lo llevaba a confiar ciegamente en la misteriosa voz.

—Tú serás como una antorcha, Sócrates —continuó el dios—, una antorcha que regará su luz en el espíritu de los hombres. Pero no obrarás como un simple maestro, pues a nadie instruirás en los secretos de la poesía, la retórica o la gramática.

—No comprendo —observó el viejo algo aturdido—. ¿Qué habré de enseñar entonces?

—Tu tarea no será la de enseñar, sino la de hacer que cada hombre, cada mortal, se convierta en maestro de sí mismo.

Aquello sonaba tan abstruso, tan inalcanzable, que Sócrates se sintió azorado y un ligero mareo se apoderó de sus sentidos. ¿Cómo podría él cargar en sus espaldas semejante empresa? Tras un momento de vacilación respiró profundamente, arrugó el entrecejo, se rascó la cabeza, volvió a respirar y con un hilo de voz preguntó:

—Pero, ¿por qué? Dime por qué me encomiendas este ingrato deber.

La voz pareció irradiarse como un resplandor. Con un énfasis tajante, casi como una sentencia, declaró:

—Porque los hombres, Sócrates, han olvidado la obligación de pensar...

Y tras pronunciar aquellas palabras, tan pausadamente como al principio, tan sutil como una abstracción, la etérea silueta fue desvaneciéndose poco a poco, esfumándose calladamente, fue volviéndose cada vez más ingrávida hasta que todo su contorno fue tragado por la oscuridad y pareció como si una sombra huyera hacia las sombras, mientras en medio de la negrura, un eco suave y apenas luminoso pareció demorarse por unos instantes y luego desapareció por completo.

Aquello había sido todo, un encuentro efímero y tan incierto como la luz del amanecer, y sin embargo, la súbita aparición del dios había quedado grabada a fuego en el alma del viejo.

Esa misma noche, algo obnubilado aún, siguió su camino por entre las sombrías calles de Atenas. Por algún motivo recordó a aquellos viejos sabios orientales, los *gimnosofistas*, que en ocasiones parecían caer en un trance místico, en una suerte de embriaguez espiritual semejante a la que él mismo había experimentado un momento atrás. A pesar de ello, reconoció que su propia sensación era algo más ambigua: sentía un orgullo divino, se regodeaba íntimamente al haber sido elegido por el dios, pero también temía por sí mismo al verse incapaz de llevar adelante la ardua misión que le había sido encomendada. Él no era sino un viejo cansado y sin recursos, tan maltrecho como un animal herido, y mientras regresaba lentamente a su casa, en medio de la vibrante oscuridad, se horrorizó al pensar en la magna tarea, en el angustioso tormento que pesaría sobre sus espaldas hasta el fin de sus días.

IV

La infinita belleza del mar, el rumor de una cascada, una flor, un poema, el sonido de una flauta, la deslumbrante claridad de la aurora, todo ello poseía un misterio insondable y ejercía una rara fascinación, una extraña embriaguez que despertaba la curiosidad en el hombre, curiosidad por saber, por comprender, por observar más allá de los sentidos, curiosidad por desentrañar los símbolos ocultos y el abismo escondido bajo la fría superficie de la naturaleza. En su afán por entender aquellos enigmas, los grandes sabios de la Hélade no habían hecho sino espiar a la naturaleza. La habían observado, habían curioseado en sus más íntimas grietas, habían entrevisto sus huecos e intentado seducirla con el fin de que entregara sus secretos. Todos ellos, desde los intrépidos jonios, habían pretendido robar al cosmos sus más preciosos misterios y echar luz sobre los fenómenos naturales. Sin embargo, la lucha había sido ardua y en ocasiones incruenta: el mundo parecía renegar de la comprensión humana, se volvía esquivo, pretendía ocultarse y reservar su hermetismo, y quienes intentaban desvelarlo no conseguían sino arrancarle una mínima porción de sus misterios.

Sócrates, sin embargo, dudaba de aquella idea: pensaba en que tal vez los sabios filósofos habían errado el camino en su desesperado intento por estudiar la naturaleza. Hasta ese momento habían pretendido explicar sus enigmas echando mano de algún elemento primigenio: el agua, el aire, la tierra o el fuego. ¿Pero cuál era, por Zeus, cuál era aquella materia primera y fundamental que se hallaba en el origen de las cosas, en el principio del tiempo, en el frío polvo que alguna vez había sido el Caos y más tarde, por intervención divina, había devenido en un Cosmos armónico y regular?

Puestos a desentrañar aquel acertijo, los filósofos daban vueltas y más vueltas y no hacían más que reñir como gallos de pelea. Para colmo, incapaces de resolverlo, habían terminado por hundirse en el barro metafísico y llenar tratados y más tratados de engorrosas especulaciones: algunos creían que el ser era solamente uno; otros, que era una pluralidad infinita; éstos suponían que todo estaba en movimiento perpetuo; aquéllos, que nada se movía jamás; unos pensaban que todo nacía y perecía; otros, que nunca nacía ni perecía nada. Pero Sócrates, lejos de tales enredos del intelecto, lejos de la hojarasca en que solían perderse aquellos metafísicos, había resuelto no inmiscuirse en tales cuestiones y dejar que los demás filósofos se entregaran a ellas, que los físicos trataran de quitar el velo a la naturaleza y revelar sus enigmas, pues él, tras el anuncio del dios, debía ocuparse de algo aun más complejo, debía hundirse en un pantano aun más oscuro y huidizo, en una especulación cuya propia naturaleza parecía inescrutable: el hombre.

Sí, el encuentro con la divinidad, en un principio tan oscuro, en un comienzo tan indescifrable, lo había llevado a pensar que no existía mayor enigma en esta Tierra que la propia criatura humana: todo giraba en torno al hombre, todo pertenecía a su tutela y obedecía a sus juicios; toda acción humana era el reflejo, el minúsculo reflejo de una acción divina, porque el hombre, tal como había dicho Protágoras, no era sino la medida de todas las cosas.

Comprender aquello fue como despertar de un sueño. Sócrates había advertido, por fin, que la criatura humana había descuidado la visión de su propio espíritu. Los filósofos se habían extraviado en los abismos de la naturaleza ignorando que la verdad más esencial se hallaba dentro de sí mismos. Y a causa de ello, los más trascendentes problemas de la vida aún eran enigmas no resueltos. La criatura humana vagaba entre tinieblas, ciega y sorda por el mundo, vagaba sin saber qué era el bien, qué era el mal, qué era la justicia y qué la injusticia, qué era la sabiduría y qué la locura, qué era el valor y qué la cobardía.

Y Sócrates, ahora, por mandato divino, erigido en un nuevo Prometeo cuya antorcha alumbraría a los mortales, se había propuesto echar luz sobre esa oscura caverna y sumergirse en aquellos remotos misterios.

Fue así como, de un día para el otro, se largó a andar por las calles de la ciudad interrogando a todo el mundo. Caminaba entre las gentes importunándolas, prorrumpiendo como una aparición, buscando llegar al punto más sensible de sus almas. Y así, sin quererlo, su presencia se convirtió en algo tan cotidiano y natural como las estatuas que adornaban el Ágora, como los perros que merodeaban en busca de alimento, como las hetairas que ofrecían su cuerpo a los paseantes.

Pero también aquella figura insólita y extravagante solía despertar recelos entre quienes se veían fastidiados y a veces acosados por su insistente zumbido de abeja.

—¿Quién es ese viejo que perturba a todos con sus preguntas? —decía alguien al verlo pasar.

—¿Por qué molesta a los atenienses? —rezongaba otro, asombrado ante su presencia.

Y no faltaban quienes, tras haberlo escuchado en alguna u otra ocasión, rumiaban los más insólitos disparates.

—Ahí va ese Sócrates —decían—, ahí va con todos sus humos, inflado como un gallo presuntuoso y queriendo mostrarles a todos que no saben nada.

—Sí, apartaos de él, jóvenes de Atenas —murmuraban otros más—, y no dejéis que su afilada lengua os engañe con falacias y mentiras.

Menuda tarea le había impuesto el dios: hacer las veces de intruso en el alma de los hombres, obligarlos a dudar, a tornar discutible lo que se tiene por indiscutible. No era extraño, pues, que su presencia generara enconos e hiciera hervir de rabia a los más obtusos, que más tarde o más temprano se encolerizaban y lo hacían objeto de mil agravios y desaires.

Y así, en los mercados, junto a las tiendas, en las arboledas de la ciudad, en los gimnasios, en las plazas, día tras día asomaba su absurdo rostro de fauno y se metía en las conversaciones ajenas, día tras día provocaba el enfado y la irritación de los atenienses, que lo tildaban de bicharraco feo, de agitador peligroso, de charlatán, de pordiosero, de campesino de pretendida sabiduría.

Pero tales diatribas no le hacían mella alguna. No iba por las calles inflado como un gallo presuntuoso. No, más bien todo lo contrario: casi se avergonzaba de su propia monstruosidad, de su cuerpo deforme y casi grotesco, pues los dioses lo habían hecho de un modo estrafalario, ventrudo, feo, de nariz chata y ojos separados; toda su figura se parecía a la de un espantajo, y amén de ello, solía andar tan sucio y desaliñado que hasta las moscas huían de su presencia. Y en cuanto a aquello de engañar con falacias y mentiras, ¡por Zeus, nada más ajeno a la verdad! Su arte consistía sólo en hacer preguntas, en interrogar a los hombres, en incitarlos a la reflexión, y si de algo podían quejarse los atenienses, en verdad, era del perpetuo aguijoneo de aquel hombre que los obligaba a pensar.

Fue una de aquellas noches en que comprendió, azorado, el papel que le tocaba jugar en el gran teatro del mundo. Al igual que el bravo Ulises, él también había comenzado su propia odisea. Mientras observaba las estrellas entendió que los dioses lo habían escogido a él —o quizá se habían reído de él, tal como creía sospecharlo a veces—, porque en el fondo su propia existencia no era sino otro de los caprichos olímpicos. Pero sea como fuere, estaba claro que de ahora en más, su vida se enfrentaba al sofocante peso de aquella sentencia que había pronunciado el dios, y aunque intentara rehuir de ella, aunque deseara, tal como el gigante Atlas, quitarse de encima la pesada bóveda celeste, sabía que era imposible, pues nada había más riguroso ni implacable que la fortuna impuesta por los dioses.

Consciente de ello, volvió sus ojos a la noche, miró hacia las estrellas una vez más y advirtió que ellas también, en cada órbita, en cada revolución, tenían fijado un destino inexorable; ellas también obedecían los designios y propósitos del Olimpo, y jamás torcían su ruta a lo ancho del cielo nocturno. La idea lo conmovió y le provocó cierta ternura, y descubriéndose a sí mismo como un fragmento, como una porción más del inmenso cosmos, pensó que su presencia en el mundo ahora tenía un sentido, aún algo incierto y oscuro, pero un sentido al fin, y mientras sus ojos se hundían entre las constelaciones, resolvió que se entregaría a él con todas sus fuerzas.

El sol quemaba sobre la plaza y hacía arder los ojos, aquella mañana, cuando Sócrates se volvió quedamente y descubrió la silueta del joven Menón, sudoroso, algo agitado por la carrera y visiblemente inquieto. Era un muchacho de ojos alegres y algo atrevidos, no exentos de cierta ingenuidad, aunque su espíritu vivaz lo había llevado a acercarse a Sócrates desde muy joven, a no temer la horrible catadura de aquel viejo que, pese a la fiereza y repulsión de su aspecto, era una agradable compañía, un buen conversador cuya lucidez solía atraer a los jóvenes como él, gustosos de aventurarse en los abismos de la razón.

Ahora Menón estaba allí, tras haber corrido a lo largo de toda la plaza en procura del viejo. Su respiración era agitada y sus ojos llameaban como dos tizones. Pero amén de ello había una chispa de incertidumbre en su rostro.

—Hola, querido amigo —lo saludó el viejo al descubrir su presencia, y tras advertir la turbación del muchacho, agregó—: ¿Pero qué es lo que te sucede?

El joven lo observó desde sus ojillos pequeños, movedizos, de un color tan oscuro como el de sus cabellos. Sin embargo, no dijo palabra alguna.

—¿Es que no vas a abrir la boca? —insistió el viejo sin intentar apresurarlo, y al ver que el muchacho aún se resistía a hablar, le dijo—: Pues entonces ven, caminemos juntos, quizás el andar un poco te haga soltar la lengua.

Durante un rato ambos recorrieron la plaza en silencio, bajo el cálido sol de Atenas, mezclándose entre el constante hormiguero humano que día a día transitaba por allí. Menón parecía algo nervioso, incómodo, pero el viejo prefirió no indagar demasiado en su espíritu.

En un momento se aproximaron a uno de los arcos que ornaban la plaza, tomaron asiento en un banco de piedra y recién entonces Menón se resolvió a hablar.

—Tú eres un buen hombre, Sócrates —dijo con cierta timidez, como soltando una frase que sus labios se negaban a pronunciar.

—Te lo agradezco, amigo mío. Pero, ¿a qué viene semejante cumplido?

—Es que he oído cosas, Sócrates —respondió el muchacho sonrojándose—. Cosas malas sobre ti...

El viejo no pudo evitar una leve sonrisa, acaso algo irónica, al oír las palabras de Menón. ¿Qué otra burla, qué otro reniego podrían dispensarle sus adversarios que no hubiera oído ya hasta el hartazgo, cientos de veces, de boca de los muchos atenienses que solían reírse de él? Sin embargo, sentía curiosidad por saber con qué nuevos epítetos había sido galardonado esta vez.

—¿Cosas malas has dicho? —preguntó enarcando las cejas—. Pues no calles, amigo mío, que los insultos de un enemigo son como elogios para mí.

El muchacho pareció arredrarse un poco; su mirada recorrió la plaza entera sin detenerse en ningún sitio, y cuando volvió los ojos hacia Sócrates, su rostro juvenil, bañado por la claridad solar, se abrió en una tímida y fugaz sonrisa.

—Dicen que eres como una chusma de feria... —murmuró.

—¿Una chusma de feria? —sonrió el viejo extrañado—. ¿Y se puede saber por qué dicen tal cosa?

Aún algo retraído Menón respondió:

—Porque dicen que te la pasas hablando el día entero y no dices nada importante; que discurseas con gran habilidad, que sabes tejer una red con tus palabras y hacer malabares con ellas, pero que nunca afirmas nada de provecho ni traes ideas nuevas con que alimentar el espíritu.

¡Chusma de feria! ¡Por todos los dioses! El mote no era nuevo aunque le resultaba simpático y llamativo. Lo había escuchado alguna vez de boca de algún muchachón deslenguado y sin muchas luces. Pero, ¿habría de enfadarse por ello?

—¿Y por qué te angustias, querido Menón? —preguntó siempre sonriendo—. Pues, si bien se mira, ¿quién hay más diestro en las cosas humanas que una chusma de feria? ¿Quién conoce mejor las bajezas del vecino, los vicios del cuñado, los abusos de éste, la deshonra de aquél, y en fin, todo cuanto hace a lo profundo del alma de los hombres?

El muchacho se sorprendió ante la respuesta del viejo, no sólo por la extraña discordancia de aquellas palabras, sino también por la agudeza de su interlocutor, que parecía hallar virtudes aun en la reprochable condición de una chusma.

—No te inquietes por una cosa así, amigo mío —insistió Sócrates—. De todos modos no creo pertenecer a tan prestigioso género. Sin embargo, tú me conoces hace tiempo, ¿no es así? Pues entonces dime: ¿en verdad crees que no hago sino parlotear en vano?

Una vez más el rostro del muchacho se vio asaltado por la sorpresa. Jugaba ansiosamente con los dedos de su mano, arrugaba los pliegues de su túnica, nervioso, inquieto, remiso a contestar. En la repentina palidez de su rostro se advertía una cierta contrariedad, un cierto temor a responder y a sonar irrespetuoso.

—¡Vamos! —lo instó Sócrates—. ¡Suelta lo que has venido a decirme y que no te quede nada en el buche!

Entonces se oyó la queda voz del muchacho, tan débil como un eco lejano y sin embargo firme, confiada en la sensatez del viejo cuya mirada parecía tranquilizarlo.

—Pues, si quieres oír la verdad, Sócrates —admitió con exagerada modestia—, a veces siento que el hablar contigo es como navegar en un barco sin rumbo. Todo lo que haces es crearte dificultades una tras otra e inducir a los demás a hacer lo mismo. Te empeñas en dudar todo el tiempo, y con ello no haces más que sembrar dudas en quienes te escuchan. Comienzas a perorar, hablas con gran destreza, pero cuando uno cree que llegarás a buen puerto, resulta que acaba naufragando y está como al principio, ciego y desconcertado...

—Como al principio no, mi querido Menón —lo interrumpió Sócrates con suma cordialidad—. Debes comprender que mi ciencia no tiene punto de llegada ni algo que se le parezca. En otras palabras, y ya que has escogido el símil de un barco, no debes pensar que arribarás a algún puerto al final del viaje, pues esta travesía no termina jamás. Lo importante, sin embargo, es el viaje mismo. Recuerda que no navegamos sobre el océano, sino sobre las aguas del pensamiento, y estando a bordo de este barco experimentarás los vaivenes de la razón, te marearás, sentirás los vahídos propios del oleaje y en ocasiones hasta creerás avizorar la costa, pero todo eso no cuenta; lo esencial es que has viajado...

Menón había quedado algo perplejo. Aquello sonaba tan sencillo, tan dulcemente sencillo y hermoso como un poema, y sin embargo, sentía una delgada espina que aún hería su espíritu y desgarraba su precario entendimiento.

—Pero aún no comprendo —alcanzó a decir—. ¿Qué caso tiene viajar si nunca se llega a ningún sitio? Debo confesarte, Sócrates, que me dejas aturdido...

—¡Yo también lo estoy! —exclamó el viejo alzando los brazos en un ademán tan ostentoso que parecía más propio de un lunático—. ¡Créeme que yo también lo estoy! Pero mi oficio, querido Menón, consiste en sembrar dudas en la cabeza de los demás, y aunque te suene algo extraño, no lo hago a propósito, sino porque yo mismo estoy lleno de incertidumbres. Es por eso que, quienes me escuchan, comienzan a dudar ellos mismos...

—¡Pues de eso no hay duda! —exclamó Menón con una sonrisa, y simulando un ligero mareo, añadió—: Puedo asegurarte que en este momento, Sócrates, mi cabeza es un hervidero y no sé ni siquiera en dónde estoy parado.

—Pues no temas, joven amigo —lo consoló el viejo—. De las tinieblas emerge la luz, aunque a veces parezca peligroso caminar a través de ellas. Y no te preocupes si andas a tientas, o te mareas, o crees extraviar el camino. Si tú me lo permites, yo siempre estaré aquí para acompañarte. Marcharemos a ciegas, despacio, tropezando una y otra vez, y quién sabe, tal vez ambos acabemos perdidos en la oscuridad. Pero habremos caminado un poco y eso es lo que importa...

—¿En verdad lo crees así?

—Confía en mí, querido Menón. El camino de la sabiduría es justamente eso, un camino, y si hay algo que puedo asegurarte es que el hombre virtuoso jamás se cansará de transitarlo.

Pese a las palabras de Sócrates, un regusto amargo y un tanto desabrido había quedado impregnado en los ojos de Menón. Tras oír aquello se había despedido del viejo algo ofuscado y tomándose de la túnica con rabiosa inquietud. Sócrates lo había visto marcharse meneando la cabeza de un lado a otro, visiblemente airado y con esa irritación infantil que lo hacía verse como un niño a quien acaban de arrebatar un juguete.

Pero aquella conducta era más que comprensible, pensó el viejo Sócrates. Por desgracia, debía reconocer que el joven e inexperto Menón, como la mayoría de los atenienses, estaba demasiado habituado a escuchar a toda esa ralea de filósofos cuya mayor virtud era tener siempre un argumento a mano, una explicación clara y rigurosa, una respuesta que no permitiera ni el menor titubeo ni el acecho de las dudas. Atenas vivía, de un tiempo a esa parte, a merced de aquella indómita fauna de maestros y profesores que, teniéndose por doctos en cualquier materia, no sólo se jactaban de sus saberes y ciencias, sino que además solían irritarse cuando algún discípulo revoltoso los desafiaba a aventurarse más allá, tan sólo un poco más allá, a adentrarse en aquel arriesgado límite en donde acaban los conocimientos y empieza el océano tenebroso, los abismales dominios de Poseidón, el sitio en que los moldes del pensamiento se quiebran en pedazos y donde es preciso avanzar a tientas como en una jungla cerrada.

Sí, pensaba Sócrates, la gran mayoría prefería empacarse como una mula vieja y permanecer en suelo firme, lejos de los pantanos del pensamiento, de esos resbaladizos fangales en donde la simple criatura humana, el hombre de carne y hueso, vacilaba como ante las puertas de una caverna.

Porque en verdad el viaje era incierto y peligroso. ¿Quién, por Zeus, se atrevía a descender al horrible Tártaro de la mente humana? ¿Quién osaba remedar los periplos de Orfeo y de Ulises en busca de las tinieblas de la razón? Allí sólo había susurros, gemidos, ecos lejanos a veces mezclados entre un monstruoso retumbar. Allí se confundían el tiempo y el espacio, todo era engañoso y ambiguo y a veces, tan sólo a veces, por entre la espesa niebla, asomaba algún tímido murmullo, débil, casi del todo inaudible, tan sutil como una finísima pluma; un ligero murmullo que no era sino la voz del dios que había estado esperando, quizá desde siglos atrás, a quien supiera reconocerla.

En ocasiones el viejo se preguntaba por qué los dioses hablarían tan calladamente. ¿Qué secretos y misterios se guardarían de confiar al oído humano? Sin embargo, estaba seguro de que alcanzar ese abismo insondable era el gran desafío al que se enfrentaba la criatura humana, la gran batalla, acaso imposible, que debían librar los hombres nobles y virtuosos. Y sabía que sólo quienes fueran osados y libres de espíritu lograrían arrebatar el secreto de los dioses y desvelar los enigmas que se ocultaban en el abismo, porque solamente los hombres justos y honrados serían capaces de comprender, de descifrar aquel lenguaje primigenio, aquella verdad última y desnuda, y entonces, sólo entonces, la criatura humana remedaría la hazaña del titán Prometeo, y en un sublime acto de arrojo traería el fuego de la razón a los mortales.

V

Los anuncios del dios se cumplían con pasmosa fatalidad. Sócrates hallaba día a día nuevos desafíos, nuevos retos en los que la presencia divina asomaba sutilmente o se revelaba como una suerte de inspiración que guiaba sus pasos. A veces aturdido, a veces casi como en sueños, sentía que el dios se insinuaba en su alma toda vez que debía ejercer aquella sublime misión que le había sido encomendada.

Y así marchaba por las calles, atento, espiando a las gentes con el rabillo del ojo, observando en silencio a quienes pasaban junto a él; iba mudo y reconcentrado en sus pasos hasta que de pronto, inesperadamente, su espíritu experimentaba una sensación indefinible, un raro estremecimiento que nacía en algún lejano rincón de su alma, y aquella extraña intuición le indicaba o más bien le revelaba quiénes eran los más virtuosos, quiénes tenían el alma propicia y abierta al diálogo, la disposición favorable para detenerse a conversar con ellos y hundirse en los vericuetos de la filosofía.

Pero en verdad no era nada sencillo encontrarlos. Sócrates buscaba espíritus abiertos, libres de conciencia, almas que hubiesen renunciado a las ataduras del pensamiento; buscaba hombres que, como una ostra, guardaran en su interior la más preciosa de las perlas: la duda, porque sólo ellos, sólo quienes se permitieran dudar y tuvieran el coraje de hacerlo, sólo ellos serían dignos y capaces de perseguir la verdad, pues los dioses jamás la revelarían a los espíritus mezquinos. Los demás, el resto de los ciudadanos, aquellos espíritus vulgares y efímeros, pasaban junto a él como almas indiferentes, como ovejas de un rebaño indolente y desinteresado en las cimas del pensamiento. Quizá, sospechaba el viejo, los propios dioses habían dispuesto las cosas de ese modo, quizás hasta habían planeado el momento justo y el lugar exacto en que debían cruzarse las almas propicias, la de él, Sócrates, devenido en maestro involuntario de los atenienses, y la de aquellos jóvenes o viejos que el dios parecía haber señalado con su toque divino. O acaso fueran las Moiras, artífices de la desgracia y la fortuna de los hombres, quienes dispondrían sus redes con el propósito de favorecer aquellos encuentros de un modo velado aunque implacable. Y cuando por fin llegaba el momento, cuando se producía ese instante sublime y misterioso, cuando algún distraído ateniense tropezaba con Sócrates en alguna esquina o en medio del Ágora, el viejo permanecía un momento observándolo en silencio, examinando su rostro y sus ojos, aguardando pacientemente hasta que un débil y estremecedor susurro invadía sus oídos.

—Vamos, Sócrates, ve hacia él —murmuraba una voz en su interior—, ve hacia ese hombre y abórdalo, pues su espíritu es virtuoso y sacará provecho de tu conversación.

Y entonces, fingiendo cierta casualidad, se aproximaba a él y buscaba la forma de urdir una charla. Toda artimaña era propicia al respecto: una broma, alguna tontería, preguntas intrascendentes, minucias, trivialidades, cualquier recurso era oportuno si servía a sus fines, cualquier lance que ayudara a despertar la curiosidad de su interlocutor y lo llevara a entablar una conversación.

Y así, día tras día, incontables veces al día, sus peregrinajes sin rumbo por las calles de la ciudad lo arrastraban hacia la misma situación: pequeños grupos de atenienses y extranjeros se cruzaban a su paso y eran detenidos, a veces de manera algo brusca, a veces de manera sorpresiva, por aquel viejo desarrapado y andrajoso que los invitaba a conversar mediante algún artilugio insospechado. Y así, lentamente, Sócrates iba comprendiendo que su existencia en el mundo de los mortales estaba gobernada por aquella imposición divina, por el extraño mandato que había recibido una noche de labios del dios, y se sometía a él con sencillez y confianza, pues, al igual que los héroes homéricos, su alma se regocijaba al saberse un instrumento de la divinidad.

Por esos días Atenas rebosaba de charlatanes. Como una infausta plaga que asolaba la ciudad, hordas de chismosos, de loros, de parlanchines, de engañabobos y habladores profesionales atestaban las calles y bullían en las plazas como un irritante ejército de hormigas. No era posible dar tres pasos sin ser asaltado por alguno de aquellos fastidiosos personajes que surgían de la nada, a veces con insidiosa brusquedad, y atrapaban a los ciudadanos con su verba llena de retóricas. Se presentaban con una infinita cordialidad, simulando franqueza y sencillez en sus maneras, y una vez que el ingenuo paseante caía en sus redes, una vez que sus oídos se rendían al engañoso canto de aquellas sirenas, le soltaban su lengua tan llena de peroratas y chismorreos que un momento después sus orejas enrojecían como pimientos y sus mentes giraban sin sentido.

Viendo el proceder de aquellos engorrosos personajes, Sócrates solía preguntarse por qué extraño motivo la ciudad sufría día tras día un flagelo semejante. ¿Sería que Atenas, como una gigantesca piedra de imán, atraía a esas sanguijuelas desde los cuatro confines del mundo? Él mismo padecía a diario el insistente abejeo de aquellos chismosos; pero sin duda, de entre toda la retahíla de aves de corral sobresalía una especie por sobre todas las demás, una especie infame y tan abundante como una epidemia, una especie que enfermaba los oídos atenienses y que a juicio de Sócrates era la peor de todas: los sofistas.

¡Oh, por Zeus! No se trataba de simples charlatanes; no, no eran oradores improvisados ni mucho menos, pues todos ellos dominaban perfectamente las artes de la retórica, solían ser excelentes polemistas y en ocasiones, torciendo a su antojo los argumentos, enhebrando ideas caprichosas, haciendo gala de su persuasión y elocuencia, aquellos zánganos del pensamiento lograban enredar a sus oyentes de tal modo que los más incautos acababan convencidos de que un cuadrúpedo tenía cinco patas.

—¡Eh, tú! —le gritaban a alguien que pasaba por la plaza—. ¿Sabías que las cosas son y no son al mismo tiempo?

El atribulado caminante se detenía en seco, intrigado por lo que parecía un desafío a su intelecto.

—¿Qué? ¿Qué dices? —preguntaba aturdido—. ¿Cómo puede algo ser y no ser al mismo tiempo?

—Pues sí, querido amigo, yo puedo mostrarte algo que es a la vez doble y no doble.

—¿A qué te refieres?

—Pues al número dos, que como tú sabes *es* el doble de uno y *no es* el doble de tres.

El peatón quedaba algo desconcertado, confuso, y tardaba en advertir la absurda falacia que se escondía detrás de aquel ejemplo. Pero para entonces ya había sido atrapado, embaucado, envuelto en las engañosas garras de aquellos personajes que se jactaban de ser filósofos cuando en realidad sus conocimientos hacían agua por todas partes.

—¿Sabías que el Partenón es muy liviano? —insistían ante algún otro caminante.

—¿Qué dices? ¿Cómo podría ser liviana esa construcción?

—Muy sencillo, porque está hecho de pequeños bloques de piedra muy livianos, y si algo está compuesto de partes livianas, necesariamente deberá ser liviano.

Pero, más allá de aquellos ejemplos, lo que en verdad inquietaba de los sofistas era su ligereza, el modo torpe y frívolo en que presentaban sus ideas. Todos sus conocimientos eran demasiado vagos y no alcanzaban ninguna profundidad, se quedaban atrapados, presos en la superficie de la razón, pues ninguno de ellos era capaz de excavar y de hurgar más allá, de adentrarse en las regiones ignotas del pensamiento. No eran sino duelistas del lenguaje, pendencieros del intelecto que gustaban de competir entre sí tan sólo por demostrar su vivacidad y destreza en el hablar, y no los animaba más que la vanidad de la oratoria, la jactancia de una lengua desenvuelta y ágil, y el poder exhibir una mente inquieta y capaz de los mayores artificios y picardías.

En el Ágora, mañana, tarde y noche, Sócrates los veía marchar de aquí para allá, deteniéndose cada tanto en algún rincón, trepándose a una piedra y llamando con voz estentórea a quienes quisieran escucharlos. Muchos de ellos eran conocidos y ya formaban parte del habitual paisaje de la ciudad. Quien transitara las calles y las plazas podía hallarlos a cada paso, trenzados en discusiones inútiles, perorando a los cuatro vientos y atrayendo la atención de la multitud. Allí estaba el famoso Eveno, discurseando sobre la idea de responsabilidad y cautivando a los paseantes con su verba florida y musical. Pero sólo por un instante, pues más allá, de improviso, aparecía el célebre Hipias de Élide cacareando acerca de la noción del deber, y entonces el público, fascinado, llevado por el esplendor de su voz, dejaba sorpresivamente a Eveno y corría a escuchar a Hipias. Pero no tardaba en asomar Lisímaco, a pocos pasos de allí, disertando sobre las legendarias hazañas de los héroes de Troya, y una vez más la multitud, como un rebaño de ovejas, abandonaba a Hipias y marchaba presurosa hacia el nuevo orador.

¿Qué peor enfermedad que aquella ralea de farsantes?, se decía el viejo a sí mismo al cruzarse con alguno de ellos. ¿Qué mayor amenaza para el pensamiento que esos patanes de la filosofía? Pues, para colmo de males, los sofistas tenían la ruinosa, la insensata, la desvergonzada costumbre de cobrar por sus lecciones, y con ese propósito solían merodear a los hombres más ricos de la ciudad, solían tentarlos prometiéndoles de todo menos la inmortalidad, y una vez que los más imprudentes caían en la trampa, una vez que se fiaban de sus saberes espurios, los mercaderes de ideas traficaban su filosofía como tenderos de feria. Algunos cobraban poco, tan sólo cinco minas por una lección, y en ello se veía cuán escasamente juzgaban sus propios saberes; otros abusaban de la estupidez de algunos ricachones y pedían hasta cien minas por clase, lo cual demostraba que, en ocasiones, el dinero aturde el seso de quien lo posee. Pero sea como fuere, las calles de la ciudad estaban repletas de ellos, tan repletas que al verlos, al oír sus áridos discursos, al advertir la fragilidad de sus argumentos y los muchos atenienses ingenuos que se acercaban a escucharlos, el viejo Sócrates no dejaba de pensar en el sano consejo que Heráclito había dado a los ciudadanos de Éfeso: ahorcaos los unos a los otros.

VI

La ingente labor de Sócrates, aquel trabajo de hormiga que le fuera encomendado por los dioses, resultaba a veces tan ingrato como un vino en mal estado. Otras, no muchas por cierto, lograba dar con algún alma propicia y, entonces, su propio espíritu se regocijaba de alegría. Pero también, en aquel continuo peregrinaje, en aquel andar abstraído y ajeno a los retumbos de la ciudad, su extraña figura solía causar algunas risas, algunas muecas de jocosidad entre quienes se arracimaban bajo la sombra de un árbol y coreaban su nombre en tono de broma, aflautando la voz, añadiéndole epítetos burlones, comparando su imagen con la de un Sileno, mofándose y riéndose de su grotesco y repulsivo aspecto.

Más de una vez el viejo se aproximaba a aquellos grupos de muchachones con cierto aire de curiosidad, ávido por conversar con ellos y sondear en la hondura de sus espíritus, y allí, mezclado entre aquellos jóvenes entregados al ocio, se dejaba llevar por sus humoradas y ocurrencias.

—¡Eh, tú, Sócrates! —le decían algunos—. ¿Por qué andas todo el día como un pordiosero? ¡Más vale ve a juntarte con los perros hambrientos!

Y el viejo reía por toda respuesta, reía entre dientes, quizás hasta gozando de su propia fama de vagabundo, de charlatán y engañabobos, y tal era aquella fama que el mismo Aristófanes, años atrás, había escrito y puesto en escena una obra en la que el viejo aparecía dirigiendo una disparatada escuela de filosofía llamada el *Pensadero,* donde se la pasaba desplumando a los incautos que acudían a ella, gloriándose de sus propios saberes y ciencias, prometiendo enseñar los vericuetos de la razón, los malabares de la retórica, las argucias y enredos del pensamiento, y donde las más de las veces entretenía a sus discípulos en cuestiones tan irrisorias como a qué distancia era capaz de saltar una pulga o si los mosquitos zumbaban por la boca o por el trasero.

—¡Eh, Sócrates! —lo apestillaban otros desde la puerta de un baño público—. ¿Cómo vas con ese *Pensadero* tuyo? ¿A cuántos has esquilmado en el día de hoy?

Pero el viejo no se enfadaba a causa de ello, oh no, eran simples tonterías, pequeñas bromas cuyo propósito no era otro que despertar las risotadas de los atenienses, y él, que conocía el alma humana y sabía de las flaquezas y debilidades que aquejaban a los mortales, había aprendido a sobrellevar las muchas insolencias que le dispensaban sus conciudadanos.

—¡Eh, viejo loco! —le decía algún paseante en medio de la calle—. Ya que tanto andas preguntando, ¿no te has preguntado a ti mismo con quién está ahora tu mujer?

Una vez más Sócrates ignoraba aquellas humoradas y seguía su paso. Caminaba tan sereno como una brisa estival; parecía deslizarse como una nube entre los hombres, ajeno al ruido cotidiano, a la insensatez, a la infame vulgaridad de los necios, y no temía siquiera la burla más hiriente o el insulto más procaz, pues él, Sócrates, ya no era aquel anónimo ciudadano que transitaba las calles de Atenas, ya no era aquel ignoto hijo de Sofronisco y Fenaretes; él era, ahora, el elegido del dios, sí, aquel mortal a quien la divinidad había tocado delicadamente aquella extraña y hermosa noche, tan maravillosa como un sueño, y desde entonces su alma se había purificado y era impermeable a las cosas mundanas, casi como un Zeus remoto en su olímpico sitial.

Cierto era que los dioses le habían arrebatado el sosiego de una vida sencilla, de una vida recogida y apacible, pero a cambio de ello lo habían conducido hacia un destino más alto, más glorioso, un destino comparable al de los héroes de Troya, y desde aquellas alturas nada podía hacer mella en su espíritu, ni siquiera la más vulgar de las ofensas que pudieran escuchar sus oídos. ¿Criticas mis ojos?, preguntaba a quien se burlaba de ellos, ¿dices que son grandes y feos como los de un buey? Pues has de saber, amigo mío, que en el arte de mirar son mejores que los tuyos, que sólo ven en línea recta, mientras que los míos, que son enormes y saltones, ven también hacia los lados. ¿Te burlas de mi nariz?, replicaba a quienes se mofaban de ella, ¿crees que es horrible y que se parece a la de un puerco? Pues aun así estoy en ventaja, ya que los dioses nos pusieron la nariz para oler, y mientras las ventanas de la tuya miran hacia abajo, las de la mía, que son respingonas, pueden captar mejor todos los olores. ¿Y tú, te ríes de mi boca?, ¿dices que es tan grande como la de un burro? Pues, a la hora de morder, querido amigo, sin duda será mejor que la tuya, que apenas puede abrirse como la de un ruiseñor.

Sin embargo, lo que en verdad inquietaba al viejo era la envidia y el recelo de quienes, ufanos de sí mismos, persuadidos de su ciencia y tenidos por sabios infalibles, temían ser desenmascarados, temían desnudar su ignorancia ante aquel personaje a quien bastaban unas pocas preguntas para conducirlos hacia los oscuros límites de la razón.

Eran ellos quienes, con infinita maledicencia, con la desvergüenza propia de quien se jacta de sus rudezas, buscaban desquitarse de aquel viejo irritante y fastidioso. Eran ellos quienes inventaban patrañas sobre su persona, quienes lo acusaban de incitar a los jóvenes a la insolencia y el atrevimiento, de corromper sus almas, de enseñar los peores vicios y, ¡por Zeus!, de exhortarlos a adorar otros dioses, oh sí, dioses remotos, impíos, ajenos a la ciudad.

Aquello en verdad lo inquietaba, pues ya no era la simple burla ni la contagiosa risotada ante sus muchas extravagancias. Ya no era el escarnio ante sus ojos de búho y su nariz chata y arrugada. No, aquellas acusaciones, aquel infame cargo por impiedad, tan desatinado como ridículo, alimentaba en muchos atenienses el odio más furioso hacia el filósofo, un odio hecho de dudas y temores, y no era extraño escuchar ciertos rumores que empezaban a hablar de Sócrates como de un enemigo de Atenas, que lo consideraban un viejo miserable que envilecía a los jóvenes, que los alejaba de la cosa pública, del servicio a la ciudad, que los convertía en zánganos cuya mejor ocupación era perderse en abstracciones inútiles.

Y había algo aún peor, pues aquellos mismos que denunciaban su descaro y sus muchas insolencias, ahora se mostraban indignados al ver que muchos jóvenes de la ciudad, atraídos por la llamativa personalidad del viejo, se habían tomado la costumbre de imitarlo en todo, de remedar su forma de hablar y hasta las inflexiones de su voz. Y así, con la arrogancia y la frescura propias de la juventud, se dedicaban el día entero a perseguir a los hombres mayores para burlarse de ellos y ponerlos en ridículo frente a todos sus amigos.

—¡Oh, por Zeus! —exclamaban los más irritados—. ¡Qué espectáculo humillante es ver a aquellos mozos reírse de sus mayores!

—¡Sí! —coreaban otros no menos ofendidos—. ¡Ese tal Sócrates debería avergonzarse de ello!

Pero había quienes iban aún más allá y decían que lo peor de todo era aquella feroz impiedad que destilaba el viejo, aquel profanar a los dioses que la ciudad cobijaba como sus patronos desde épocas remotas. ¿No eran semejantes audacias, acaso, las culpables de los muchos infortunios que venía padeciendo Atenas en los últimos años? ¿O no decían los seguidores del viejo que la diosa Atenea, la más alta divinidad de los atenienses, la más venerada, la más gloriosa, la que protegía a la ciudad de sus enemigos y participaba en todas las campañas militares, era sólo un nombre vacío, una deidad inexistente? Y por cierto, ¿no habría encendido aquello las iras de la diosa y provocado, en consecuencia, la reciente derrota frente a Esparta, la pérdida de la flota, la ruina, la muerte, la pobreza?

¡Oh, indigno Sócrates!, clamaban algunos, tú eres el culpable de tales desastres, tú has vuelto díscolos a nuestros jóvenes, has envenenado sus almas con tu ponzoñosa retórica sin sentido; y si no, mira al perverso conspirador, al más innoble de todos, a aquel infame Alcibíades que alguna vez fuera tu discípulo y que ahora, después de infinitos engaños y fechorías, es recordado como el más indigno traidor de que Atenas tenga memoria. ¿O no recuerdas sus muchas vilezas? ¿No era él quien esquilmaba a todo el mundo, quien violaba las leyes, quien era partidario de la guerra contra Esparta como un modo de trepar en su ambiciosa carrera? ¿Y no había sido él quien traicionara a la ciudad, no una sino tres veces? ¡Ah, viejo nefasto! ¿Qué ideas pones en la cabeza de los jóvenes? Los alejas de la religión, los conviertes en enemigos de la república, los vuelves irrespetuosos con los mayores e insolentes con sus propias familias. Pero ya tendrás tu merecido, ya te arrepentirás de tus impiedades, porque alguna vez, ¡oh, infame Sócrates!, alguna vez la propia Atenas se cobrará su venganza.

VII

Densamente humeaba la ciudad sobre las cabezas, densamente esparcía sus pesados olores de rebaño, de lana húmeda, de antorchas que largaban su humareda asfixiante sobre el aire inmóvil; densamente se había poblado el Ágora de una muchedumbre de ciudadanos cuando Sócrates, llevado por sus pasos, inconsciente de sus pasos, se vio de pronto inmerso entre una hilera de tiendas que invadían el lugar. Todo a su alrededor eran rostros, cabezas, túnicas, manos que se agitaban en el aire, voces que clamaban y reclamaban ofreciendo sus mercancías.

De pronto, en medio de aquel incesante murmullo, algo resonó a sus espaldas, una voz clara y acaso hiriente que lo sacó de su estado de arrobamiento:

—¡Sócrates!

Por un momento regresó el denso rumor de la feria; pareció como si aquella voz no hubiese sido más que algo ilusorio y confuso, venido de ninguna parte, o tal vez del interior de su propio espíritu. Sócrates miró a la muchedumbre algo desconcertado, y al notar que nadie le devolvía la mirada continuó su camino, ensimismado, abstraído como siempre en sus propias cavilaciones.

—¡Eh, Sócrates! —resonó la voz una vez más.

Y entonces sí, tras volverse y rebuscar entre aquel mar de rostros imprecisos, descubrió las facciones de Antifonte, sumergido entre la multitud, que seguía sus pasos y trataba afanosamente de alcanzarlo. Por un momento no pudo evitar una ligera mueca de comicidad ante la extraña catadura de aquel hombre cuya expresión de insensatez jamás dejaba de asombrarlo.

—¡Antifonte! —saludó el viejo con amabilidad—. ¿A qué se debe tanta prisa por alcanzarme?

Hacía ya tiempo que Antifonte merodeaba en torno a Sócrates. Era uno de esos típicos sofistas que, tal vez por rencor o por envidia, solían andar tras el viejo espiándolo con una mezcla de curiosidad e imprudencia, irritados al ver que tantos jóvenes atenienses parecían seguirlo y dejarse subyugar por el encanto de sus palabras. Pero sobre todo, había algo que Antifonte no comprendía ni toleraba en el viejo maestro: él, como muchos, se había escandalizado amargamente al enterarse de que Sócrates jamás cobraba por sus lecciones. Aquello era inaudito, casi una afrenta para cualquier sofista que se preciara del valor de sus conocimientos, y a raíz de ello buscaba importunar al viejo una y otra vez con fastidiosa insistencia, lo perseguía a través de las calles, irrumpía en medio de sus charlas desafiándolo a resolver los más antojadizos enigmas, lo apestillaba con sus preguntas, se burlaba de él y, si venía a cuento, hacía todo lo posible por arrebatarle a sus discípulos y llevarlos consigo, pues en su opinión y en la de muchos, aquellos jóvenes desperdiciaban su tiempo al dejarse engañar por los embustes del viejo.

Algunos amigos y discípulos de Sócrates se hallaban en el Ágora por casualidad, caminando o charlando animadamente, y al ver que Antifonte se había aproximado a su maestro no tardaron en acercarse. Sócrates sonrió al verlos, y dirigiéndose al sofista con cierta malicia le dijo:

—¿Qué te traes esta vez, mi buen Antifonte? ¿Qué nuevas artimañas has ideado para quitarme a estos jóvenes?

Algunos festejaron la broma con risotadas. Antifonte, por el contrario, se ruborizó y pareció mascullar algo entre dientes mientras estiraba el cogote como una tortuga.

—Te equivocas, Sócrates —dijo alzando una mano y agitándola en el aire—. Sólo he venido a observar una vez más como eres tú quien engañas a estos muchachos...

—¡Oh, por Hera! —exclamó el viejo asombrado—. Y dime, ¿por qué crees que los engaño?

—Es muy sencillo, y basta ver el aspecto con que andas todo el día. Porque dime, ¿cómo es posible que vistas esas ropas viejas y andrajosas, si se supone que eres maestro de los ricos? En ello, Sócrates, se advierte que estás senil, que no tienes idea de lo que haces o lo que dices, y por eso afirmo que tú, aunque no lo quieras, engañas a los jóvenes.

La voz de Antifonte, pese a hallarse a unos pocos pasos de distancia, le había sonado lejana, casi incomprensible, como emergida de una ignota caverna. Sócrates demoró un instante en salir de sí mismo, de esa especie de aneblado sueño en el que se hallaba sumido. Volvió sus ojos hacia el sofista y dijo:

—No te apresures, amigo mío. Por tus palabras deduzco que tienes el juicio tan corto como las patas de un cerdo.

Antifonte apenas se escandalizó por la comparación. Conocía tanto a aquel viejo mañoso que no le molestaban sus groserías. Pero se hallaba con ánimos de importunarlo, de modo que se aproximó unos pasos y dijo:

—Es raro que me compares con un cerdo, Sócrates, cuando eres tú quien se junta con esa clase de animales.

La alusión a los cerdos no era sino un viejo reproche que le imputaban sus adversarios, ya que el viejo filósofo solía tener por discípulos a algunos de los jóvenes más ricos de la ciudad.

—Me extraña lo que dices, querido Antifonte —respondió Sócrates—. Entiendo que eres tú quien cobra por enseñar, y en ese caso, tal como las moscas se sienten atraídas por la miel, es natural que seas tú quien se sienta atraído por aquellos de mejor condición económica.

—Tú también enseñas a los hijos de los ricos.

—Enseño a todo el mundo. A todos, mi buen Antifonte, y mientras tú exiges dinero a cambio de tus lecciones, yo sólo pido curiosidad, interés, amor a la sabiduría. Quienes se acercan a mí sólo deben ansiar la virtud y desear el bien, el suyo propio y el de sus conciudadanos, y no me importa si tienen dinero o si sus ropas se deshilachan de viejas.

La sonrisa de Antifonte se había esfumado y ahora, en su rostro, asomaba una mueca de inquietud. ¿Sería posible que aquel anciano lo humillara? ¿Sería posible que, mediante un breve razonamiento, le hiciera tragar sus palabras? Advirtió una incómoda picazón en su espíritu, una picazón semejante al ridículo por haberse dejado caer en las garras de aquel viejo. Y se sintió tanto más humillado por cuanto había sido él mismo quien iniciara la disputa.

Pero era imperioso responder. No quería, no debía quedarse callado, pues su propia humillación lo llevaría a morderse los codos de rabia.

—Mira, Sócrates —dijo tratando de serenarse—, lo que en verdad no comprendo de ti es por qué buscas distinguirte de los demás. Tú eres maestro al igual que nosotros los sofistas, usas la palabra como tu herramienta, y si no cobras por ello, pues bien, tus razones tendrás. Pero te engañas si crees ser diferente al resto.

—Celebro lo que dices, mi buen Antifonte, y celebro que por fin puedas razonar conmigo. Pero has de saber que yo encuentro muchas diferencias entre tú y yo. En primer lugar, no me considero un maestro, aunque así me llaman algunos de mis amigos. Maestro es quien tiene algo para enseñar, mientras que yo, como sabes, me paso el día entero preguntando. También dices que la palabra es mi herramienta, y en eso guardas razón, pero mientras tú usas la retórica para jugar y hacer malabares, yo pretendo utilizarla para llegar a la verdad.

El rostro de fauno de Antifonte se contrajo una vez más, arrugándose como un cuero viejo. Sabía que Sócrates recelaba de los sofistas, que echaba pestes de aquel arte al que juzgaba una pura charlatanería, un torneo de locuacidad, un juego vacuo y sin sentido. Pero aun cuando él mismo, en algún aspecto, podía estar de acuerdo con ello, se sintió molesto al oír que los hombres de su gremio utilizaban la retórica para jugar y hacer malabares.

—¿Qué quieres decir con eso, Sócrates? —replicó fingiendo indignación—. Nosotros empleamos las palabras con gran elegancia y no hacemos juegos ni travesuras con ellas.

—Creo que no me he explicado bien —arguyó el viejo—. Si juegas o no con las palabras, eso es un asunto de menor importancia. Lo esencial, amigo mío, es que los sofistas sólo se conforman con opinar, seducir, fascinar con su retórica, en vez de ir a lo hondo del problema. Confunden la elocuencia con la verdad. Se pavonean ante sus discípulos cautivándolos como Orfeo, con la música de sus palabras, pero no advierten que el discurso vacío no conduce a ninguna parte.

—¿Eso crees? —replicó el otro—. Sin embargo, el dominio de la retórica es muy útil para la vida. Confiere habilidad y poder sobre los demás hombres. Siendo un hábil orador puedes, por ejemplo, persuadir a los jueces de un tribunal o a los senadores del consejo, o también puedes convencer al pueblo en las asambleas o en cualquier otra reunión de ciudadanos.

Había dicho aquello con una sonrisa infantil, casi picaresca, satisfecho de su propia elocuencia. Sin embargo, Sócrates objetó:

—¿Lo ves, mi querido Antifonte? Tú mismo has señalado la diferencia: mientras los sofistas pretenden seducir al senado o a los jueces para obtener algún beneficio, yo busco la verdad, la esencia de las cosas, y no me importa si con ello se disgusta un juez o molesto a algún miembro del senado.

Sus palabras quedaron retumbando en el vacío, quizás algo amargas, ayunas de toda esperanza, mientras el tornadizo rostro de Antifonte, una vez más, se había vuelto inconmovible. Aquello habría podido ser el fin de la improvisada conversación, pero estaba claro que el sofista aún continuaba emperrado en fastidiar a Sócrates, de modo que hizo un gesto de indiferencia en el aire, como si restara importancia a las palabras del viejo, y arremetió una vez más.

—¡Bah! —suspiró aparatosamente—. Lo que dices se cae por su propio peso. Quieres convencernos a todos de que buscas la verdad, y sin embargo, como te decía al principio, no haces más que engañar a quienes te siguen.

—¿Otra vez con eso? —suspiró el viejo—. Pues bien, aceptaré que me acuses de ello. Pero aún no me has dicho por qué crees que los engaño.

—¿Y aún lo preguntas, Sócrates? Te lo diré si así lo quieres. Tú engañas a estos pobres muchachos porque no les enseñas otra cosa que a vivir como mendigos. Mírate si no: tú mismo vives peor que un esclavo, llevas ropas de pordiosero, no tienes calzado ni usas túnica y te alimentas de sobras que hasta un perro desecharía —hizo una pausa, miró en su derredor y continuó—: Para colmo, no aceptas dinero por tus lecciones, lo cual te permitiría vivir con mayor soltura y libertad. Dime, pues, si no eres un maestro de la pobreza, si no instruyes a estos jóvenes para que sean vagabundos, pobres y miserables.

Antifonte bajó sus manos y aguardó la respuesta. En su rostro había asomado una ligera mueca de orgullo que lindaba con la arrogancia. En su interior, creía haber dado con un argumento irrefutable, con una acusación que ni el propio Sócrates podría rebatir, pues quien observara a aquel viejo harapiento creería que, en vez de filósofo, debía de ser un desgraciado y hambriento esclavo sin un dracma en el bolsillo. Además, suponía haber puesto a Sócrates en ridículo frente a sus propios amigos, y como buen sofista, ufanándose de ello, alzó la mano derecha y apuntó su dedo índice hacia el viejo, lo apuntó de un modo desafiante, casi impúdicamente frente a todos, como si el vértice de aquel dedo remedase la punta de una flecha, y con la voz de un tribuno exclamó:

—¡Responde a eso, Sócrates!

Un grave silencio cayó sobre la plaza. Todos observaron al viejo con curiosidad, expectantes de su respuesta.

—¡Ah, mi querido Antifonte! —replicó Sócrates con gran serenidad—. En verdad no sé qué pensar de ti. ¿Por qué pierdes el tiempo hablando con este viejo al que detestas? ¿Quieres hacer de esto un torneo de oratoria? ¿Pretendes que luchemos, tú y yo, como si estuviésemos en los Juegos? Deberías avergonzarte de retar a un anciano como yo.

—¿Te acobardas, Sócrates? —fanfarroneó Antifonte—. ¿No quieres discutir conmigo? ¿Temes quedar mal parado frente a tus alumnos?

—No, no es eso, querido amigo. Es sólo que no estoy de ánimo para hablar contigo de estas cosas.

—¡Vamos, Sócrates! —insistió el sofista—. ¡Sé que te sales de la vaina por contestarme! ¡Suéltalo de una vez!

Se habían arracimado otras gentes en el Ágora y, de pronto, ávidos de husmear en la discusión, hambrientos por inmiscuirse entre aquellos dos hombres, el grupo todo formó un pequeño círculo en torno al viejo y al sofista, como si aquello fuera el escenario de una pelea entre dos púgiles. El sol daba de lleno sobre las cabezas y en medio del rumor cada vez más creciente, sobresaliendo del confuso enredo de voces, se oyó decir a Sócrates:

—Está bien, Antifonte, si así lo quieres, mi impaciente amigo, entonces escucha: tengo la impresión de que te has hecho una idea errónea de mí, una idea tan errónea que de seguro preferirías la muerte antes que llevar una vida como la mía. Sin embargo, puedes dar por cierto que yo aprecio mi existencia más que cualquier otra en este mundo, y si quieres te diré por qué —respiró brevemente, como cobrando impulso, y continuó—: Tú supones que me incomoda el no cobrar por mis lecciones, cuando en realidad, quienes cobran están obligados a conversar con quienes pagan, mientras que yo, por no recibir dinero de nadie, puedo hablar con quien se me antoje y en el momento en que quiera hacerlo. También has dicho que me alimento de porquerías, cuando en realidad para mí son verdaderos manjares, ya que me he acostumbrado a que mi estómago sólo necesite de unos pocos víveres para estar satisfecho, y además, créeme que los hallo deliciosos, pues no hay mejor condimento que el hambre. Pero no contento con ello, también hablas de mis ropas como si fuesen harapos, que en verdad lo son, pero es porque mi cuerpo no precisa más que unos pocos retazos de paño, ya sea en verano o en invierno, pues no siento el frío ni me abruma el calor. Por otra parte, me endilgas el andar descalzo el día entero cuando, quienes usan algún calzado, lo hacen para proteger sus pies, mientras que yo no necesito llevar nada en ellos, pues jamás me he hecho daño alguno, ya sea caminando entre la nieve o andando sobre la roca dura. Creo que tú, mi querido Antifonte, ignoras que cualquier hombre, aun cuando sea débil físicamente, puede volverse firme y vigoroso a fuerza de ejercicios. Ignoras que yo entreno y preparo mi cuerpo día a día, continuamente, para aprender a soportar las contingencias con que debo enfrentarme. Ignoras que la sed, el hambre, el frío, el calor, todos ellos pueden dominarse con facilidad si te ejercitas del modo conveniente. Ignoras que el sueño y la lujuria pueden moderarse cuando tienes en mente otras actividades que complacen tu espíritu. Ignoras que el hombre feliz es quien menos necesita. Ignoras que no todo es molicie y derroche. Ignoras que...

—¡Basta! ¡Ya basta, por favor! —rezongó Antifonte a voz en cuello.

En menos de lo que canta un gallo su expresión había mudado bruscamente y sus cabellos se erizaron como los de un gato asustado. Sin duda había quedado en ridículo frente a la muchedumbre, y mientras apretaba sus puños con gran virulencia, mientras sus huesos tiritaban nerviosamente, pareció arrepentirse de sus anteriores fanfarronadas. En su ingenuidad, en su torpeza, no había imaginado siquiera por un momento que la respuesta a sus burlas, que la reacción de aquel viejo al que había pretendido avergonzar, acabara en aquel fárrago de palabras que lo habían dejado mudo y convertido en el hazmerreír de todos.

Ahora su rostro se había encabritado y parecía querer hablar, protestar, criticar los argumentos de Sócrates, parecía dispuesto a seguir la batalla hasta el final aun cuando sufriese una agónica derrota. Pero su voz se eclipsaba en su garganta, parecía atascarse en el interior de su boca, hacer borbotones, y sólo se alcanzaba a percibir un confuso gruñido, un susurro gutural que intentaba emerger de sus labios y se quedaba enredado entre sus dientes.

—Calma, amigo mío —le aconsejó Sócrates—, trata de serenar tus ánimos pues de lo contrario acabarás por enfermar.

Debió transcurrir un buen rato para que el propio Antifonte apaciguara su espíritu y reconociera haberse dejado llevar por el enojo. Una vez más mudó su semblante y entre balbuceos dijo:

—Tienes razón, Sócrates, y debo disculparme por mi arrebato. He sido un tonto y te prometo que no volverá a ocurrir. Pero si quieres saber la verdad, te diré lo que opino de ti: pienso que eres un hombre justo y virtuoso, pero en modo alguno creo que seas sabio...

—¡Pues claro que no lo soy! —estalló el viejo con una sonora carcajada—. ¡Ten por cierto, Antifonte, que no soy sabio ni mucho menos! Y es más, te aseguro que he sido el primero en gritarlo a los cuatro vientos. Sin embargo, amigo mío, debo admitir que tengo curiosidad por conocer tus razones. Dime, te lo ruego, ¿por qué crees que no soy sabio?

La calma había regresado y con ella el color de las mejillas de Antifonte. Una vez más se había hecho un silencio extraño en derredor de ambos hombres, como si todos esperaran con demasiada ansiedad la respuesta del sofista.

—Pues bien —observó Antifonte—, pienso que no eres sabio, Sócrates, por lo que decíamos hace un rato: tú mismo, al no cobrar por tus lecciones, consideras que tu compañía no vale nada. Si tuvieses que entregar tu manto, tu casa o cualesquiera de los bienes que posees, pedirías dinero a cambio de ellos; y sin embargo, no pides nada por tus saberes. Por lo tanto, puedo considerarte un hombre justo, pues no engañas a nadie por codicia, pero en modo alguno eres un hombre sabio, ya que tú mismo no aprecias el valor de tus conocimientos.

—¿Eso crees, amigo mío? —observó el viejo—. Pues, en verdad, es cierto que me considero un hombre ignorante, y para comprobarlo te bastará con escucharme hablar, pero lo poco que he logrado aprender, aquellos escasos saberes que me ha dado el solo oficio de vivir, esos los tengo en muy alta estima y los considero el mayor de mis tesoros. Lo que ocurre es que, para mí, la sabiduría es algo similar a la belleza: si uno la vende a cambio de dinero no estará sino ejerciendo la prostitución.

Sintiéndose aludido, Antifonte sacudió la cabeza y dijo:

—¿Me estás llamando puta, Sócrates?

Súbitamente la ira había relampagueado una vez más en los ojos del sofista, quien ahora pareció más aturdido y confuso que nunca ante las palabras de Sócrates. El viejo advirtió la expresión de su interlocutor y procuró atemperar la conversación. No dudaba de que los sofistas eran como hetairas, como meretrices de la filosofía, mujerzuelas que por algunas cuantas monedas entregaban su virtud a cualquier paseante. No dudaba de ello y sin embargo trató de expresarse con gran delicadeza, con la mayor sencillez, pues nada quería en el mundo sino mostrarse amable y no ofender a su atribulado compañero.

—No lo tomes de ese modo, mi querido Antifonte —dijo procurando mostrar una cordial sonrisa—. Si yo no cobro por hablar con nadie es porque prefiero tener amigos antes que clientes, pues así como hay quienes gustan de un buen caballo o de un buen pájaro, yo gusto de cosechar buenas amistades, y si por ventura creo saber algo provechoso y que pueda interesar a los demás, me complace compartirlo con todos mis amigos sin pedirles nada a cambio.

Hubo un momento de extraña vacilación. Antifonte no acertaba a descubrir las intenciones del viejo; ignoraba si existía algún propósito oculto detrás de sus palabras, si estaba siendo objeto de alguna oscura trampa retórica o de alguna estratagema del lenguaje, pues sabía que, en ocasiones, Sócrates echaba mano de un recurso que lo había hecho célebre entre los atenienses, de una habilidad que manejaba a la perfección, de una táctica que empleaba con finísima destreza, en el momento justo, en la dosis exacta, y cuyo uso desarmaba a sus oponentes: la ironía.

¡Oh sí!, la inquietante ironía de Sócrates, aquella arma tan sutil como efectiva que el viejo utilizaba para hablar, para criticar, para lanzar veladamente los más terribles y venenosos dardos a sus rivales, aquel arte que había perfeccionado y pulido como nadie, pues el continuo ejercicio de la oratoria lo había persuadido de que el ataque directo, la postura rígida y literal, era demasiado riesgosa para cualquier filósofo: podía fácilmente caer en la torpeza y el ridículo ante el menor descuido o quedar atrapado entre sus propias redes. En cambio la ironía, lanzada con mañosa habilidad, sembraba la duda en el oponente, dejaba todo bajo una luz confusa, ingeniosamente equívoca, y tendía una celada invisible que no era sino una crítica feroz disfrazada de amabilidad.

Así pensó Antifonte al oír las palabras de Sócrates. Sí, no cabían dudas de que estaba siendo objeto de una irónica burla, de modo que su enojo pareció acentuarse una vez más y sus mejillas volvieron a enrojecer. Estaba a punto de hablar, de responder a la humillante insolencia del viejo, pero su lengua parecía incapaz de sosegarse.

—Cálmate, amigo mío —le aconsejó el viejo—. ¿No eras tú quien deseaba hablar conmigo? ¿Por qué te pones de ese modo?

Pero Antifonte ya había perdido los estribos y no atendía razones. Sus manos se tensaron como las de una fiera y mientras sus ojos se clavaban en los del viejo exclamó:

—¡Ya basta! ¡Tú no me engañas, Sócrates! ¡No me harás creer esos cuentos con que enredas a estos jóvenes! ¡Siempre has sido un charlatán harapiento y siempre lo serás! ¡Y ahora me voy, no sea cosa que me contagies tus piojos!

Giró sobre sí mismo, malhumorado, haciendo rabietas y mordiéndose los labios, y en un aparatoso revuelo de túnicas se perdió airadamente entre la multitud.

Algunos de los presentes se miraron entre sí desconcertados, otros se rieron de aquella salida con aires de tragedia, de aquella retirada con ínfulas de esposa descontenta; pero todos, sin excepción, permanecieron inmóviles en su sitio aguardando la reacción del viejo ante las palabras del sofista. Esperaban tal vez algún reproche o quizás una risotada, pero no ocurrió nada de eso. Tan sólo una mueca de tristeza apareció tenuemente en el rostro de Sócrates, y lo inundó de opacidad. Era una expresión amarga que pintaba por entero su propia desazón, pues él no veía en Antifonte a un rival, no sentía desprecio ni odio alguno hacia aquel singular personaje que, al fin y al cabo, no era más que una pobre cotorra sin muchas luces. Lo que en verdad afligía al viejo era su propia época, el aciago tiempo en que le tocaba vivir, aquella decaída Atenas que se había vuelto un reducto de mercaderes y negociantes del pensamiento, una cueva de especuladores que traficaban sus ideas al mejor postor y que, para colmo, veían con malos ojos a quienes enseñaban gratuitamente.

Aquéllos eran tiempos de tinieblas, pensó el viejo mientras abandonaba la plaza, tiempos de confusión en que la moral ateniense había caído en un pantano resbaladizo. La guerra contra Esparta había derruido el alma de la ciudad y la noche amenazaba a cada ciudadano, oculta, inquietante, presta a lanzar sus garras en cualquier momento; era como una siniestra nube de tormenta que asoma en el horizonte, y Sócrates intuía su presencia como los animales del bosque, olía el hedor de la tormenta en el aire ennegrecido y denso de la ciudad.

No, no eran las ofensas de Antifonte lo que abrumaba su espíritu. ¿A qué amargarse por este o aquel insulto que había escuchado mil veces? ¿A qué molestarse al oír aquello de charlatán harapiento, si él mismo se tenía por tal? No le hacían mella alguna esa clase de tonterías, y prueba de ello era aquella vez en que un hombre que entendía de rostros, al ver el suyo, había opinado que albergaba todos los peores vicios, las peores indecencias y defectos, a lo cual, sin enfadarse un ápice, Sócrates había contestado: "Me conoces, señor".

No, no era aquélla la razón de su desconsuelo, sino el ver a su ciudad, a su amada ciudad hundida en el desconcierto.

Continuó su camino bajo el sol del mediodía, y cuando por fin se hubo alejado lo suficiente de la plaza, cuando por fin se halló realmente solo, en los confines de una callecita que se hundía entre una arboleda, sintió como una repentina y feroz opresión en el pecho. ¿Sería capaz?, se preguntó ya por infinita vez, ¿tendría el vigor, la fuerza, el inquebrantable dominio de sí mismo para cumplir la divina misión que animaba su vida? ¡Cuán inasible era el monstruo de la ignorancia! Pensó en Heracles, en el fogoso Heracles luchando contra el terrible león de Nemea; pensó en aquella horrible bestia ahogada, despellejada por el gigante, y se le antojó un enemigo envidiable, ¡oh, sí!, extrañamente envidiable, pues Heracles había podido atraparlo, tenerlo entre sus manos, percibir su aliento, cara a cara, mientras que él, Sócrates, enfrentado a la necedad y a la barbarie, luchaba contra el más huidizo, el más ambiguo y el más esquivo de los rivales.

Continuó su marcha durante un rato y sus pasos lo llevaron hacia un lugar apartado, cerca del puerto de El Pireo, allí donde Atenas resbalaba hacia el mar y donde las callejuelas eran tan estrechas que apenas daban lugar al paso de un carro. Aún se sentía algo afligido y caminaba a paso lento, como dejándose llevar por su propia desazón.

De pronto se volvió sobre sí mismo, como alertado por una presencia cercana, y sus ojos distinguieron la silueta de un muchacho de noble aspecto que se aproximaba desde el final de la calle. Detuvo sus pasos y por un instante permaneció inmóvil, observando la figura algo excéntrica y llamativa de aquel joven que se acercaba indiferente, contempló sus ojos luminosos y, de pronto, como asaltado por un extraño hechizo, todo su cuerpo experimentó un ligero estremecimiento: sí, aquella era la misma sensación, la misma enigmática fuerza que invadía su espíritu al hallar a un alma propicia. Vaciló un instante pero luego apretó sus pasos en dirección al muchacho y forzó un encuentro en mitad del callejón.

Apenas daba el sol en aquel estrecho pasaje, apenas llegaba el rumor del gentío que se arremolinaba cerca de allí, y el escenario parecía hecho a la medida de aquel encuentro. Una vez próximo al muchacho, Sócrates interpuso su bastón e interrumpió su marcha.

—Dime —le preguntó con tierna indiferencia—, ¿dónde puedo comprar comida?

El joven alzó su rostro desconfiado, receloso, algo molesto por aquel bastón que trababa sus pasos. Era de aspecto recio y de anchas espaldas, aunque sus delicados y breves movimientos delataban que pertenecía a alguna familia aristocrática de la ciudad. Tímidamente observó las facciones del viejo, sus cabellos desgreñados, la ropa sucia, los pies descalzos, observó aquella sonrisa casi socarrona que brillaba en su rostro y, de pronto, la timidez se convirtió en un asomo de burla. Un vagabundo, pensó para sí mismo, un viejo y hambriento pordiosero como los hay a montones.

—Allí, en la otra calle —señaló displicente—. Allí encontrarás comida a buen precio.

Tenía una voz débil que contrastaba con el morrudo aspecto de su silueta, cuyos hombros de toro semejaban a los de un luchador. Miró al anciano aguardando a que se marchara, y ya estaba por seguir su camino, sorteando el incómodo bastón que aún demoraba su paso, cuando el viejo le cerró la marcha una vez más y murmuró:

—Y dime, ¿dónde se forman hombres buenos y virtuosos?

El semblante del joven mudó de raíz. Por un momento creyó haber oído mal, creyó haberse engañado a causa del bullicio callejero, pues no acertaba a asociar la pregunta con el mísero aspecto de aquel anciano a quien había tomado por un mendigo.

Sin embargo, por simple curiosidad, por saber hasta dónde llegaría aquel viejo lunático, se resolvió a seguir la charla.

—¿Hombres buenos y virtuosos? —repitió encogiendo sus poderosos hombros—. Pues, vaya uno a saber. En verdad no me hago idea de dónde hallarlos.

Sócrates alzó su bastón y sonrió con ternura.

—Entonces sígueme y lo sabrás —anunció.

Tal vez algo intrigado, quizá por el raro interés que le despertaba aquel estrafalario personaje, el muchacho se resolvió a seguir sus pasos. Tenía tiempo de sobra y, a fin de cuentas, ¿qué podía perder al acompañar al viejo unas pocas calles? Además, parecía ser un joven curioso, hambriento de nuevas experiencias, y aunque la propuesta sonara descabellada, su excitación pudo más que su prudencia.

—Está bien —dijo—. Te acompañaré si eso es lo que deseas.

Caminaron algunos pasos y luego se metieron en otro callejón que desembocaba en un pequeño caserío de los alrededores de Atenas. No tardó el muchacho en advertir que aquella caminata no conducía hacia ningún sitio y que el viejo, que no había parado de hablar en todo el trayecto, que parecía como obnubilado por sus propias palabras, no tenía otro propósito más que el de buscar alguna compañía durante un rato.

Sin embargo, durante la caminata había mencionado al pasar a los grandes poetas y filósofos de la antigüedad, a los autores de tragedias y a los retóricos más famosos, los había mencionado con cierta ambigüedad, no tanto para citar sus ideas o sus versos, sino para interrogar al joven acerca de ellos, qué opinaba él de esta o aquella obra, qué pensaba de los tratados de Hesíodo, qué de las ideas de Parménides o de Heráclito, qué de los poemas homéricos o de las tragedias de Esquilo. Y aquella nutrida enumeración había terminado por cautivar al muchacho, que a cada paso parecía acrecentar su interés en la conversación, que a cada momento parecía descubrir en aquel viejo a un hombre versado en saberes y ciencias y cuyas maneras sencillas lo atraían como por encanto.

Sin embargo, tras casi una hora de conversación, algo pareció inquietar su espíritu.

—Un momento —lo interrumpió el joven algo receloso—. Ya sé lo que quieres de mí: tú eres uno de esos sofistas que andan por toda Atenas, ¿no es verdad?, y pretendes que me convierta en tu alumno para enseñarme todas esas tonterías y falsedades. ¡Vamos, dilo de una vez! ¿Es eso lo que quieres?

El viejo detuvo sus pasos, lanzó una carcajada profunda y se tomó el estómago con ambas manos. Cuando al fin pudo contener la risa contestó:

—¿Me crees uno de esos sofistas? Pues, te diré una cosa, joven amigo: es cierto que me gustaría enseñarte algunas cosas, o mejor dicho, compartir contigo el camino de la sabiduría y del conocimiento; pero si quieres saber la verdad, a mi lado no aprenderás nada acerca de las cosas del cielo ni de la Tierra, no aprenderás nada sobre la naturaleza ni sobre el arte de la medicina, nada te enseñaré sobre la música y nada aprenderás sobre la agricultura o sobre el mejor modo de escribir una comedia...

—¡Por Zeus! —exclamó el muchacho—. ¿Y pretendes cobrar por no enseñarme nada?

—Yo no he dicho que te cobraría —replicó Sócrates.

Aquello produjo un extraño silencio. Una vez más, tan aturdido como al principio, el joven contempló al anciano de arriba abajo, observó sus vestiduras raídas y sus pies descalzos pese al frío de la mañana; miró su barba desprolija y pensó en que acaso viviera solo, abandonado por su familia, imaginó que los años habrían atrofiado su mente ya senil y casi delirante; pensó en ello y sin embargo, en un rincón de sí mismo se sintió atraído por aquella figura de rostro deforme, por aquellas prodigiosas facciones que semejaban las de un horrible Sileno. Se volvió una vez más hacia el viejo y dijo:

—¿De modo que no cobras por tus lecciones? Pero entonces, si nada pides a cambio, si no enseñas sobre la naturaleza, sobre la retórica, sobre la música o el teatro, ¿qué habré yo de ganar a tu lado? ¿Qué podré aprender de ti?

Sócrates alzó su mano y palmeó el hombro del muchacho. Sonrió una vez más y dijo:

—Aprenderás sobre ti mismo...

No fue preciso decir más para cautivar al muchacho. Su nombre era Aristocles aunque, por su aspecto morrudo y el grosor de sus hombros, todo el mundo lo conocía como Platón. Pese a su juventud, tenía un aire de temprana madurez en el rostro, y aquello que podía resultar una mera apariencia, una simple envoltura exterior, era en verdad su rasgo más sobresaliente, ya que el joven Platón poseía una agudeza y una vivacidad poco comunes. Y había sido justamente eso, aquella casi imperceptible claridad en los ojos, lo que había visto Sócrates desde un principio, en aquel callejón, poco antes de interponer su bastón en el camino del muchacho.

Siguieron andando lentamente, cruzando una calle tras otra y envueltos en la charla.

—¿Has dicho que aprenderé sobre mí mismo? —repitió el joven Platón—. ¿Y cómo habrás de enseñarme? No me conoces ni jamás me has visto antes. ¿De qué modo podrías decirme quién soy?

—No seré yo quien te lo diga —respondió Sócrates—. No seré yo sino tú mismo.

Una vez más el muchacho quedó algo confundido y exigió una explicación.

—El verdadero conocimiento, mi joven amigo —dijo el maestro—, está enteramente dentro de nosotros. Por eso, si tú me lo permites, yo no haré otra cosa sino ayudar a que tú mismo puedas descubrirlo.

—¿Y cómo harás semejante cosa?

El viejo filósofo miró a Platón a los ojos y observó:

—Mi madre, Fenaretes, era una de las mejores parteras de la ciudad, y yo no hago más que seguir su oficio.

El muchacho detuvo su marcha y vaciló nuevamente. ¿Qué significaba aquella respuesta? Tuvo la sensación de que no era sencillo enfrentarse a aquel viejo cuya horrible catadura semejaba a la de un perro, y sin embargo, por momentos, revelaba una astucia tan insólita como la de un zorro.

—¿Una partera? —repitió el joven—. ¿Y qué tienes que ver tú con el oficio de parir?

—¡Ah, amigo mío! Piensa en lo que concierne a las parteras y entenderás lo que quiero decir. Antes te hablé de que todo conocimiento está dentro de ti mismo, ¿verdad? Pues bien, esas ideas que tienes en tu espíritu son como un niño en el vientre de una madre: necesitan del auxilio de una partera para facilitar el alumbramiento. Y yo soy esa partera, querido amigo, la que sabe de brebajes y preparados que ayudan al parto, la que sabe cómo aligerar los sufrimientos de la madre, la que sabe de qué modo guiar y cuidar a la criatura en el momento en que ve la luz.

Una partera, eso decía ser el viejo, una singular comadrona cuyo arte sólo se diferenciaba por aplicarse a los hombres y no a las mujeres, y además, por concernir a sus almas y no a sus cuerpos. La imagen había resultado curiosa al joven Platón, quizás un tanto risueña, pues sin duda tenía algo de cómico el imaginar a aquel viejo harapiento en el papel de una matrona. Pero después de aquellas pocas cuadras junto al anciano, el muchacho había advertido que nada parecía normal o corriente en aquel personaje.

—Está bien —concedió algo perplejo—. Pero dime, ¿cómo es que ejerces tu arte? Quiero decir, si las parteras se valen de hierbas y brebajes para favorecer el alumbramiento, ¿de qué te vales tú para hacer que los hombres den a luz sus ideas?

—Es muy fácil —reveló Sócrates—, me basta con preguntar una y otra vez, preguntar de un modo claro y sencillo, pues si el saber se halla en el interior de los hombres, no hay más que interrogarlos para que ellos mismos lo encuentren...

Una imagen algo confusa apareció ante los ojos del muchacho. ¿Preguntar? ¿Qué significaba eso? Los filósofos no hacían preguntas sino más bien al contrario, respondían todo cuanto estuviera a su alcance, y en ocasiones más allá de él. ¿Cuántas veces había pagado a los sofistas para obtener eso, respuestas, y no para que ellos, a su vez, cobraran dinero por hacer preguntas? Miró al viejo una vez más con cierta desconfianza y dijo:

—Tú debes estar loco. ¿Qué pretendes si no? ¿Crear una ciudad de hombres que nada saben, que todo lo preguntan, que pasan sus vidas dudando?

Sócrates volvió a sonreír, pero esta vez con cierta ternura.

—Eres ingenioso, joven amigo —observó—, pero no deberías dejarte llevar por todos esos charlatanes que andan por ahí prometiendo el vellocino de oro. Desconfía de quienes te dan respuestas, y más aún si te cobran por ellas. Mira, si te enfrentas a un problema moral o a un asunto filosófico, cualquiera que sea, no importa que no halles la solución, pues quizá no la tenga. Pero el hecho de que te preguntes acerca de él, de que trates de resolverlo, de que te esfuerces por pensar y desentrañar sus partes oscuras, eso ya te hace un verdadero filósofo y además un hombre virtuoso.

El muchacho se rascó la cabeza y dijo:

—Suena bello eso que has dicho, y puede que así logre ser un hombre virtuoso. Pero me pregunto si de ese modo se llega a ser un buen filósofo.

—Haces bien en preguntártelo —concedió Sócrates—. Pero si quieres conocer la respuesta, mi joven y atolondrado amigo, tendrás que buscarla por ti mismo... —hizo una breve pausa y añadió—: Y ahora tendrás que disculparme, pero debo seguir mi camino. Mañana por la mañana estaré en el Ágora. Si tú quieres, será un placer para mí el conversar nuevamente contigo.

Y así, dejando al muchacho tan intrigado como al principio, Sócrates hizo un ligero movimiento de cabeza, se volvió sobre sus pasos y poco después se había perdido entre las calles, seguro de haber ganado un nuevo amigo con quien buscar la verdad.

VIII

Una sensación extraña y confusa había acompañado su despertar aquella mañana. Tal era su aturdimiento que había pasado largo rato desperezándose en su lecho, negándose a abandonar el jergón de plumas, estirando sus miembros entumecidos y tratando de arrebatarle un poco más, tan sólo un poco más a los dioses del sueño.

Hacía algo de frío y había una claridad aneblada, brumosa, que apenas dejaba insinuar los contornos de la habitación. A aquella hora de la madrugada, entre luces y sombras, podían verse unos pocos objetos: un pequeño banco, una mesa, algunas pocas ropas y tres o cuatro papiros desordenados, pues el viejo Sócrates vivía de un modo tan austero como el más pobre de los atenienses.

Ahora, por fin, había entreabierto los ojos en medio de aquella penumbra y súbitamente, como una aparición, como una presencia disimulada entre las sombras, tallada a contraluz y casi transparente, le pareció descubrir una borrosa figura junto a su lecho.

—¿Eres tú? —se oyó decir tímidamente, con la voz aún enronquecida por el frío de la noche—. ¿Eres el dios que visita mis sueños?

Hubo un indescifrable silencio que por un momento casi llegó a atemorizarlo. Aún no conseguía habituarse a aquella presencia casi espectral, intangible como el aire mismo, borrosa y luminosa a la vez, a aquella presencia que había surgido tiempo atrás en el recodo de una calle, tan misteriosa y tan silente, y cuya aparición lo había dejado aturdido y confuso. Procuró hundirse una vez más en su lecho, forzar el sueño para que el dios aflorara en todo su esplendor. Se acurrucó, se ovilló sobre sí mismo como si fuera un niño, los ojos cerrados, las manos envolviendo su cabeza, y desde esa postura absurda que parecía la de un enajenado volvió a murmurar:

—¿Eres el dios?

Y entonces sí, brutalmente, con insólita aspereza, notó que una mano fría y nervuda se apoyaba sobre su hombro y lo sacudía tercamente, zamarreándolo con brusquedad, mientras una voz chillona quebraba el silencio inmóvil del amanecer.

—¡Vamos, levántate! —dijo la voz—. ¡Levántate de una vez, que tus amigos te esperan!

Súbitamente se había roto el hechizo. Arrancado del sueño, despojado de aquella profunda oscuridad, Sócrates reconoció en el eco de aquellas palabras la rugosa voz de Jantipa, su esposa desde hacía ya una decena de años, quien ahora volvía a zamarrearlo y trataba de espabilar su modorra. Sí, aquella era la inconfundible voz de Jantipa, la sufrida madre de sus tres hijos, tan devota y fiel como una sacerdotisa, tan noble como una deidad, pero quizá la mujer más desesperadamente rezongona de toda la Hélade.

El viejo quiso cerrar sus ojos una vez más y prolongar infinitamente el sueño dilatándolo hasta el mediodía, quiso rehuir de aquella amarga vigilia y volver al silencio de la noche para envolverse una vez más en la muda serenidad de su lecho. Pero sabía que Jantipa nunca le permitiría hacerlo, que jamás consentiría otra de sus muchas holgazanerías, que no le importaba que su esposo hubiese llegado casi de madrugada y necesitara algunas horas más de sueño, de modo que, aún envuelto entre las sábanas, hizo un terrible esfuerzo por abrir sus ojos y preguntó:

—¿Has dicho mis amigos? ¿Quiénes?

—¿Y cómo voy a saberlo? —gruñó secamente la mujer, y animada por verlo allí, recostado e indefenso, añadió—: ¿Cómo voy a saberlo, si todas las mañanas es lo mismo? ¿O crees que me agrada recibir hordas de muchachones que vienen a verte, a hablar de tonterías contigo, y tú que los recibes tan alegremente, que te vas con ellos, que desapareces el día entero mientras yo me quedo sola como un perro?

—Calma, mujer, calma —dijo Sócrates intentando sosegar el feroz espíritu de su esposa—, y deja ya de quejarte, pues un día de estos te saltarán los ojos de tanto gritar.

Se sentó en el lecho con gran parsimonia, demorándose en cada movimiento de su cuerpo, mientras Jantipa abandonaba el cuarto refunfuñando, echando maldiciones a los olímpicos y renegando una vez más de las apatías de su marido. Entretanto el viejo, sentado al borde de la cama, con los pies desnudos tocando el suelo, comenzó a calzarse un raído manto amarillo, el mismo que llevaba siempre, el mismo que vestía mañana, tarde y noche, tan lleno de agujeros e hilachas como una mortaja, y al que la propia Jantipa, quizás en señal de protesta, quizás irritada por la dejadez de su esposo, se había negado a lavar en las últimas dos semanas.

Enseguida oyó pasos detrás de la puerta y poco después entrevió la silueta de dos hombres que entraron en su habitación. No tardó en reconocer a sus amigos Eutidemo y Critias, y una especie de sonrisa aún contagiada de sueño apareció en su rostro con la frescura de una mañana.

—Ten buenos días, Sócrates —recitaron los dos a coro.

Avanzaron hacia el lecho del viejo y se demoraron un momento antes de acomodarse. Había una cierta expresión de burla en el rostro de ambos visitantes, una cierta insolencia que trataban de disimular endureciendo sus labios y que no era sino una risa contenida ante la presencia de aquella mujer, de Jantipa, cuyo carácter destemplado solía suscitar bromas y humoradas entre los amigos de Sócrates. Alguna vez, preguntado si era mejor casarse o permanecer soltero, lo habían escuchado afirmar que en cualquiera de los dos casos el hombre acababa por arrepentirse; y sin embargo él, desoyendo su propio consejo, había terminado por enmaridarse con aquella mujer, con esa criatura enfadosa y gritona, remedo y engendro de las Furias, con esa mujer que rezongaba el día entero, que refunfuñaba con su voz asfixiante, que pataleaba y se indignaba ante la indolencia de su marido y que alguna vez había llegado a presentar ante los tribunales de la ciudad una denuncia en su contra por negligencia en sus deberes de esposo. En aquella ocasión, frente a los jueces, el propio Sócrates había reconocido sus faltas y agradecido la infinita paciencia de su mujer, pero una vez perdonado y absuelto había continuado su vida con la misma dejadez, con aquella misma indolencia que exasperaba a Jantipa y la sacaba de quicio.

Eutidemo se dejó caer pesadamente sobre una silla y en tono algo ambiguo observó:

—¡Por todos los dioses, Sócrates! ¿Cómo haces para soportar a esa mujer? Es tan hosca como una víbora y te está regañando el día entero.

La sonrisa del viejo asomó súbitamente.

—Verás, amigo mío —dijo con toda naturalidad—. En mi opinión, quienes desean ser buenos jinetes se procuran los caballos más briosos, pues si logran dominarlos y someterlos, todos los demás les resultarán sencillos. Eso mismo hago yo con mi mujer, pues, ya que procuro tratar con hombres, me casé con Jantipa convencido de que si puedo soportarla a ella, fácilmente podré arreglármelas con cualquier ateniense...

Eutidemo no pudo evitar una mueca de comicidad, y sonrió de tal modo que la hilera de sus dientes, blancos, jóvenes, regulares, pareció brillar con la luz de la mañana. Poco después se acomodó en su silla y procuró hacer a un lado su jocosidad. Era un joven bello y de familia noble, de menos de veinte años de edad, la cara algo pálida y los rasgos agudos que parecían tallados por algún escultor; y allí, sentado como un remero en su nave, se hubiera podido decir que su expresión trasuntaba la simpatía y cordialidad propias de un alma pura.

A su lado, bastante mayor y con el semblante de un hombre reservado y hosco, se hallaba Critias, quien había preferido quedarse de pie junto al lecho del viejo. Era un individuo excesivamente grave y distante, parecía estar siempre a la defensiva, como si ocultara o protegiera algún oscuro secreto, y jamás acostumbraba a sentarse en público pues, de tomarse aquella vulgar atribución, la extrema prolijidad de su túnica se vería afectada por las arrugas.

—¿Has estado pensando en lo que hablamos, Eutidemo? —preguntó Sócrates dirigiéndose al muchacho, en cuyo rostro confiado y familiar parecía latir una chispa de ambición.

—A eso he venido, Sócrates —respondió Eutidemo—. Y debo confesar que tus palabras me han hecho reflexionar bastante.

—Me alegro por ti, querido amigo. Si he logrado que estés incómodo, que no puedas dormir, que te muerdas las uñas pensando en todo lo que hemos hablado hace unos días, entonces me doy por satisfecho.

Se adivinaba un locuaz entusiasmo en el rostro de Eutidemo. Desde hacía algún tiempo ansiaba ser político, o mejor aún, quería prepararse para serlo, pues era demasiado joven y hasta ahora su propia ingenuidad y sus ímpetus lo habían llevado a estrellarse contra un muro tras otro. Sí, el joven Eutidemo ansiaba ser un importante político de Atenas y para ello, creyendo que bastaba con leer algunos tratados, había reunido cuidadosamente una notable colección de escritos de los poetas y pensadores más famosos, los había leído y releído y después de ello, como todo joven imprudente y ambicioso, estaba persuadido de sus saberes y se creía aventajado para actuar y hablar en público.

Pero además, renegaba de tener maestros que lo guiaran en su carrera, pues su propia candidez lo llevaba a pensar que el arte político era un don, una disposición natural, una suerte de regalo que los dioses otorgaban de manera espontánea a los hombres. No quería tener maestros, y justamente por ello, durante un tiempo, había andado como un ciego, vagando a tientas por aquel arduo y embarazoso camino. Sin embargo, la fortuna había querido que Sócrates se cruzara en su vida justo a tiempo para disuadirlo de su apresuramiento, para poner un toque de moderación a sus ímpetus, y así, con unas pocas palabras, expresadas con casi absurda sencillez, dichas con claridad y dulzura, le había preguntado: "¿No crees, Eutidemo, que quienes pretenden tocar la cítara, o aprender a montar caballos, o dominar el arte de la medicina, deberían acudir a los mejores y más sabios en cada materia?". "Eso creo, Sócrates", había respondido el muchacho. "Y si estás de acuerdo con eso, agregó el viejo, ¿no debería ocurrir lo mismo con quienes aspiran a ejercer la política, que es la más importante y sublime de las artes?".

Habían mantenido largas conversaciones acerca de aquella espinosa cuestión; largas veladas en las que el maestro había interrogado el alma de Eutidemo en busca de esa luz, de esa chispa que anida en lo más profundo; largas noches en que lo había exhortado a mirar en su interior y a escudriñar su espíritu, hasta que finalmente el muchacho había caído en la cuenta de su propia insensatez.

Y ahora se encontraba allí, en casa de Sócrates, pesadamente arrojado sobre la silla y con el semblante apacible y moderado. Su rostro de jovenzuelo parecía haber mudado desde la vez anterior; ya no era el vivo reflejo de un alma ingenua. Apenas quedaban en su expresión algunos pocos vestigios de inocencia, pues en pocos días parecía haber cobrado unos rasgos indefinibles que le proporcionaban un cierto aire de madurez. Sócrates lo había observado con detenimiento: su barbilla se había acentuado, sus pómulos eran más definidos y había una leve rigidez en su mirada.

Sí, el joven Eutidemo había cobrado una cierta madurez y todo su aspecto daba la impresión de pertenecer a un hombre cuyo espíritu se hubiese aligerado de ciertas ataduras que lo esclavizaban. Pero también, en aquel rostro iluminado por la razón, en aquella expresión ligeramente envejecida por el desengaño, aún sobrevivían otras muchas inquietudes.

—Tú me has hecho reflexionar, Sócrates —repitió con voz queda—, y comprendí que si he de querer gobernar a mis conciudadanos, aun desde el puesto más sencillo, no basta con leer muchos libros o ser diestro en el arte de la oratoria.

—Celebro tus palabras, mi buen Eutidemo —respondió el viejo—. Quiere decir entonces que aspiras a otras virtudes, ¿no es así?

—Así es, Sócrates. Me parece que todo buen político o todo buen gobernante debe procurar una cosa antes que nada: que sus acciones sean nobles, pues en ellas se juega la suerte de todos los ciudadanos.

El viejo sonrió complacido ante las palabras del muchacho. Siempre se regodeaba como un niño ante aquella clase de respuestas, siempre era un motivo de júbilo el escuchar a un joven hablando con la templanza de un hombre experimentado, y tal era su buen ánimo en ese momento que se aproximó a Eutidemo, le palmeó de manera demostrativa el hombro y tomando un banquillo se sentó a su lado.

Entretanto, el muchacho aún se veía algo remiso y confundido. Tenía las manos entrelazadas e inmóviles, pero una mirada atenta y perspicaz hubiera descubierto un ligero temblor en sus dedos nerviosos. A un lado, siempre adusto y raramente efusivo, el siempre desconfiado Critias observaba la escena con una afectada expresión de frialdad que se dibujaba en sus cejas levemente alzadas, en sus labios agudos y tensos, en la mueca de arrogancia que llevaba siempre adherida a su aristocrático rostro. Era un hombre sumamente rico y elegante, autor de tragedias, poesías y tratados filosóficos; admiraba la aspereza y rigidez espartanas y tal vez por eso, aun cuando sus maneras fuesen del todo correctas, se advertía una cierta dureza en su espíritu, un leve toque de inmodestia que lo hacía algo distante ante los demás. Conocía a Sócrates desde hacía décadas, ambos habían pasado mucho tiempo juntos y compartido infinidad de charlas y banquetes, pero aun así el viejo prefería guardar un cierto recelo frente a la helada personalidad de Critias. Había algo en su carácter, sí, algo tan sutil como invisible, algo que parecía mantener oculto bajo siete llaves y que despertaba en Sócrates una ligera suspicacia. Tal vez se equivocaba, pero en el raro temple de Critias, en las honduras de su alma, allí donde parecía esconder su más íntimo y umbrío secreto, acaso anidara una criatura tan siniestra como el terrible Minotauro.

Gozoso aún por la respuesta de Eutidemo, Sócrates continuó interrogándolo.

—¿Dices entonces, joven amigo, que un político debe ser ante todo un hombre virtuoso?

—Eso digo —respondió Eutidemo.

—Y dime, ¿cuál crees que debe ser la virtud más deseable en un político?

Eutidemo no vaciló ni un solo instante.

—El ser justo —dijo con un énfasis juvenil—. Creo que no es posible llegar a ser un buen gobernante si no se es un hombre justo.

Una vez más el viejo pareció alborozarse ante la respuesta.

—¡Oh, muchacho —exclamó abriendo sus brazos—, qué dulce música escuchan mis oídos! ¡Déjame celebrar lo que dices, déjame bailar como un sátiro en una bacanal!

Y tras decir aquello, súbitamente, se puso de pie y comenzó una danza frenética y algo torpe en derredor del cuarto, bailoteando como un pavo real, yendo de un lado a otro, mientras Eutidemo reía de manera estrepitosa de sus piruetas y Critias, algo menos efusivo, se permitía una ligera mueca de comicidad. Y por un buen rato el viejo Sócrates continuó con su danza, ebrio de alegría, alzando sus manos y agitándolas en el aire, brincando con sus pies descalzos sobre el piso de la habitación, tarareando una conocida melodía y chasqueando los dedos, en tanto el joven Eutidemo acompañaba el ritmo golpeando las manos y meneando la cabeza.

Poco después el viejo regresó a su lecho algo agitado, secándose el sudor de la frente con su propio manto raído y sucio, mientras las risas de Eutidemo iban apagándose y mermando lentamente.

—¡Ah, Sócrates, eres un viejo loco! —exclamó el joven.

Y ya más serenos y desahogados, mientras la pobre Jantipa, en la otra habitación, rezongaba por el bullicio que debía soportar en su propia casa, los tres hombres regresaron a sus preocupaciones.

—Hay algo que aún no comprendo, Sócrates —confesó Eutidemo—. Bien sé yo que un gobernante debe ser justo. Pero he de reconocer que no tengo muy claro qué es la justicia y qué la injusticia. ¿Tendrías la amabilidad de explicármelo?

El viejo asintió quedamente, no dijo una palabra, y con un breve gesto invitó a sus dos amigos a salir al patio de la casa. Pese a estar algo fresca, la mañana era hermosa y el carro del sol ya se hallaba bien alto en el cielo.

Una vez en el jardín, Sócrates se aproximó a una vieja acacia, alzó sus manos y cortó una pequeña ramita. Luego se hincó de rodillas en el suelo, llamó a sus dos amigos y con la punta de la ramita escribió dos enormes letras sobre la tierra. Cuando hubo finalizado, Eutidemo asomó la cabeza por encima del viejo y vio que eran una J y una I.

—¿Qué es eso? —preguntó.

Sócrates se puso de pie, y señalando cada una de las letras con la ramita, explicó:

—Muy sencillo, querido amigo. Hagamos de cuenta que la J representa la justicia y la I la injusticia —hizo una pausa, miró de nuevo al joven y preguntó—: ¿Te parece bien, Eutidemo, que busquemos ejemplos de una y de otra y los anotemos debajo de cada letra?

El muchacho asintió animosamente y luego, tras una breve reflexión, fue el propio Sócrates quien propuso los primeros ejemplos. Se agachó una vez más y, en la columna de la injusticia, anotó la mentira, el daño y la esclavitud. Enseguida, en la columna de la justicia incluyó la verdad, la paz y la libertad. Mientras tanto, Eutidemo y Critias lo observaban atentos, inclinado sobre la tierra, garabateando una palabra tras otra, curiosos de aquella silueta que pese a sus años aún conservaba una destreza y agilidad admirables.

Cuando terminó de escribir, se volvió hacia Eutidemo y lo interrogó con la mirada. El muchacho observó las palabras escritas sobre la tierra y asintió con la cabeza. Hasta allí el planteo era sencillo y fácil de entender. Pero, ¿qué significaba todo aquello? Miró a Sócrates intrigado y preguntó:

—¿Y bien? ¿Qué te traes con esto?

El viejo se incorporó una vez más, se secó el sudor de la frente y en tono reposado observó:

—Hemos anotado que la esclavitud pertenece a las cosas injustas, ¿verdad?

—Así es.

—¿Y qué sucede entonces si un general reduce a la esclavitud a una ciudad injusta y enemiga? ¿Diremos que esa acción es justa o injusta?

—Es justa —sentenció Critias, que se encontraba unos pasos más atrás amparado por la sombra de la acacia.

—¿Y qué hay con la mentira? —continuó el viejo—. ¿Hemos dicho que pertenece a las cosas justas o a las injustas?

—A las cosas injustas, ¿qué duda cabe? —respondió Eutidemo.

—Así es, mi joven amigo. Y sin embargo, ¿qué dirías tú si yo afirmara que la mentira también pertenece a las cosas justas?

El muchacho pareció un tanto abrumado y se encogió de hombros.

—Pero, ¿cómo es posible? —preguntó—. En mi opinión, Sócrates, jamás la mentira podría estar emparentada con la justicia. ¿O es que por ventura crees que podría estarlo?

Sócrates asintió, y luego, con la misma curiosidad de antes, interrogó a Eutidemo si debía considerarse justo o injusto el que un general, al ver desmoralizados a sus hombres, les mintiera diciendo que se acercaban tropas aliadas; luego le preguntó si debía considerarse justo o injusto a un padre que, viendo que su hijo enfermo se niega a tomar una cierta medicina, lo engañara mezclándosela entre la comida; y finalmente, con la misma naturalidad, inquirió si debía considerarse justo o injusto a aquel que, teniendo un amigo desesperado y a punto de suicidarse, le arrebatara la espada impidiéndole hacerlo.

—¡Caramba, Sócrates!—exclamó Eutidemo—. Si sigues así ya no me fiaré de mi propia cabeza. Me has hecho decir que la mentira y el engaño son injustos, pero ahora me demuestras que en ocasiones es apropiado y justo mentir, ¡y aun a nuestros amigos y seres más queridos!

El muchacho hizo una pausa y se rascó la cabeza con un ingenuo ademán de aturdimiento; observó una vez más las palabras que el viejo había escrito en la tierra, recogió su túnica, la envolvió en su brazo y miró otra vez a Sócrates.

—Comprendo adónde quieres llegar —admitió—. La mentira, el engaño, y sospecho que otras cosas más que solemos tener por injustas, en ocasiones y bajo ciertas circunstancias se convierten en justas y apropiadas. Pero aun así, Sócrates, estamos como al principio.

—¿Qué quieres decir?

—Que aún ignoro cómo distinguir entre una acción justa y otra injusta, pues debe haber algún modo de hacerlo, ¿no es así?

El viejo maestro arrojó la ramita al suelo, acomodó los pliegues de su manto y se volvió hacia Eutidemo.

—Todo está en la intención, amigo mío —observó mientras invitaba a sus huéspedes a regresar a la casa—. Tus mentiras serán justas cuando hayas apelado a ellas con el propósito de ayudar o defender a alguien, pero habrás de considerarlas dentro de la injusticia cuando las utilices con el fin de perjudicar o dañar a otros...

En ese momento se oyó la voz de Jantipa, quien rezongaba una vez más al ver a su esposo aún enredado en sus asuntos en vez de ir a cortar leña, de recoger las hortalizas del jardín o de barrer los pisos.

—¡Ya voy, mujer, ya voy! —bufó el viejo mientras acompañaba a Critias y a Eutidemo hacia la puerta.

—¿Has comprendido entonces? —le preguntó al muchacho.

—Creo que sí, Sócrates —respondió Eutidemo—. La esencia de una acción justa o injusta se halla en la intención con que se lleve a cabo. Pero, ¿tú crees que con eso basta?

—¡En modo alguno! —contestó el viejo—. Pero si eres un hombre noble y tus intenciones son buenas, ten por seguro que tus acciones serán justas y virtuosas —se volvió hacia Critias y mirando a ambos dijo—: Y ahora, amigos, os ruego me disculpéis, pues debo estar un rato con mi esposa Jantipa. De lo contrario no tendré dónde dormir esta noche...

IX

Atenas se hallaba en ruinas. La reciente campaña a Sicilia había acabado en un desastre y a causa de ello la ciudad languidecía enferma y agonizante. Nadie había imaginado que la poderosa flota ateniense, después de un feroz combate, después de una durísima batalla en que los hombres habían muerto como moscas, acabaría tragada por el mar.

Y ahora la ciudad vivía el horror de aquella malograda campaña. Los ecos de la derrota habían llevado un mortal presagio y teñido las calles de una indecible pesadumbre. Muchos hombres vagaban como aturdidos, en silencio, contagiados por la tragedia; erraban de aquí para allá contemplando aquella metrópoli derruida y sucia, viendo sus murallas abandonadas, sus muelles destrozados por los embates del mar y oliendo el cansado aroma de los maderos viejos y mohosos.

Pero sobre todo, los orgullosos atenienses deambulaban por la ciudad descubriendo cómo la eterna supremacía de su pueblo se había esfumado de la noche a la mañana. En cada hogar, en cada plaza, en cada rincón de la ciudad las gentes veían azoradas que el antiguo esplendor, la hegemónica presencia de Atenas en toda la Hélade, ahora quedaba reducida al oprobio y la vergüenza.

Mientras tanto, el viejo Sócrates continuaba con sus infatigables caminatas en derredor de la ciudad. Marchaba casi ajeno a la amarga desazón de sus compatriotas, aunque en el fondo no dejaba de sentir una infinita congoja ante el espectáculo que presenciaba a cada paso. En los ojos de aquellas gentes, en su expresión hosca y melancólica, se advertía el recuerdo de otras épocas: todos añoraban la bella y sublime Atenas, la maravillosa Atenas que hervía de templos y palacios imponentes, aquel emporio en donde el arte y la sabiduría gozaban del mayor prestigio de todo el mundo helénico. Sí, se entristecían al evocar aquella increíble ciudad pletórica de estatuas nacaradas y edificios monumentales; y la recordaban con lágrimas en los ojos, pues ahora la antigua metrópoli semejaba una región del Tártaro, desolada y sombría, una región hecha de retazos y escombros de la memoria en la que se adivinaba la muerte a cada esquina.

—Sólo falta que nos sobrevuelen los buitres —había escuchado el viejo, al pasar, de boca de algún desconsolado ateniense.

Y lo que parecía un funesto presagio, una fatídica profecía conjeturada al calor de los hechos, empezaba a tornarse realidad en las zonas más pobres, en los barrios más alejados, donde el hedor de los bueyes y perros muertos comenzaba a atraer a las aves de carroña.

¿Qué queda para ti, se preguntaba Sócrates, oh vieja y luminosa Atenas, qué queda para ti sino el desmembramiento y la caída de tus nobles y antiguas instituciones, de tus anfiteatros, de tus academias?

Mientras sus pasos lo llevaban sin rumbo, metiéndose entre los arrabales de la ciudad, el viejo pensaba en los horrores que vivía su amada Atenas. Sabía que las guerras inflamaban los ánimos y enervaban el espíritu de los hombres. Pero las derrotas, ¡oh, por Zeus!, las derrotas llevaban el desaliento más profundo y socavaban el alma de los pueblos hasta límites insospechables. Aquella idea lo aterrorizaba, hacía zozobrar su espíritu, y aun cuando procuraba hacerla a un lado y apartarla de su mente, día y noche advertía con la premonición de un oráculo que se avecinaban tiempos de barbarie; podía olerse en el aire, podía palparse en las calles, pues la infausta campaña a Sicilia había dejado tan maltrecha, tal indefensa y vulnerable a la ciudad que la propia democracia parecía estar exhalando sus últimas fuerzas.

La noche se deslizaba con serenidad imperturbable, como un murmullo sosegado, y en aquella negra quietud, sentado sobre un rígido banco de piedra, Sócrates se descubrió a sí mismo pensando en la incesante presencia de la guerra entre los pueblos de la Hélade.

Era casi un modo de vida para los helenos, una costumbre inveterada y ancestral que arrastraba generación tras generación a los varones griegos hacia los campos de batalla. Pero el viejo filósofo, mientras la noche enmudecía a su alrededor, mientras la tersura del aire acariciaba sus cabellos, experimentaba una amarga sensación ante aquel monstruoso engendro. Era extraño pensar en la rara seducción que ejercía el combate sobre los hombres; era extraño pensar en la avidez de sangre que suscitaba la lucha, en el hambre de conquista, en el afán destructivo que se despertaba en el guerrero cuando se lanzaba ciego y desenfrenado hacia el enemigo. Más extraño aún era el empeño de los hombres en prepararse durante años, en poner su vida y su muerte al servicio de una causa bélica, en armarse con tal cantidad de pertrechos que a veces la propia ciudad quedaba arruinada y empobrecida. Pero lo más extraño, lo más inconcebible y reacio a la propia razón, era advertir que los pueblos reverenciaban y ennoblecían el arte de Ares, lo encumbraban hasta alturas prodigiosos como si fuera el mayor de los honores al que pudieran aspirar los mortales. El hombre griego honraba la guerra como un acto glorioso, épico, escenario de leyendas heroicas, lo exaltaba como el más honorable de los sacrificios humanos; celebraba cada victoria con procesiones y fiestas, y levantaba templos fastuosos mientras entonaba himnos y componía canciones y escribía poemas, sí, sobre todo magníficos poemas, pues, ¿qué había sido Troya sino una guerra hecha poesía? Y desde luego, la memoria de Troya aún resonaba en toda la Hélade; retumbaba en los templos y en los himnos, vivía en las comedias y en las tragedias, habitaba en el alma y en la sangre de cada heleno resistiéndose a morir, como tocada de sublime eternidad, de invulnerable eternidad, pues las inmortales líneas de Homero parecían vivir fuera del tiempo y del espacio, como los propios héroes de aquella gloriosa batalla, y para cualquier heleno era indiscutible que si alguna vez el mundo fuera a extinguirse, si alguna vez se agotaran los ríos, las montañas, las estrellas o las constelaciones, aun así el recuerdo de Odiseo y de Aquiles, de Agamenón y

Menelao, aun así el recuerdo de Paris o de Néstor perduraría a través de los eones.

Mientras contemplaba la noche desnuda a su alrededor, mientras el cielo salpicado de astros lo envolvía como un manto, Sócrates se preguntaba qué extraño maleficio, qué ocultos abismos del alma humana habían llevado al hombre a exaltar la atrocidad, el horror, la espantosa tragedia de la guerra.

Y sin embargo no le era ajeno el campo de batalla. No, lo conocía demasiado bien y hasta en sus más infaustos detalles. En sus años de juventud había peleado en Delio, en Potidea, en Anfípolis, y un sinnúmero de veces su mano había hundido el hierro en la carne de otro hombre. Por eso recordaba la guerra y sabía que en ella, amén de las muchas ruindades, también había sentimientos de extrema nobleza. Él mismo había conocido de cerca a los guerreros, había compartido sus penas y sus fatigas, había marchado por tierras ignotas soportando el hambre y la sed, el dolor y el cansancio, y sabía que los hombres, bajo la amenaza del combate, cobraban una cierta gravedad, olvidaban sus vanidades, marchaban, cantaban, reían, morían. Sabía que los horrores del combate exaltaban las más nobles virtudes del guerrero al hermanar al general con el soldado, al acrecentar su valor, su fidelidad, su disposición al sacrificio. También sabía que, en la guerra, el hombre buscaba un orden, orden de lo heroico, orden de la belleza, orden de la gloria, de la lucha, de la disciplina, y en ello no había más que mirar a Esparta y su devoción por el combate. Y sabía por fin que nada emocionaba más al pueblo que ver, sobre la línea del horizonte, el regreso de los trirremes asomando sobre el espejo del mar, el casco derruido, las velas ensangrentadas, el pendón estremeciéndose al viento y a bordo la canción de la victoria.

La guerra, ¡oh, sí, la eterna y omnímoda guerra! ¿Qué poeta no había cantado loas al espíritu marcial? ¿Qué griego no se preciaba de contar, entre sus antepasados, con algún guerrero cuyos pies hubiesen atravesado las murallas de Ilión?

Pero todo aquello empalidecía frente a las aberraciones y absurdos de la guerra. Con idéntica nitidez Sócrates recordaba la locura del combate, el escenario siniestro, los incendios que iluminan el horizonte, las infinitas procesiones de hombres con el humo pegado a la piel. Recordaba los gritos de los heridos, tan numerosos que a veces había que abandonarlos en el campo de batalla. Y por supuesto, evocaba con espantosa claridad la presencia de la muerte, el horror sagrado de la muerte, su omnímoda figura dominando cada rincón del terreno.

Oh no, la guerra era indigna, pensaba el viejo, y por eso no comprendía la necedad, la insensatez, la terrible infamia que significaba el glorificar la barbarie; pensaba que nada era más desatinado que venerar el espíritu guerrero de los hombres; no había nada de glorioso en él, nada heroico en la crueldad, en la espantosa crueldad a que obligaba el combate. Y una vez más, desde las nieblas del tiempo, llegaban a su mente los atroces recuerdos de los campos de batalla, la horrible visión de los cuerpos trabados en lucha, bañados en sangre, en sudor, ostentando su más primitiva ferocidad, mientras allá arriba, en la bóveda gris del cielo, hambrientas y expectantes, atraídas por el humo y el hedor, allá arriba, en medio del aire enrarecido y sucio, atentas y silenciosas como la muerte misma, las aves de rapiña contemplaban el espectáculo trazando amplios círculos, acechantes, prontas a precipitarse con impetuosa furia y celebrar el macabro festín de la carroña, listas a hundir sus afiladas garras sobre la carne sangrante, a picotear los ojos de los cadáveres, a arrancar el pellejo, las entrañas, el último resto de piel adherida al hueso.

No, no había nada de glorioso en ello, porque además, la barbarie de la guerra no terminaba allí, en aquel sombrío y casi espectral banquete; no acababa allí pues perduraba en el tiempo como un siniestro recuerdo; perduraba en las heridas, en los miembros retorcidos, en las cicatrices; perduraba en la negra memoria de los guerreros mutilados que arrastraban sus miserias por las calles.

—¡Oh, Ares! —gritó Sócrates, de pronto, hacia la inmensidad de la noche—. ¡Oh, señor de la guerra! ¿Por qué los helenos te adoran? ¿Por qué erigen templos en tu nombre, si la guerra no es más que un engendro de las Erinias, tiniebla de los infiernos, rebelión de los sentidos, venganza, dolor, tormento?

La noche extraña se había cerrado en la más pavorosa oscuridad, las estrellas se hundían en el silencio y apenas un suave, inasible aliento de luna impregnaba el aire inmóvil. ¿Podría hacerlo?, se preguntó por infinita vez el viejo filósofo, ¿podría cambiar a los hombres alguna vez? ¡Cuán ardua era aquella tarea impuesta por el dios! Cuán difícil parecía mudar el espíritu humano y torcer sus más bestiales instintos, moderar sus desenfrenos, el salvaje impulso animal que se escondía bajo toda criatura humana. Y él, solamente él, pequeña mota de polvo en el cosmos, había sido elegido para ello; él, solamente él, tenía el absurdo deber, el ímprobo desafío de sofocar la ignorancia de los hombres; y él, solamente él, cuya tenacidad parecía invulnerable, en ocasiones sentía vacilar sus fuerzas y decepcionar a los dioses, fracasar en la noble misión que le había sido encomendada, como si el gigante Atlas sintiera flaquear sus rodillas al sostener la bóveda del mundo.

Brotaron del cielo las primeras luces y el viejo se vio a sí mismo sentado sobre aquel rígido banco de piedra, contemplando los vahos de bruma que se alzaban sobre la tierra. Eres un hombre, se oyó decir, eres tan sólo un hombre, una mortal criatura llena de vicios y flaquezas, y acaso no tardarás en rendirte y claudicar.

Permaneció un instante en silencio, los brazos cruzados, el rostro huraño y fruncido en una mueca de incertidumbre, y cuando ya asomaba la mañana se puso de pie amargamente y regresó a su casa.

X

Y por fin ocurrió lo que se temía. Los pronósticos habían acertado, y hasta el propio oráculo délfico lo había predicho. Tan sólo había sido una cuestión de tiempo, de esperar el momento oportuno, y sucedió con pasmosa facilidad, pues la derrota en Sicilia había vulnerado de tal modo los cimientos de la democracia, que se había vuelto tan endeble como la hoja de un antiguo papiro.

Sucedió una mañana húmeda y aneblada. Los atenienses recién despertaban de su sueño y marchaban temprano rumbo a las plazas, a los gimnasios, a los templos, y a medida que se juntaban entre sí, a medida que se formaban corrillos entre el espeso rumor de la bruma, cada uno iba añadiendo lo que sabía. Al principio todo eran murmullos, habladurías, chismorreos; cada quien llevaba su propia versión de los hechos y nadie acertaba a descubrir lo que en verdad estaba sucediendo. Pero hacia el mediodía, cuando el sol pegaba de lleno y los hombres sudaban bajo sus túnicas, se supo finalmente la verdad: la noche anterior, una coalición de cuatrocientos hombres, todos ellos aristócratas de gran fortuna, habían derribado al frágil gobierno ateniense y en el curso de unas pocas horas llenas de intrigas y conspiraciones se habían hecho con el poder político de la ciudad.

La democracia ateniense había sido ahogada, quebrada en mil pedazos, y una vez que el nuevo gobierno hubo de instalarse, una vez que tomó las riendas del poder, sobrevino una ola de terror.

—Han encarcelado a los opositores —murmuraba alguien, en las calles, enterado de los últimos acontecimientos.

—Y dicen que habrá muertes y exilios —comentaba otro amparándose en la secreta intimidad de un templo.

Dolido por el golpe, aturdido por las muchas desmesuras que había llevado el nuevo gobierno, Sócrates se lamentaba de aquellas atrocidades. Sabía del consabido terror que suelen arrastrar los primeros y feroces balbuceos de toda revuelta, siempre llena de excesos, de vértigos, de confusión. Esperaba lo peor para la ciudad, cuya derrota en Sicilia había desangrado el espíritu de los ciudadanos. Y el Consejo de los Cuatrocientos, tal el nombre que se había autoimpuesto aquella coalición, no tardó en remedar las peores épocas de la tiranía. Durante días el nuevo régimen se entregó a la embriaguez del poder: decenas de opositores fueron asesinados, otros tantos marcharon al exilio, se prohibieron las reuniones públicas de ciudadanos y toda Atenas pareció quedar a merced de aquellos hombres.

Pero había un punto débil, algo endeble en aquel régimen que gobernaba como un caballo desbocado. Su propio núcleo estaba infectado por disensiones internas; cada uno de sus miembros vivía atrapado en una red de traiciones, de envidias, de conjuras y recelos; cada uno desconfiaba de los otros y, en poco tiempo, la bestia desbocada empezó a cabalgar a ciegas al borde de un precipicio.

Pronto se hizo evidente que los propios Cuatrocientos no hallaban la forma de gobernar Atenas; había demasiadas grietas y obstáculos que hacían resquebrajar al régimen y ponían al desnudo sus peores flaquezas.

Y entonces, una vez más, sobrevino la tensión en el gobierno. Poco después la coalición empezó a sollozar, a gemir, a padecer los violentos estertores que anteceden a la muerte, hasta que una mañana, de improviso, en medio del bochornoso calor del mediodía, los atenienses recibieron la noticia de que el Consejo de los Cuatrocientos, forzado por la caótica situación, había cedido el poder a manos de una nueva alianza, el Consejo de los Cinco Mil, quienes tomaron las riendas de Atenas en medio de la tempestad.

La efímera presencia de los Cuatrocientos había terminado y ahora, alrededor de Sócrates, se abría de nuevo la esperanza. Como un viejo hurón, el anciano filósofo había comenzado a emerger de su madriguera y recobrado una cierta confianza en la razón de los hombres, o acaso en el designio de los dioses, que parecían devolver la serenidad a su amada Atenas.

Pero aquel interludio resultaría demasiado breve, demasiado exiguo, porque un extraño y creciente rumor se avecinaba tras los muros de la ciudad, se aproximaba amenazante y tan sigiloso como una víbora reptando entre la maleza. Cierto era que Atenas había dejado atrás una guerra, una oprobiosa guerra en contra de Sicilia, pero ahora, cuando intentaba recobrar su dignidad y sus fuerzas, cuando aún se quitaba de encima el polvo de la batalla, la cólera de Ares fue a ensañarse una vez más con la metrópoli.

Parecía casi una burla de los dioses, pero mientras el Consejo de los Cinco Mil procuraba enmendar las heridas de la tiranía, Atenas vio germinar la guerra en todas sus fronteras. Esta vez, como una presa acosada en medio del bosque, la ciudad quedó cercada por dos enemigos: Esparta, la belicosa y agresiva Esparta, amenazaba desde el occidente, siempre tan ebria de sangre, hostigando los muros de la ciudad como un terrible monstruo. Y por el oriente, una vez más, Persia no dejaba de ser el oscuro fantasma desafiante cuyos ejércitos inquietaban las fronteras helénicas desde los tiempos de Darío el Grande.

A causa de ello Atenas veía desmoronarse cada vez más su precaria situación. En las calles se discutía desesperadamente.

—Esta vez estamos perdidos —exclamaban algunos con un visible gesto de horror.

—No lo estamos —replicaban otros—. Hay que luchar y dar la vida por la ciudad.

—¿Luchar? ¿Y con qué armas? Todo se ha perdido en Sicilia. Ya no tenemos flechas ni lanzas ni espadas…

Era cierto, la ciudad carecía de pertrechos y las arcas estaban cada vez más vacías. Pero aun sin aliento había que seguir el combate, frenar a las tropas enemigas y evitar que invadieran los muros, que traspasaran aquellos cercos de piedra que separaban a Atenas del mundo.

Fue el Consejo de los Cinco Mil quien terminó por zanjar la cuestión. Uno de sus miembros, resuelto a echar mano de lo que fuera, propuso una decisión extrema.

—Señores, nuestras arcas están agotadas y el enemigo acecha. No hay más alternativa que sacrificar los tesoros de la ciudad.

—¿De qué tesoros hablas? —preguntaron algunos.

—De las estatuas, los templos, los monumentos, los mausoleos, los pedestales...

¿Podía ser posible? Aquello sonaba más que disparatado. ¿Quién osaría despojarse de aquellas reliquias, de aquellos objetos de adoración? O peor aún, ¿quién se atrevería a sacrificarlos y atraerse la violencia del Olimpo?

—No tenemos otra opción, señores —advirtió quien había propuesto la idea—. Es eso o dejar que conquisten la ciudad.

Y así, una vez más, la insensatez de la guerra condujo a los atenienses a las mayores infamias. En pocos días, ante la inminencia del combate, cuyo estrépito ya se adivinaba tras los muros, Atenas se entregó a su propio saqueo: de la noche a la mañana fueron sacrificados los templos, las estatuas de oro y plata, los riquísimos mausoleos, las esfinges, todo ello debió ser arrancado de raíz, echado a los hornos de fundición y convertido en implementos para la guerra. Las imponentes figuras de Zeus y de Poseidón, los bustos de Afrodita y de Atenea, los bellísimos relieves del templo de Rea, los monumentos, las mascarillas, todo fue entregado a la fragua y puesto bajo el martillo de los herreros para acabar convertido en planchas, en molduras, en clavos para armar una nueva flota de barcos; todo acabó en la ventruda panza de un trirreme o en el escudo de un soldado, como si en un odioso intercambio el arte cediera sus obras a los infiernos de la guerra.

Y entonces llegó el tiempo del combate, el tiempo de trabarse en lucha contra la temible escuadra espartana. Los dioses habían escogido el mar como escenario, más precisamente las Arginusas, dos pequeñas isletas vecinas a Lesbos. Allí, ambas flotas chocaron una madrugada de frío teñida de niebla, y después de una fugaz batalla Atenas logró hacerse con la victoria. Los olímpicos, a pesar de todo, habían favorecido a la ciudad.

Pero sin que los atenienses lo sospecharan siquiera, una infausta profecía habitaba en el fondo de aquellas aguas, un augurio que los oráculos no habían advertido y los adivinos habían pasado por alto: en plena retirada, cuando ya la flota vencedora emprendía el camino hacia Atenas para anunciar la victoria, los comandantes habían dejado algunas naves averiadas, otras hundidas y, ¡por todos los dioses!, un sinnúmero de cadáveres atenienses flotando en el mar. Sí, cientos de cuerpos habían quedado a la deriva asediados por las monstruosas criaturas que habitaban las profundidades; habían quedado allí, olvidados, abandonados, oscilando entre las olas del Egeo y a merced de los gusanos del mar. Y aquella era la más terrible de las impiedades que pudiera imaginarse, pues el cuerpo de un guerrero muerto en batalla debía ser rescatado, llevado a la ciudad y sepultado con el mayor de los honores, debía serlo pues, de lo contrario, su memoria se esfumaría entre las sombras, moraría para siempre en el reino de la oscuridad, permanecería olvidado en la soledad del Tártaro, desaparecido su nombre y disuelto en el cosmos como una mota de polvo que se lleva el viento.

Al regresar de las Arginusas, los comandantes de la flota habían sido juzgados por una asamblea popular. El delito era gravísimo y exigía una cuidadosa investigación. Uno a uno se escucharon los cargos y las defensas. ¿Había sido la embriaguez de la victoria, la gloria del triunfo la que enceguecía a quienes mandaban las naves? Todos consideraban la actuación de los comandantes como una infamia imperdonable, y sin embargo, en su defensa, éstos habían culpado a la impetuosa furia del mar: cada uno a su turno había alegado que una feroz tormenta, desatada con rabiosa intensidad, había agitado las aguas del mar e impedido recoger los cadáveres. No había sido la voluntad humana, juraron los marinos, sino las iras de Poseidón, señor de los mares, cuyo enojo había causado la espantosa tragedia por la que ahora se los acusaba.

Pero nadie podía saberlo con certeza. Algunos testimonios eran contradictorios y la espinosa cuestión de la flota no acababa por resolverse. Entonces la asamblea popular entregó el caso a manos del Consejo de los Quinientos, la autoridad competente en asuntos de esa naturaleza, y el proceso quedó suspendido hasta que hubiese mayores pruebas.

Pero algo inesperado ocurrió en esos días. Como todos los años, para esa época, Atenas celebraba las Aparturias, una fiesta en la que se brindaban ofrendas a los dioses y se recordaba a los guerreros muertos en combate. Y había sido la memoria, la dolorosa evocación de aquellos cadáveres olvidados en el mar lo que exaltó a los atenienses y encendió la llama del rencor.

En una lenta y errática procesión, tomados de la mano y con los rostros aturdidos por el sufrimiento, los padres y hermanos de los muertos desfilaron por las calles, de luto, mostrando sus padecimientos y su rabia, exigiendo abiertamente la condena a muerte de aquellos jefes de la flota que habían desamparado a los guerreros, que los habían dejado en el mar, invisibles sobre las aguas, que les habían quitado la gloria de yacer en tierra ateniense y ver las ramas de laurel cayendo sobre sus tumbas.

Padres, hermanos y amigos, ahora, exigían la condena a muerte de los comandantes, y aunque aquello era un recurso ilegal, extraño a la constitución ateniense, los ímpetus de la pasión parecían empujar a todos hacia una decisión precipitada.

Por fin el Consejo de los Quinientos se reunió de nuevo a tratar el caso y una vez más se escucharon las acusaciones y las defensas. Pero en medio de los alegatos, en medio de aquel intenso proceso judicial, sorpresivamente había aparecido un hombre, desesperado, maltrecho, casi agonizante, que había llegado hasta Atenas de manera milagrosa después de haber estado a punto de perder la vida. Era uno de los combatientes de las Arginusas. Aún se reflejaba el espanto en sus ojos, aún se notaba el roce de la muerte en su expresión, en el terror de su mirada, en el recuerdo grabado a fuego de sus compañeros ahogados en el mar. Él se había salvado del naufragio y después de infinitas peripecias había conseguido llegar penosamente a tierra, así, con el último aliento, con las últimas fuerzas, y ahora se hallaba frente al tribunal dispuesto a revelar a todos lo ocurrido en aquellas horas fatales.

—Lo he visto con mis propios ojos —gimió tembloroso, pálido, casi asqueado invocando el horrible escenario de la batalla—. He caído al mar junto a mis compañeros, pero sólo yo pude salvarme.

El Consejo escuchó atónito las palabras del guerrero. Era, a excepción de los propios comandantes, el único testimonio vivo de lo ocurrido en las Arginusas, y había una gran expectativa por saber la verdad sobre aquellas islas cuya sola mención abría heridas en el alma ateniense.

—Danos tu testimonio, pues —lo conminó uno de los jueces.

Y entonces sí, apenado por sus propios recuerdos, el muchacho habló entre gemidos y lloriqueos.

—He visto a los hombres hundirse en el agua y ser tragados por monstruos horribles —recordó—. He visto el miedo en los ojos de mis compañeros y he podido escuchar sus súplicas, sus últimos deseos antes de morir: todos ellos gritaban "¡Castigad a los comandantes, vengad nuestra muerte en ellos por habernos abandonado...!".

¿Había dicho la verdad? Era imposible saberlo. Quizá sólo se trataba de un demente, de un loco alucinado que buscaba notoriedad, como aquel Eróstrato de Éfeso que había prendido fuego al templo de Artemisa con el sólo propósito de hacerse famoso y conocido en toda la Hélade. De hecho, su alegato estaba lleno de pasión arrebatada y acaso no debía ser tomado en cuenta.

Pero el clima en Atenas había enardecido el ánimo de los hombres y todo se tornaba impredecible, inseguro, todo era tan endeble y frágil que aquel testimonio podía torcer una sentencia. Y eso fue justamente lo que ocurrió: las palabras del muchacho surtieron efecto en los jueces. Tal vez el mero temor a los dioses precipitó la decisión, pero el caso es que los miembros del Consejo, persuadidos de la veracidad de aquel argumento, acabaron por solicitar la condena a muerte de los comandantes.

Pero algo desentonaba en aquella reunión. Entre aquellos quinientos hombres había uno, tan sólo uno, que renegaba de la fatal decisión. Era el viejo Sócrates, el mismo a quien todos conocían por su constante abejeo en las calles de la ciudad, el mismo que fastidiaba y preguntaba y abrumaba a todos con sus dudas, y que ahora, como todo ateniense en algún momento de su vida, formaba parte del Consejo de los Quinientos.

Se había sentado en las últimas gradas del tribunal y desde allí, en silencio, había seguido el proceso atentamente escuchando las acusaciones, los alegatos, el testimonio del guerrero sobreviviente, y había seguido aquellas instancias con la grave inquietud de quien presencia un acto precipitado y acaso injusto.

—No nos apresuremos, señores —dijo desde su puesto una vez que se hubo escuchado la sentencia, y tras señalar a los acusados agregó—: Estos hombres no deben pagar nuestra prisa con sus vidas.

—¿Qué dices? —le preguntó un vecino de banca—. ¿No has oído los testimonios? ¿No crees que estos hombres merecen un castigo por lo que han hecho?

—Yo no he dicho tal cosa —respondió el viejo—. Si son culpables deben ser castigados, y si las leyes dictan la pena de muerte, no seré yo quien me oponga a ellas. Pero exijo que sean juzgados como se debe, respetando las instancias del proceso y sin dejarnos llevar por arrebatos desenfrenados.

Un súbito murmullo se alzó entre los presentes. Era cierto, los ánimos impedían el desarrollo normal del proceso. Cada uno de aquellos quinientos hombres parecía urgido a acabar lo antes posible y saciar el hambre de venganza que animaba a toda la ciudad por aquellos días.

—Defendamos ante todo nuestras leyes —añadió Sócrates alzando la voz con firmeza y reclamando la atención del Consejo—. Defendamos nuestras leyes, señores, pues sin ellas nada puede sostenerse.

Pero una estrepitosa gritería se alzó en su contra. La asamblea estaba demasiado acalorada, demasiado furiosa por aquel incidente que tocaba lo más profundo del espíritu ateniense. Amén de ello muchos querían regresar a sus casas y olvidarse de aquel amargo proceso que había agitado a la ciudad. Y tal era la confusión, tal el aturdimiento en esas horas agobiantes que algunos acabaron irritándose contra el propio Sócrates.

—¡Cállate, tú, viejo inútil! —le gritaron desde las gradas—. Ya bastante daño haces a la ciudad con tus peroratas.

—¡Sí, más vale que cierres el pico! —vociferaron otros—. ¡Pues deberías ser tú quien fuera a prisión!

La agitación continuó durante un buen rato y Sócrates, abrumado por el bullicio, no pudo sino resignarse a que su voz se diluyera entre la multitud. ¡Qué sencillo, pensaba para sí mismo, era olvidar todas las objeciones y votar como la mayoría! Pero aun cuando nadie escuchaba sus palabras, aun cuando su presencia contrastaba con el resto de aquella asamblea, se mantuvo en su postura con honradez y coraje. En lugar de irse, de retirarse a la paz de su casa, permaneció allí, con el rostro imperturbable, soportando las ofensas y los agravios, mientras los demás obedecían a sus flaquezas y a la presión de los más influyentes. Y se había quedado allí, tan sereno y tan glorioso como un dios, pese a sus vestiduras raídas, porque sabía que el más precioso tesoro del espíritu y el más inexpugnable era la propia libertad de conciencia.

Una apresurada votación, finalmente, decidió los tantos: las urnas se llenaron con las piedras de voto que resolverían el veredicto, y, como era de esperarse, la suerte de los comandantes se decidió por amplia mayoría: seis de ellos fueron condenados a muerte y los dos restantes a perder toda su fortuna. Ya nada podía hacerse y la ciudad presenciaría la infame sentencia; cada padre, cada hermano y amigo de las víctimas vería saciados sus rencores y expiada su venganza en aquellos comandantes, pero sólo unos pocos advertirían la profunda herida que la propia Atenas se había causado a sí misma, sólo unos pocos recordarían la oposición de aquel viejo estrafalario que en medio de la turbulencia había bregado por la serenidad.

XI

Se tendía delante de él, imperturbable, como una lámina de plata brillante, un pequeño río de aguas mansas. Detrás, la roca dura se alzaba con abrupta aspereza, recortada en forma irregular contra el cielo del amanecer que ya dejaba insinuar sus primeros claros. Sócrates contemplaba la aurora desnuda sobre el río, la quietud inmutable a esa hora del día en que el frescor, la última humedad de la noche se levantaba de la tierra formando una bruma aneblada y ligera. Veía extasiado el paisaje que se desplegaba ante sus ojos, cuya serenidad y belleza lo admiraban, y sentía algo extraño y significativo: lo sentía en la piel, en el suave estremecimiento de su cuerpo y en sus músculos: era como una sensación de unidad, como si él mismo, hecho de carne y hueso, no fuera sino un desprendimiento de aquel escenario, una raíz, una corteza, una hierba silvestre, el verde y ensortijado tallo de una planta nacida de la savia de la tierra. Sus pies desnudos se dejaban acariciar por el acompasado oleaje del río y también allí, en el suave lamer de las aguas transparentes, en aquel frío estímulo que le helaba la piel, descubría la unidad que fundía al hombre y al agua, uno y otro ligados mutuamente, venidos de un mismo y primigenio elemento cuyo origen se perdía en las profundidades del tiempo. Era en verdad el goce de la contemplación, la plenitud de los sentidos que parecían solazarse oliendo, palpando, aspirando el riquísimo escenario que se abría ante sus ojos.

Solía ir allí muchas veces, a la hora del amanecer, y gustaba de hacerlo pues aquel sitio donde el aire parecía más transparente, donde la luz brillaba con mayor nitidez, con mayor sensualidad, era como una suerte de bálsamo para su espíritu. Había un silencio tan suave que el viejo podía oír aletear a las mariposas. Y allí, en aquel elíseo rincón de Atenas donde parecía reinar lo inconmovible, su alma gozaba de las delicias del pensamiento como en ningún otro lugar.

En eso estaba, ensimismado en alguna idea, cuando oyó a sus espaldas un ruido apenas leve, como de crujiente hojarasca, y al volverse advirtió la figura de Platón, algo agitado y nervioso, quien traía el semblante opacado por alguna preocupación.

—¿Qué hay, amigo mío? —lo interrogó el maestro sonriendo ligeramente—. Por la expresión que traes se diría que ha ocurrido algo grave.

Los ojos del muchacho eran vivaces y profundos, tan negros como su melena, pero aún conservaban la ingenua timidez de un adolescente.

—¡Ah, Sócrates! —exclamó—. Desde que te conozco mi vida se ha vuelto un tormento.

—¿Qué quieres decir? ¿Es que acaso te he hecho algún daño? ¿Has enfermado por mi culpa? ¿Sufres de alguna dolencia?

—No, no es eso —respondió el atribulado muchacho—. Es que, desde aquella vez que te cruzaste en mi camino y me hablaste, no puedo dejar de pensar. Todo el día pienso en esto o lo otro, casi no duermo, me alimento apenas para no morir de hambre, y lo peor de todo es que ya no estoy seguro de nada.

—¿No estás seguro de nada? —repitió el viejo sonriendo—. Pues, amigo mío, no sabes cuánto me alegra oír eso.

—¿Te alegra? ¿Pero cómo puedes regocijarte por eso? De un tiempo a esta parte no creo en nada de lo que dicen, ya no sé qué está bien o qué está mal, y para colmo he empezado a pensar que no hay dioses, y que aquellos que tenemos por tales no son sino invenciones de los poetas.

—Vas muy rápido, muchacho —concedió el maestro—. Pero aunque no lo creas estás en el buen camino.

Platón se rascó la cabeza y dijo:

—¿En el buen camino? ¡Pero te he dicho que mi vida se ha vuelto un tormento!

—¿Y qué crees tú que es la filosofía sino un eterno suplicio del intelecto? El día que estés cierto de algo, el día que pierdas tu curiosidad, el día que ya no te preguntes más nada, ese día habrás muerto como filósofo. Pero la elección es tuya, mi buen Platón. Puedes abandonar esto cuando se te antoje. Y si lo que buscas son respuestas claras e indudables, ve con los sofistas, que ellos las tienen de sobra.

Platón asintió tímidamente y algo en su alma lo impulsó a confiar en las palabras del viejo. Sin duda tenía esa chispa divina, ese mismo don que Sócrates había advertido el día en que ambos se cruzaron por primera vez.

Pero el muchacho había ido por algo diferente, un asunto que lo tenía a maltraer desde tiempo atrás, de modo que hizo a un lado sus otras preocupaciones y fue directamente al grano.

—He estado pensando mucho, Sócrates —dijo—, y en verdad no comprendo muy bien lo que dijiste acerca de que uno debe vencerse a sí mismo.

Se había sentado sobre una roca, junto al maestro, las piernas recogidas, los codos apoyados sobre los muslos, y mientras respiraba acompasadamente se produjo un primer relampagueo de luz a sus espaldas. El carro del sol había asomado por encima de la piedra, repentino, cegador, y de pronto el magno escenario se transmutó en una danza de colores y matices cuya nitidez era asombrosa, irradiando y revelando los contornos, encendiendo el verdor de las hojas, de las plantas, de la hierba, haciendo fulgurar las pequeñas olitas que llegaban a la orilla del río.

—No es muy difícil, amigo mío —dijo el maestro—. Pero si quieres, trataré de explicártelo de otro modo —hizo una pausa, miró hacia el río y dijo—: Dime una cosa, ¿no crees tú que todo hombre tiene deseos y pasiones que dominan su espíritu?

—Eso creo, Sócrates.

—Bien. Y quien se halla dominado por los placeres sensuales, ¿dirías que es un hombre libre?

—Por cierto que no —respondió Platón.

—Es justamente por eso, amigo mío, que todo hombre virtuoso debe procurar el dominio de sí mismo. De lo contrario, vivirá como el peor de los esclavos, preso de sus propios deseos y ardores.

Siguió un tibio silencio apenas interrumpido por el murmullo de las olas del río. Platón había escuchado las palabras del viejo con gran interés, pero aun así le resultaba difícil conciliar aquella enseñanza con la vida misma, donde el ardor de las emociones volvía al hombre una criatura intemperante y arbitraria.

—Pero, ¿cómo es posible, Sócrates? —volvió a preguntar con una ligera mueca de ingenuidad—. ¿Cómo podrían los hombres dominar a un enemigo tan invisible y esquivo como son nuestras propias pasiones?

Un nuevo silencio pareció adueñarse del paisaje. No era sencillo responder a aquella pregunta y Sócrates lo sabía en lo más íntimo de su alma. Pareció tomarse un momento, y mientras sus ojos recorrían el vasto escenario plagado de luz, chispeante de luz, pensó en la ardua batalla del hombre en contra de sí mismo, en contra de sus pasiones irrefrenables, de sus deseos, de sus instintos, en contra del ardor dionisíaco que anidaba en lo más profundo y visceral de cada espíritu. Las pasiones eran, para todo griego, casi como una enfermedad, un fogoso arrebato cuya naturaleza estaba emparentada con las temibles Erinias. Y Sócrates pensaba en aquella difícil batalla pues él mismo, habida cuenta de su ardoroso temple, debía librarla día a día.

De pronto se inclinó sobre el río, como asomándose a él, como dejándose ver en un espejo, y la imagen de su propia cara le fue devuelta desde el agua, no demasiado nítida, ligeramente oscilante, tan familiar y a la vez tan extraña que al principio se estremeció. Vio sus ojos redondos y negros, la poblada barba que cubría su mentón y sus mejillas, la hueca sombra de sus rasgos de Sileno. Vio aquel rostro hecho de muchos rostros y pensó en que debajo de él se hallaba, muda aunque vibrante, serena aunque al acecho, la furia de sus pasiones, la violenta sensualidad con la que debía luchar día a día y momento a momento.

—¡Ah, mi buen Platón! —suspiró incorporándose una vez más—. Tú has leído a Homero y sabes que alguna vez, el vigoroso Aquiles se sintió ofendido por las palabras de Agamenón y sin pensarlo echó mano a la empuñadura de su espada. Lo recuerdas, ¿verdad?

—Claro que sí.

—Y también recordarás que, al tomar la espada, algo extraño lo detuvo, algo incomprensible y misterioso.

—Te refieres a Atenea, ¿verdad? Sí lo recuerdo, la diosa se apareció ante Aquiles y lo instó a reflexionar, a mantener la calma, y entonces el héroe envainó su espada nuevamente y olvidó el entredicho.

—Así es —dijo Sócrates complacido—. Y ahí tienes un ejemplo de cómo dominar las pasiones. El bravo Aquiles, que era un hombre irritable y colérico, logró no obstante refrenar su ira.

Platón pareció algo insatisfecho con el ejemplo.

—No, espera un momento —dijo como si hubiera hallado una omisión a la historia—. Me parece que no fue el propio Aquiles quien consiguió dominar sus arrebatos, sino la diosa Atenea, que acertó a intervenir en el momento justo.

—Dices bien, amigo mío, pero hay un detalle de la historia que aún no hemos mencionado. Según nos cuenta Homero, sólo Aquiles vio a la diosa en ese momento; nadie más que él percibió su divina presencia, y ello por una muy atinada razón: los dioses, querido Platón, sólo se manifiestan a los hombres nobles y virtuosos. Aquiles era uno de ellos, tenía un alma libre de vicios e impurezas, y gracias a eso tuvo el privilegio de que Atenea fuera en su auxilio.

—Lo que dices me parece razonable, y también muy bello, Sócrates —lo interrumpió ansiosamente el muchacho—. Pero entonces dime, ¿cómo es posible hacer a nuestras almas nobles y virtuosas? ¿Cómo evitar que sufran la furia de las pasiones?

La tierna sonrisa del viejo apareció de nuevo en su rostro, pero esta vez con un suave matiz de picardía.

—¿Recuerdas cuando nos conocimos? —preguntó—. Tú me creíste uno de esos tantos charlatanes que andan por Atenas y te llamó la atención cuando te dije que a mi lado nada aprenderías de las cosas de cielo, ni de los animales, ni de las piedras, ni de todos esos asuntos que enseñan algunos filósofos.

—Lo recuerdo —asintió Platón—. Y también recuerdo que sólo me prometiste una cosa: que aprendería de mí mismo...

—Así es, querido amigo. Y si no ando errado, ahí tienes la respuesta a tu pregunta: tan sólo conociéndote a ti mismo, hurgando en lo más íntimo de tu espíritu, lograrás hacer de ti un alma noble y virtuosa. Tan sólo de ese modo te librarás de los vicios y las malas pasiones, porque una cosa es cierta, mi buen muchacho, y recuerda bien lo que voy a decirte: nadie en este mundo hace el mal voluntariamente. Dirás que eso es absurdo, que hay de sobra gentes dañinas y malvadas, pero yo te aseguro que quienes actúan de un modo erróneo o perjudicial hacia los demás no son sino ignorantes, personas que se desconocen a sí mismas, que no saben que la verdadera felicidad consiste en ser justos y virtuosos. Por eso, esfuérzate en conocerte, amigo Platón, descubre tus propios vicios y lucha en contra de ellos, y sólo así lograrás ser un hombre digno y feliz.

XII

La infinita espiral de la guerra había seguido su curso y una vez más, en su eterna discordia contra Esparta, la ya desangrada Atenas volvió a ser derrotada. Esta vez, el crepúsculo se abatió sobre Egospótamos, donde la flota ateniense fue diezmada y casi todos sus tripulantes perecieron en el mar.

Se había cerrado el cerco sobre la ciudad, y ahora, un aire denso y saturado de tragedia parecía oprimir sus calles. De un día para el otro las gentes habían despertado con la espantosa visión de las naves espartanas estacionadas frente a la costa, vigilantes, amenazadoras, poblando las aguas del Pireo como una siniestra aparición. Habían contemplado sus cascos negros, mecidos por el oleaje del mar, y aquella visión espectral había despertado los más horribles presagios. ¿Sería una fatalidad? ¿Un castigo de los dioses por haber echado al fuego sus estatuas y sacrificado sus templos?

El viejo Sócrates despertó, una de esas mañanas, entre el confuso murmullo de la ciudad, un rumor apagado y aterrador, oscuro signo de la presencia del enemigo. Dejó su lecho con la horrible sensación de que allá, en las costas, la flota enemiga estaría decidiendo el implacable destino que impondría a la ciudad conquistada. Se sabía que los feroces tebanos, aliados de Esparta en la guerra, habían propuesto el más cruel de los suplicios: pretendían quemar la ciudad, abatir sus muros y esclavizar a todo el pueblo ateniense. Pero la victoriosa Esparta conservaba una vieja lealtad hacia Atenas: en su memoria aún latía el recuerdo de las batallas de Maratón y Salamina, de cuánto habían hecho los guerreros atenienses en defensa de toda la Hélade, y aquella gloriosa memoria salvó a la ciudad del trágico destino propuesto por los tebanos.

Pero aun así el castigo fue humillante: después de largas deliberaciones, los invasores resolvieron derribar las Largas Murallas y apoderarse del gobierno de la ciudad. Atenas quedó bajo la advocación de una treintena de hombres, los Treinta Tiranos, quienes se hicieron con el poder manejados por Esparta.

Era una vez más el tiempo de las sombras, del terror y el sometimiento, y mientras el viejo dejaba su catre en silencio, aquella mañana, procurando no importunar el sueño de Jantipa, sentía una dura opresión en el pecho ante la omnímoda presencia del enemigo.

En verdad, Esparta se había guardado bien de mostrar sus garras y ejercía con gran astucia el arte de la dominación: sus ejércitos no desfilaban por las calles de Atenas ni hacían ostentación de poder, pero en cambio, aquellos Treinta Tiranos, aquel infame grupo de traidores, gobernaban en su nombre con la mayor impiedad. Sócrates sabía que ahora, la invisible presencia espartana sería como un veneno, como una amarga ponzoña que poco a poco iría corrompiendo lo más bello del espíritu ateniense. Esparta era una ciudad admirable, a qué negarlo; sus instituciones funcionaban con la severidad y el rigor impuestos por Licurgo cinco siglos atrás, y habían hecho maravillas de aquella desabrida tierra. Pero el alma espartana era demasiado marcial, demasiado áspera, ayuna de esa chispa dionisíaca y acaso demencial que era imprescindible para el arte y el pensamiento. No, pensaba el viejo, la hosca y cerrada Esparta sólo traería oscuridad, apagaría el fulgor de la llama ateniense, y mientras cavilaba en ello, tras calzarse su eterno manto raído y beber un poco de vino caliente, abandonó su casa y marchó hacia las calles.

Por donde iba hallaba rostros desolados, expresiones vacías, gentes que vagaban como sombras entre la suciedad y el abandono. La oscuridad se cernía sobre Atenas y había conferido un matiz grisáceo a las calles, una ausencia de colorido que se traducía en el silencio que reinaba en el Ágora, en los gimnasios, en las plazas, en los baños públicos. Ya no había grupos de hombres conversando animadamente. Ya no se veían aquellas improvisadas asambleas en que todo se discutía sin ataduras, sin inhibiciones. Y no se veían pues, en medio de la vorágine del poder, los Treinta Tiranos habían clavado sus garras sobre los atenienses y mutilado sus libertades a través de asesinatos y exilios.

Pero había algo aún más doloroso, más torturante para el viejo filósofo, algo que punzaba las honduras de su alma y quizás era más infame que ver a su amada Atenas amordazada y obligada al silencio. Uno de aquellos treinta hombres, uno de aquellos Treinta Tiranos que ahora oprimían a la ciudad, no era otro que el altivo Critias, aquel astuto y sagaz político a quien conocía personalmente y que algunos años atrás había sido su amigo y discípulo. No hacía mucho, por cierto, lo había recibido en su propia casa junto a Eutidemo, y aunque el severo Critias se había mostrado algo parco en sus maneras, Sócrates lo recordaba como un hombre elegante y preparado, como un ciudadano culto y de finos modales, como un político inquieto y vivaz aunque de temple reservado y un tanto huraño. Sin embargo, tras la invasión espartana, Critias se había convertido en el Jano de las dos caras. Algo extraño, algún oscuro abismo en su alma se había revelado bruscamente, dejando asomar una personalidad sombría y tal vez inhumana. Aquel mismo hombre que años atrás fuera su discípulo, de manera inesperada, se había convertido en el feroz tirano que ahora vejaba y oprimía a su propia ciudad.

¿Se culpaba por ello? ¿No había sido él, Sócrates, quien le enseñara prudencia y mesura en los asuntos humanos? ¿No recordaba haber paseado mañanas y tardes por las calles de Atenas hablando de la virtud y de la justicia? Quizás, en su afán por enseñarle a pensar, el viejo hubiese errado el camino y hecho de aquel hombre un ser despreciable. ¡Oh, infame Critias!, se escuchaba decir a sí mismo, ¿qué ha ocurrido contigo? ¿Qué negros demonios se han apoderado de tu alma? Y mientras continuaba su marcha sin rumbo por las calles desiertas, por los más ignotos rincones de Atenas, sentía que aquella pregunta retumbaba una y otra vez en su cabeza, insistente, implacable, llena de agudas espinas que laceraban su carne.

De pronto se halló, casi sin quererlo, en los confines de la ciudad, allí donde se habían alzado las Largas Murallas que el enemigo había ordenado echar abajo. A sus espaldas se hallaba una Atenas moribunda, inanimada, y desde aquella ciudad agonizante le llegaban apenas algunos susurros, tan débiles como un suspiro, como un eco lejano que se perdía entre la espesura del aire.

Sócrates se volvió una vez más y vio las derruidas murallas, los escombros dispersos, vio aquellos restos de una memoria perdida y acaso muerta para siempre; sintió que sus piernas se aflojaban, incapaces de soportar su propio peso, y advirtió que estaba solo, que no había nada ni nadie a su alrededor. Quizá, se repetía una y otra vez, él mismo había engendrado a un monstruo en la persona de Critias, un ser bestial sediento de poder y de sangre. Notó que algo en su interior estaba a punto de estallar, y bastó un leve impulso, un ligero instante de fragilidad para que todo su espíritu se derrumbara. Entonces cayó de rodillas sobre el suelo de piedra y lloró, lloró tan amargamente como jamás lo había hecho, lloró junto a aquellas ruinas silenciosas, hecho un ovillo sobre sí mismo, cubriéndose el rostro con ambas manos mientras la bóveda del cielo comenzaba a cerrarse en nubarrones de tormenta.

El gobierno de los Treinta Tiranos había tomado el poder con mano de hierro, y conforme pasaba el tiempo se endurecía cada vez más. Día tras día continuaba con su régimen de terror y embrutecía sus leyes, tiñéndolas de un matiz despótico, mientras más y más ciudadanos eran asesinados o enviados al exilio.

Era angustioso presenciar aquellas matanzas, era aterrador ver atravesado por la espada invasora a quien sólo unos días atrás había estado hablando, comiendo o bebiendo entre sus amigos. Pero también era ingrato asistir al destierro de tantos atenienses, verlos marchar hacia tierras ignotas y perder su condición de ciudadanos, pues el exilio era acaso peor que la propia muerte para un heleno, el castigo más humillante y vergonzoso, pues lo obligaba a vivir entre seres extraños, entre dioses extraños, ajeno a sus tradiciones y costumbres.

Como muchos de sus pares, el viejo Sócrates experimentaba una indecible repugnancia ante aquellas condenas. Pero una tarde, mientras deambulaba por el Ágora sintiendo el opresivo ambiente que ahogaba a los atenienses, un raro impulso germinó en su interior. Fue hacia un banco de piedra, se trepó sobre él, y como si fuera un agitador, un tribuno de feria, vociferó hacia la multitud:

—¡Por Zeus! ¿No creéis que debe ser un mal pastor aquel que hace menguar sus rebaños?

Las gentes que se hallaban a su alrededor apenas prestaron atención a aquellas palabras, apenas advirtieron la presencia de aquel viejo alunado que alzaba la voz como un arriero de mulas y parecía gritarle al viento. Sin embargo, presa de un vigor inaudito, Sócrates siguió diciendo:

—Y si es un mal pastor quien reduce el número de sus ovejas, ¿no será aún peor aquel gobernante que disminuye y empeora a sus ciudadanos?

Fugazmente las palabras se diluyeron entre la multitud, esfumándose en el aire como un eco sin sentido, y la mayoría de los paseantes continuó su marcha sin hacer caso a lo ocurrido. Pero alguien, quizás algún esbirro del gobierno, había acertado a pasar por la plaza y escuchado la sediciosa arenga del viejo. Sí, era una clara provocación, un alegato pronunciado con el fin de punzar, de zaherir al régimen, de sacudir la modorra de los ciudadanos. Y por supuesto, no podía ser otro que el viejo Sócrates quien hubiera lanzado el ponzoñoso dardo. Lo había reconocido por sus desgastadas vestiduras, por su rostro informe y simiesco, pero sobre todo por aquella singular manera de hablar, siempre tan irónica y venenosa.

Rápidamente el mensaje llegó a oídos de Critias. El viejo discípulo ahora se hallaba en la cúspide del poder, pues se había convertido en el comandante del aquellos Treinta Tiranos. Al oír la noticia, Critias reaccionó con irritación.

—¡Oh, infame Sócrates! —gimió apretando los puños de rabia—. ¡Eres un viejo temerario que osa importunarme ante las gentes!

Viéndose objeto de aquella burla imperdonable, ordenó a sus hombres que fueran a las calles, prendieran a Sócrates y lo arrastraran ante su presencia.

¿Qué había inspirado esa decisión? ¿Tan sólo un arranque de cólera? ¿La necesidad de callar a aquel viejo insolente? Critias mismo lo ignoraba. La orden había sido repentina, casi impensada, y mientras regresaba a sus cosas notó que tenía los labios resecos y su pulso se había agitado más de la cuenta.

Un día después el viejo Sócrates fue conducido con parca amabilidad hacia el despacho de Critias. El exterior del edificio estaba fuertemente acordonado por guardias que formaban una suerte de muralla humana, un vallado impenetrable que no era sino el símbolo de una imprescindible ostentación de poder. Más allá, detrás de aquel apretado cordón, se iniciaba un largo y estrecho pasillo que llevaba hacia el centro del edificio, hacia el oscuro recinto en que moraba el terrible Minotauro, y mientras desandaba aquel angosto corredor, a paso lento, flanqueado por un guardia que no le quitaba los ojos de encima, mientras avanzaba con inquietante expectación, Sócrates se sentía casi asfixiado por aquel pasillo que semejaba el hueco de una caverna. En aquella penumbra de tiniebla, quizás un poco atemorizado, contemplando su propia sombra ondulante, se veía a sí mismo como un Teseo que ha extraviado el cordón de su Ariadna, o peor aún, como un aterrado Orfeo que ha caído en la profundidad del Hades, profundidad de sombras infinitas, profundidad insondable, inquietante profundidad.

Aquí y allá ardían los fuegos de las antorchas clavadas en los muros, derramando una luz ambarina y oscilante, y hacia el final del pasillo, tan oscura como el fondo de un agujero, se empezaba a hacer visible una recia puerta sin inscripción alguna, sin señal alguna que identificara a quien se hallaba detrás.

El viejo se estremeció ante aquella visión. Su espíritu vibró de temor al imaginar qué hallaría al otro lado de aquella puerta. ¿Acaso un Critias inabordable y corrompido, viciado por su propio poder? ¿O tal vez aquel antiguo alumno y amigo dispuesto a dialogar con franqueza, a reconocer sus errores, a olvidar las diferencias?

El guardia se detuvo frente al despacho, golpeó la puerta con firmeza y aguardó la respuesta. Un interminable momento después se oyó una orden cuya resonancia intimidó a Sócrates.

—Pasad —mandó la voz de Critias.

El guardia permaneció afuera, clavado frente a la puerta y observando con ojos de lince, mientras el viejo avanzaba hacia el interior del despacho. Una vez allí, su primera impresión fue de aturdimiento. Demoró en reconocer las facciones del tirano, cuyos rasgos, ahora, tal vez a causa de los últimos sucesos, parecían tallados a cuchillo.

Sócrates avanzó unos pasos y se detuvo de manera brusca. Allí estaba Critias, aquel hombre altivo y distante, aquel jefe de los Treinta, aquel cuyas manos se hallaban teñidas de sangre ateniense, y que ahora le sonreía con una tímida indiferencia. Viéndolo más de cerca le pareció que sus rasgos eran demasiado inciertos y desconcertantes, quizá deliberadamente confusos, y aquella vaga sonrisa se le antojó indescifrable, incluso para él mismo, que se preciaba de conocer el alma humana y sin embargo no acertaba a desentrañar aquella borrosa expresión.

—Sócrates... —murmuró el tirano cuando ambos se hallaron a unos pasos de distancia.

La voz había sonado cordial, aunque no sin cierta suspicacia. Acto seguido, con discreta prudencia, Critias se aproximó al viejo lentamente y le tendió una mano fría, desapacible, una mano cuyo movimiento parecía estudiado al detalle, y mientras Sócrates le tendía la suya procuraba advertir algún matiz en aquel rostro, alguna chispa en sus ojos, algún rasgo que le permitiera adivinar las intenciones de aquel déspota cuya expresión parecía inescrutable. Sin llegar a ser un miedo paralizante, reconoció que sentía algo de temor ante aquel Minotauro que se erguía frente a sí.

—Aquí me tienes, Critias —dijo con cierta frialdad—. ¿Para qué has mandado llamarme?

El tirano volvió a sonreír de forma austera, pero era una sonrisa destemplada, maquinal, que dejaba insinuar el abismo que separaba a aquellos dos hombres.

—Ah, Sócrates —dijo Critias alisando los pliegues de su túnica—. He oído cosas por ahí, cosas que me inquietan demasiado, y sobre todo viniendo de ti, que pareces querer burlarte de mi persona en público —hizo una pausa y agregó—: Sin embargo, debo reconocer que eres valiente..., *maestro*.

Había dicho aquello último en un tono deliberadamente incisivo, hiriente, buscando una odiosa complicidad en aquel que, años atrás, lo había recibido como su discípulo.

—No soy tu maestro —replicó Sócrates con dureza.

—Sin embargo, me has enseñado el arte de razonar, de persuadir, de convencer; me has enseñado a conocer a los hombres y a descubrir sus flaquezas. Y eso, *maestro*, me ha sido de gran utilidad para llegar hasta aquí.

Una vez más aquella palabra, aquella jerarquía insidiosa cuyo propósito era una absurda simulación. ¿Qué pretendía Critias con aquel juego? Se había sentado en un amplio sillón de madera, con gesto cansino, y había acomodado su humanidad sobre algunos almohadones que acentuaban su altura. Por un momento cerró sus ojos y respiró de manera pausada, sus manos buscaron apoyo en un grueso bastón de madera, y cuando un instante después los abrió otra vez pareció como si recién despertara de un sueño. Sin duda aquella silueta agigantada semejaba una esfinge dominando la ciudad, un dios emplazado en las escalinatas de su templo, y sin embargo se notaba una sutil y casi invisible debilidad en la mirada de Critias, como si aquel viejo que tenía frente a sí, de algún modo tan extraño como inexplicable, le inspirara un temor reverencial, una tácita sensación de inseguridad que lo incomodaba. Quizás había elegido aquel enorme sillón a propósito, como un modo de aumentar las diferencias, de exagerar las proporciones frente a su huésped.

—También te he enseñado a ser prudente y virtuoso —dijo Sócrates sin moverse de su lugar—, te he enseñado a ser justo, a dominar las malas pasiones, a ser morigerado en todos los placeres; te he enseñado a conocerte a ti mismo; te he enseñado eso y mucho más, y sin embargo, tal parece que has recogido lo peor de la siembra.

El argumento era sin duda irreprochable. No había razón humana capaz de reprobarlo y Critias lo sabía mejor que nadie. Pero también sabía que el poder confiere el privilegio de aniquilar la razón, de eludirla, de ponerse por encima de ella.

—¡Bah! ¿Qué importa eso? —replicó airadamente—. Lo que cuenta es que ahora estás aquí, *maestro*, y si te he mandado llamar es para informarte que, de ahora en más, se te prohíbe enseñar a los jóvenes de Atenas en cualquier sitio y en cualquier circunstancia.

Estiró su mano, tomó un papiro que estaba sobre una mesa y lo exhibió ante Sócrates.

—Es ley —dijo meciendo el rollo de papiro en el aire—. Yo mismo la he redactado y firmado.

Luego sus ojos se clavaron una vez más, expectantes, en la figura del viejo. Había dicho aquello esperando que Sócrates reaccionara de un modo feroz, quizá desmesurado, pues aquella arbitraria ley que había compuesto de puño y letra no era sino una afrenta, casi una bofetada en el rostro de su antiguo maestro. Pero no pudo más que sorprenderse cuando, frente a aquel ominoso decreto que lo obligaba a callar, Sócrates arrugó el entrecejo y dijo:

—¡Caramba! ¿Te has tomado la molestia de llamarme para esto? Pues, has de saber, mi querido Critias, que es la primera vez que un gobernante dicta una ley para un solo hombre, y más aún, que se la expone en persona. ¡Por Zeus, diría que es todo un privilegio para mí!

Por primera vez el tirano pareció alterar su impávido rostro. Había quedado claro, sí, muy claro que el viejo no aceptaba las diferencias, que no lo intimidaba aquel opresivo edificio al que había sido llevado en contra de su voluntad, no lo intimidaba el cordón de guardias que escudaban al régimen y mucho menos la abstrusa maquinaria que había desplegado el tirano con el solo propósito de impresionarlo. No, Sócrates no se había arredrado frente a ello, y su desvergonzada actitud frente a Critias, aquella insolencia con que lo había tratado, se acentuaban aún más en el irónico matiz de su respuesta, en el tono sarcástico de aquellas palabras que no habían hecho sino desconcertar al tirano, vulnerar sus fuerzas, empujarlo hacia una posición indeseada y desfavorable.

Ahora, desde su magno sillón de madera, el antiguo discípulo lo observaba una vez más con aquel inexplicable temor reverencial, como si entre ambos se hubiese establecido una muda superioridad en favor del filósofo. ¿De qué estaba hecho aquel hombre?, se preguntaba el azorado Minotauro, ¿de qué extraña madera, de qué noble metal estaba compuesto su espíritu? ¿Es que ni siquiera temía a la cólera del monstruo? Se sintió tentado a preguntárselo, pero aquello acabaría por desnudar su propia debilidad. Por no quedarse mudo ensayó una tímida respuesta.

—La ley es para todos, Sócrates —dijo con indisimulada firmeza—, para ti y para todos los maestros, sofistas y oradores de Atenas que corrompen a la juventud con su ciencia.

Era una ley general, había enfatizado el tirano, una ley que concernía a todos los ciudadanos por igual, y sin embargo, por alguna oscura razón, lo había llamado sólo a él, a Sócrates, para exhibirla y ostentarla ante su propio rostro y sentir el regusto de la victoria. ¿Por qué?, se preguntaba el viejo filósofo, ¿por qué su antiguo amigo lo hacía objeto de semejante agravio? ¿Qué secreta venganza anidaba en su alma para querer humillarlo de ese modo?

Y entonces lo recordó, breve y fugazmente recordó que algunos años atrás, cuando Critias intentaba ganar los favores del bello Eutidemo, cuando lo requería con pasmosa insistencia y suplicaba de manera indigna por su compañía, Sócrates se había burlado de él comparándolo con un cerdo, pues parecía *rascarse* contra Eutidemo al igual que esos animales contra las piedras. Había soltado aquella broma en público, frente a todos sus amigos, con un desparpajo acaso impropio de su persona, y aunque se trataba de una tontería sin mala intención, había caído sobre los hombros de Critias como una pesada afrenta, avergonzándolo y poniéndolo en ridículo ante todo el mundo. En esa ocasión las cosas no habían pasado a mayores; aun habiendo acusado el golpe, Critias había permanecido en silencio y con el rostro imperturbable. Pero los hilos ocultos del odio habían comenzado a tejer una secreta venganza que ahora el tirano empezaba a cobrarse en toda su dimensión.

Sí, desde aquel momento Critias odiaba a Sócrates, lo aborrecía desde lo más profundo de su alma. Pero habían transcurrido algunos años y ahora, cuando lo tenía ante sus ojos, indefenso, vulnerable, ahora que podía llevar a cabo su venganza aplastándolo como a un insecto, se descubría a sí mismo presa de una extraña incapacidad. ¿Qué estaba ocurriendo con él? ¿Por qué no podía sostener la mirada de aquel viejo?

Tal vez, aunque se negara a reconocerlo, aún persistía en su memoria la oscura veneración que sentía por su viejo maestro.

Por algún motivo Sócrates advirtió aquella debilidad y quiso hostigar una vez más al tirano.

—Pues bien —dijo en un tono algo incierto—, obedeceré tus leyes si así lo quieres, pero dime una cosa: ¿me prohíbes hablar del todo o sólo de los asuntos que juzgas erróneos?

—¿Qué quieres decir? —se sorprendió Critias.

—Digo que, si lo que haces es prohibirme abrir la boca, entonces deberé callar para siempre, mientras que si me impides hablar de aquello que tienes por erróneo, entonces sólo deberé aprender a hablar correctamente.

¿Volvía a ser irónico? ¿Pretendía seguir burlándose del tirano? Quizá fuera una locura el sólo imaginarlo, el sólo insinuar que se atreviera a desafiar al Minotauro en sus propias narices, pero de aquel viejo insensato podía esperarse cualquier osadía.

Critias se mostró algo irritado.

—No quieras enredarme con tus palabras, Sócrates —rezongó martillando su bastón contra el piso—. Conozco el modo en que te vales de ellas. Pero si en verdad quieres poner las cosas más sencillas, pues bien, te daré una orden que será mucho más fácil de entender: de hoy en adelante se te prohíbe absolutamente hablar con los jóvenes de Atenas.

Había dicho aquello con visible rigor, marcando el ritmo grave y pausado de las palabras, un ritmo cuya cadencia revelaba el cotidiano ejercicio del poder, porque Critias, aun cuando llevara apenas unos pocos días sentado en aquel trono, ya parecía haber adquirido los gestos, las expresiones, el tono intimidatorio de un hombre soberbio y dominante. Todos sus movimientos revelaban una cierta arrogancia llena de vanidad. Tenía el aire desdeñoso y altivo de quien está habituado a ejercer la autoridad: los ojos huidizos, la engañosa inflexión de su voz, la postura de sus manos, todo ello desnudaba a un hombre contagiado y enfermo de poder.

Pero Sócrates no se había dejado arredrar por el tirano y aún mantenía su juego.

—¿Dices que no puedo hablar con los jóvenes de Atenas? —repitió mientras se rascaba la cabeza.

—Eso he dicho.

—Muy bien, Critias, entonces cumpliré tus órdenes si así lo quieres. Pero aún hay algo que debo saber para estar seguro de no violar ese mandato: dime hasta cuántos años hay que considerar jóvenes a los hombres.

Un silencio grave se apoderó de la habitación, un silencio inquietante que remedaba el presagio de una tormenta. Critias parecía advertir, ahora sí, el sarcasmo que anidaba en las palabras de Sócrates, pero el viejo había sido tan sutil, tan delicadamente sutil que el tirano debía proceder con demasiada cautela a fin de no quedar mal parado. Respiró con cierto fastidio y se pasó la lengua por los labios.

—Treinta años —dijo con sequedad y sin dar mayores explicaciones—. Considera jóvenes a quienes aún no hayan cumplido los treinta años.

Y luego siguió una escena grotesca, absurda, casi tan irreal como un acto de comedia.

—Y dime —insistió Sócrates—, si deseo comprar vino en la tienda y resulta que el vendedor aún no ha cumplido los treinta años, ¿puedo hablar con él para preguntarle el precio?

—No juegues conmigo, Sócrates —respondió el tirano endureciendo el rostro—. Sabes muy bien a qué me refiero y de qué se trata la prohibición. Tú te pasas el día entero interrogando a los jóvenes sobre ciertos asuntos que ya sabes y no es necesario explicar. Eso es lo que te prohíbo que hagas.

—Pero entonces, si no soy yo quien interroga sino al revés, es decir, si algún joven se me acerca a preguntarme sobre cualquier cosa, por ejemplo, cómo llegar al Partenón o dónde queda el Pireo, ¿entonces no debo responderle?

—No me tomes por tonto, Sócrates —dijo Critias.

—No lo hago.

—Entonces deja tus sarcasmos para otra vez. Sabes muy bien que podría hacerte encarcelar o enviarte al exilio con sólo alzar un dedo.

El viejo sonó algo temerario y acaso insensato.

—¿Y por qué no lo haces? —preguntó.

Una vez más Critias se sintió aturdido. ¿Hasta dónde, se preguntaba a sí mismo, hasta dónde era capaz de llegar aquel hombre con su actitud altiva y desvergonzada? Estaba claro que el viejo filósofo lo desafiaba, que tentaba sus fuerzas hasta límites insospechables, pero, ¿era capaz de jugar su vida en ello? ¿No resultaba demasiado audaz, demasiado riesgoso el provocar al Minotauro con semejantes argucias? Y por cierto, ¿qué le impedía a él encarcelar al viejo, enviarlo al exilio o incluso ordenar su muerte? Era una pregunta odiosa, incómoda, tan abominable que no se atrevía a responder. Prefirió hacer a un lado la cuestión y completar su mandato.

—Lo diré una vez más, Sócrates —habló casi con desgano—: Abstente de conversar con zapateros, carpinteros y herreros, a quienes interrogas todo el tiempo sobre qué es lo justo, lo piadoso, lo bueno y otras cosas por el estilo.

Se había hecho un silencio aun más incómodo en la sala, un silencio que parecía haber sido impuesto por los dioses como una tregua entre aquellos dos hombres, y tanto el uno como el otro habían aprovechado aquel interludio para observarse detenidamente. De pronto, el silencio pareció quebrarse como un muro agrietado y se oyó, murmurante, como venida desde otro lugar, la voz de Sócrates:

—Me silencias por miedo...

El tirano se sacudió imperceptiblemente en su sillón. De pronto sus manos se volvieron nerviosas e inquietas; jugaba con su bastón de un modo forzado y acaso torpe, como si procurara asirse a él, aferrarse a él con desesperación, pues las palabras del viejo al parecer habían tocado un nervio, un íntimo y delicado nervio de su humanidad y ahora debía redoblar sus esfuerzos para manejar la situación.

Sócrates notó que en el rostro del tirano había asomado una arruga, casi invisible, dibujada entre sus ojos, y descubrió que esa mueca le confería el temible aspecto de un fauno encabritado. El propio Critias se había dado cuenta de ello y procuraba hacer lo posible por refrenar su ira, trataba de contenerse ante las provocaciones del viejo, pues cualquier estallido, cualquier desmesura de su parte no hubiese revelado sino su propia flaqueza.

Quizás a modo de contraste, ahora, en su rostro había aparecido una sonrisa maliciosa y cruel.

—¿Qué dices? —preguntó indignado—. Yo no tengo miedo de ti.

—No he dicho que me temieras a mí —murmuró Sócrates—. Sólo he dicho que tienes miedo...

Dejó la frase en suspenso, como invitando al propio Critias a llenar aquel vacío inefable, y se quedó mirándolo fijamente a los ojos, algo expectante y provocador, aunque en el fondo se hallaba un tanto acongojado por ese hombre que tenía frente a sí, por ese hombre cuyo espíritu oscilante lo había llevado a convertirse en un monstruo despiadado capaz de ensuciar sus manos de sangre ateniense.

Por su parte, bien sabía el tirano lo insinuado por el viejo filósofo, demasiado bien lo sabía aunque intentara callarlo y rehuir de sus propios temores, pues, como todo hombre atrapado en la rueda del poder, empujado al vértigo del poder, reconocía en sí mismo la más abyecta fragilidad y se descubría inseguro y vulnerable. Acaso el más tremendo de sus miedos, el más insoportable y agobiante, fuera la inexorable fugacidad del poder. Como muchos déspotas, Critias se veía a sí mismo como un ser eterno, tocado de inmortalidad, seguro de que su gobierno se instalaría a perpetuidad entre los atenienses. Pero en un rincón de su alma sospechaba que acaso no fuera así, que tal vez sus días fuesen tan efímeros como los de cualquier mortal, y entonces, del mismo modo que se había hecho con el poder, alguna vez caería en desgracia bajo el puño de algún otro opresor, de alguien más fuerte y con más ejércitos, y entonces, como una venganza tramada por los dioses, toda su injusticia, toda su arbitrariedad, todas sus atrocidades le serían devueltas una a una.

El miedo, sí, ésa era la angustiosa sensación que experimentaba el tirano. Se veía a sí mismo acorralado y asfixiado, engullido por la oscuridad de aquella caverna que era su íntimo refugio, pero aun cuando pareciera inexpugnable, aun cuando él mismo soñara con la inmortalidad, era consciente de que sus días estaban contados y aquello lo atormentaba como el peor de los castigos.

Luego sobrevino un momento de quietud. El tirano se había puesto de pie y marchado hacia una pequeña ventana que daba al interior del edificio. Delgado, inseguro, cubierto por una túnica impecable, así se veía su cuerpo recortado contra el chorro de luz que provenía de afuera. Estaba de espaldas a Sócrates, como si procurara ocultar su rostro, y tras haber descorrido una delgada cortina espiaba hacia el patio bañado de sol. Mucho tiempo permaneció de ese modo, en silencio, sin volverse hacia su huésped; mucho tiempo estuvo inmóvil y mirando a través de la ventana el hombre que ahora dominaba Atenas con mano de hierro. Luego se volvió, casi bruscamente, y sus ojos se cruzaron con los del viejo.

Fue entonces cuando un instante de rara comunión se produjo entre aquellos dos hombres. Había sido algo inaprensible, misterioso, tan sorprendente como la súbita aparición de una divinidad, pero de pronto, el tirano y el filósofo se vieron rodeados de una secreta intimidad que parecía envolverlos como un halo invisible. Desde la pequeña abertura que daba al patio interior les llegaba una luz blanca y mortecina, algo velada por los cortinados que vestían la sala, y aquella claridad acentuaba las sombras profundas de sus rostros, cada ángulo, cada arruga, cada estría de la piel, cada mínima sinuosidad. La sala toda parecía haber cobrado un extraño matiz de irrealidad, y por primera vez Critias y Sócrates habían tomado conciencia de que se hallaban solos, retirados del mundo, ajenos al bullicio palaciego. No había ruidos, no había movimiento alguno que pudiera distraerlos, no se escuchaba siquiera el tímido murmullo de las aves, y en medio de esa quietud, en medio de ese delgado silencio, el atroz gobernante y el viejo filósofo se contemplaban a sí mismos como dos hombres sencillos, dos simples mortales despojados de toda investidura y jerarquía. ¿Era posible un tímido acercamiento entre ambos? ¿Era posible una mutua comprensión, ahora que aquella secreta intimidad lo propiciaba? Quien rompió el silencio fue la voz agónica, melancólica de Sócrates:

—El tirano cree ser lo que no es —anunció en un susurro—, cree ser superior a los demás, superior al tiempo, superior a la vida y a la muerte... He ahí, Critias, tu propia condena...

Había una vaga ternura en aquellas palabras, una indecible nostalgia de otros tiempos, como si al pronunciarlas el viejo filósofo buscara recobrar la memoria de una amistad perdida; había hablado con sinceridad, sin ánimos de irritar ni herir a Critias, y al contemplarlo una vez más había procurado endulzar su mirada, ver al tirano como una criatura débil, desamparada, solitaria en medio del vértigo y de la infinita vorágine del poder, una criatura que parecía clamar silenciosa y desesperadamente desde el abismo, pues en sus ojos desolados se advertía el aislamiento al que estaba sometido: ya no tenía amigos, ya había perdido cualquier contacto humano que no fuera el frío contacto con sus ministros, con sus guardias, con sus esbirros; ya había olvidado el afecto de una sonrisa y la dulzura de una caricia, pues vivía allí, en el interior de aquel recinto de piedra, y todo su mundo se reducía a la helada fortaleza en la que se hallaba enclaustrado.

Sin embargo, su instinto de protección lo había vuelto ciego y sordo a la infausta realidad, y por un momento las palabras de Sócrates parecieron no afectar su ánimo, parecieron resbalar sobre una pendiente sin fondo. Miró al viejo con indiferencia y su rostro cobró una cierta insensibilidad, casi espeluznante, una expresión tan helada como el cristal.

—Eres un hombre inteligente, Sócrates —murmuró con un gesto apocado.

—¿Eso crees? —preguntó el viejo, y sin esperar respuesta agregó—: Tú también lo eres, Critias, pero estos horribles muros han opacado tu espíritu y no te permiten ver lo que en verdad necesitas ver.

Sin decir una palabra Critias regresó a su sillón y tomó asiento. Era extraño observar la rara parsimonia de sus movimientos. Parecía un hombre muy viejo, débil, que apenas podía sostenerse en pie. Una vez sentado permaneció inmóvil, reconcentrado en sí mismo, hundido aun más entre los almohadones de su sillón mientras sus ojos se perdían en el vacío. Pero un momento después se oyó decir:

—¿Y qué es lo que me impiden ver estos muros?

—A ti mismo —reveló Sócrates.

El tirano pareció despertar de un sueño. Sí, cuántas veces había escuchado aquello de labios de su maestro, cuántas veces había insistido el viejo en que el fin último de la filosofía era el conocerse a uno mismo.

—Sí, viejo amigo —continuó Sócrates—, has estado riñendo en vano contra tus opositores, contra los atenienses, contra quienes desean arrebatarte el poder, y créeme que esa guerra la perderás siempre. Tus enemigos no están fuera de estos muros. Están dentro de ti.

Entonces algo extraño ocurrió. Fue repentino y acaso inesperado: el semblante de Critias pareció mudar levemente y de un modo casi imperceptible, pues por primera vez, sí, por primera vez el Minotauro se había vuelto consciente de su propio encierro. De pronto había advertido los gruesos muros que lo confinaban a una vida de sombras, y había descubierto que aquel viejo filósofo, al igual que el Teseo de la leyenda, había sorteado el laberinto y llegado hasta él, pero no para matarlo, sino para revelarle el secreto, para mostrarle aquella espantosa prisión en la que se hallaba recluido.

Hubo un nuevo instante de abismal silencio en el que Critias, un tanto incómodo, comenzó a jugar con los pliegues de su túnica, arrugándola, estirándola, quitándole alguna hebra imaginaria, hasta que de pronto su mirada se distrajo por un momento, observó fugazmente a Sócrates y con fingida cordialidad anunció:

—Vete ya. Estás avisado de la prohibición.

No hubo nada más que hablar. Las palabras de Critias tenían un carácter imperioso que no admitía réplica alguna; ya su mirada estaba en otro sitio, en otro asunto que reclamaba de su atención, quizás en un nuevo decreto que empujaría al exilio a algún ateniense. Sócrates se volvió sobre sus pasos y marchó hacia la puerta. Afuera lo esperaba el mismo guardia que lo había conducido hasta allí, de pie en medio del pasillo, algo soñoliento a causa de la pesadez del aire. Al verlo aparecer abrió sus ojos con brusquedad, lo tomó del brazo y lentamente fue escoltándolo a través del largo y oscuro corredor.

Mientras caminaba, observando el fuego de las antorchas que iluminaban los muros, sintiendo la recelosa mirada del guardia a sus espaldas, la aplastante opresión de aquel oscuro laberinto, Sócrates sentía que aún retumbaban en su mente las últimas palabras del tirano, aún sonaba aquella austera prohibición hecha con insólita parquedad, y no sin cierto temor se preguntaba qué sucedería de ahora en adelante, qué sería de su vida cuando emergiera de aquel recinto y viera el sol una vez más.

XIII

Qué era él sin la palabra? ¿Qué podía ser él, Sócrates, obligado al mudo silencio que le había impuesto el tirano? Ahora todo a su alrededor parecía muerto sin remedio, y aunque muchos atenienses continuaban con sus faenas diarias, con sus labores y ocupaciones, con su incesante ir y venir de un lado a otro de la ciudad, él, Sócrates, se veía a sí mismo como un alma errabunda que transitaba las calles por mera costumbre, sin sentido alguno, sin importar el sitio adonde se dirigiera ni los hombres que pudiera hallar a su paso, sin importar la grave oscuridad que se cernía sobre Atenas, puesto que el silencio, el implacable mutismo que los Treinta habían dictado a la ciudad, era para él, para Sócrates, la más feroz de las condenas que pudiera imaginarse, el más brutal de los castigos, y aun cuando el rebaño pudiera vivir amordazado, aun cuando algunos toleraran o acaso prefirieran la discreción, él, Sócrates, no imaginaba siquiera un mundo hecho de silencios, un mundo sin la palabra que despierta, que aviva, que estimula, un mundo en que no existieran los versos de Homero ni las tragedias de Eurípides ni las historias de Heródoto. No imaginaba un mundo ayuno de voces y palabras, pues la palabra era como el antiguo fuego que Prometeo había robado a los dioses; la palabra otorgaba sentido al hombre y le confería un aura sagrada, casi divina, y sin ella quedaba reducido a una mera criatura salvaje y sentenciado a errar por el mundo como una sombra.

No había transcurrido una semana de la prohibición cuando, súbitamente, mientras deambulaba sin rumbo por las calles de la ciudad, el viejo maestro fue abordado por dos hombres que le cerraron el paso con un gesto imperativo.

—¿Tú eres Sócrates? —preguntó uno de ellos.

En el tono, en la expresión severa, en la imperiosa y tosca forma de hablar, Sócrates reconoció a uno de los guardias del gobierno.

—Lo soy —asintió con timidez.

—Entonces acompáñanos —ordenó el otro.

En un gesto del todo innecesario lo tomaron de un brazo y, flanqueando su marcha como dos esbirros, lo condujeron calle arriba. No tardó el viejo en advertir que lo llevaban una vez más hacia el palacio de gobierno, y mientras caminaba en medio de los dos hombres se preguntaba qué extraños motivos habría tras aquella súbita convocatoria, qué podía querer el régimen de su persona, ahora, cuando ya todo le había sido dicho por el propio Critias en persona, cuando aún retumba el eco de la prohibición en sus oídos. Pero sabía que era inútil interrogar a los hombres que lo escoltaban, era inútil sonsacarles alguna noticia, pues no estaban allí para dar explicaciones ni respuestas: sólo eran dos guardias, dos inexpresivos cancerberos que cumplían su trabajo.

Poco después llegaron al palacio de gobierno y una vez más el viejo se estremeció ante las rígidas murallas, ante el fantasmagórico y opresivo edificio en cuyo interior habitaba el Minotauro. ¿Qué querría de él ahora? El aire parecía haberse tornado irrespirable y advirtió que estaba jadeando, que sudaba como una mula de tiro y que sus piernas le pesaban más de la cuenta. Lo horrorizaba la idea de atravesar, de hundirse una vez más en el asfixiante y oscuro pasillo que conducía hacia la abismal caverna del monstruo. Pero conforme avanzaba fue descubriendo que los guardias lo conducían en otra dirección.

—¿Adónde me lleváis? —preguntó sin la menor expectativa.

Uno de los esbirros ni siquiera pareció escucharlo; el otro apenas volvió su rostro, lo miró con tediosa indiferencia y continuó su marcha sin decir palabra. ¿Qué podía importarles? ¿Qué podían saber de él aquellos dos hombres en cuyo espíritu sólo anidaba la sumisión y la obediencia?

Un momento después fue puesto en manos de otro guardia y escoltado hacia el patio interior del edificio. Allí, luego de sortear un cordón de soldados, arribó al despacho de un funcionario de escaso rango que lo recibió con discreta indolencia. Era un hombre de baja estatura, calvo, y había algo de viscoso en su piel. Sócrates respiró aliviado al descubrir que no era Critias quien lo reclamaba una vez más, pero aun así estaba algo inquieto ante la sorpresiva convocatoria.

En la expresión del funcionario no había rudeza ni cordialidad, sino simplemente indiferencia, una imperturbable y glacial indiferencia que parecía llevar siglos instalada en cada una de sus facciones. Tampoco parecía dispuesto a demorarse en preámbulos ni formalidades, de modo que en cuanto el viejo estuvo frente a sí, lo miró con ojos cansinos y le dijo:

—Sócrates, he mandado a llamarte para que hagas un servicio a tu ciudad.

¿Había escuchado bien? ¿Aquel funcionario le pedía cumplir con un servicio cuando, poco antes, el régimen lo había silenciado, proscrito, condenado al más absoluto mutismo? No sin cierta dosis de curiosidad, casi sin aliento por la tensión, el viejo preguntó:

—¿Qué clase de servicio quieres que haga?

El funcionario se despachó con toda frialdad.

—Es muy sencillo —dijo con lentitud—: Tú y otros cuatro hombres deberán viajar a Salamina y traer a un tal León, quien ha cometido un delito y debe ser ajusticiado aquí en Atenas.

Sócrates arrugó el entrecejo y una breve mueca de estupor se adueñó de su rostro. Procuró disimularla acariciándose las barbas con cierta torpeza, fingiendo indiferencia ante la extraña imposición que le había sido expuesta con semejante naturalidad. Aún no acertaba a comprender los motivos ni mucho menos la finalidad que animaba aquella orden, pero en el fondo tenía la certeza de que no era sino una trampa más, una urdimbre más que el régimen dispensaba a su persona. De hecho, ignoraba todo acerca de ese tal León de Salamina a quien debía arrestar, nada sabía acerca del supuesto delito que se le imputaba, aun cuando era sencillo imaginar que se trataría de un opositor, de un simple opositor a los Treinta al igual que él mismo, y a quien por algún motivo Critias había decidido quitar la vida.

Sea como fuere, aquello era impensable y repugnante. De pronto se vio a sí mismo convertido en una suerte de guardia con poderes especiales, en un perro de caza a las órdenes de la tiranía. Se imaginó arribando a la ciudad de Salamina y arrestando al tal León, poniéndole grillos y cadenas en las manos y arrastrándolo hacia Atenas a morir bajo la arbitraria y dudosa justicia de un régimen al que él mismo detestaba. Se vio en aquella inaceptable, injusta situación, y pensó en cuán absurda era su presencia allí, en cuán descabellado era verse frente a aquel funcionario que ahora había tomado asiento detrás de un escritorio y lo observaba con meridiano interés.

Suspiró largamente y trató de contener su indignación ante aquella nueva afrenta del régimen.

—¿Y por qué yo? —preguntó sin esperanzas de obtener una respuesta—. ¿Por qué me han elegido a mí para traerlo?

El funcionario eludió la mirada del viejo y, con afectada naturalidad, rebuscó entre algunos papiros que tenía sobre su escritorio. Por un momento Sócrates pensó que le sería dada una explicación, que obtendría una respuesta a su pregunta, pero no tardó en descubrir que la esquiva actitud del funcionario era sólo una excusa para no responder: nada había entre aquellos papiros, nada sobre el parco escritorio en el que hurgaba fingiendo algún propósito inexistente.

El viejo aguardó unos instantes y luego, ante el definitivo silencio del funcionario, insistió una vez más:

—Vamos, dime, ¿por qué me has elegido a mí?

El hombre desplazó su mirada hacia la ventana y dijo:

—Ya te lo he dicho, Sócrates: eres un ciudadano ateniense y tienes deberes como cualquiera.

La excusa era irreprochable: todo ateniense estaba obligado a prestar servicios de diversa índole a su ciudad. Pero era tan palpable el engaño, tan claramente palpable que sólo cabía la resignación. Aquel hombre no estaba dispuesto ni tenía intenciones de dar explicación alguna, y fue su desdeñosa actitud la que acabó por convencer al viejo.

Pero al mismo tiempo, de pronto, como surgido desde el más profundo interior de su alma, le fue revelado el motivo de la orden: los Treinta lo habían convocado para humillarlo, para convertirlo en uno de ellos, para forzarlo a compartir sus crímenes transformándolo en cómplice del régimen asesino. Estaba allí para interpretar el más abyecto papel que pudiera imaginarse, tan horrible y denigrante, pues él, un hombre virtuoso y libre de conciencia, había sido llamado para mimetizarse con la tiranía y ser partícipe de sus peores excesos, convertirse en una pieza más de aquella maquinaria infame. Y comprendió que ése era el más perverso de sus métodos, que así procedía el régimen con quienes se oponían a él, con abominable astucia, con una terrible bajeza urdida con siniestra malignidad. En ese momento intuyó que el propio Critias debía hallarse tras ello; habría sido él quien sugiriera su nombre para aquella operación, habría sido él quien, oscuramente, en silencio, buscaría plasmar su venganza ante el viejo filósofo obligándolo a ensuciar sus manos con la sangre de un hombre. Y acaso tal decisión proviniera de sus miedos, de su temor reverencial hacia el *maestro*, pues era indudable que el Minotauro, en la fría soledad de su caverna, en el terrible laberinto en que se hallaba prisionero, seguía encadenado a sus propios miedos y a su propia debilidad.

Sócrates miró una vez más en su derredor, contempló el sitio en que se encontraba, la pequeña y descolorida sala que no era sino la guarida, el refugio de uno de los secuaces del monstruo. Se vio a sí mismo frente a aquel hombre cuya labor debía ser tan sólo informar, transmitir la orden, ser el portavoz del tirano —de ahí su mortal indiferencia—, y pensó que el insignificante funcionario tal vez ni siquiera sabría los motivos de la convocatoria: sería tan sólo un engranaje, una pieza menor dentro del impersonal mecanismo de la tiranía. Sintió una cierta conmiseración ante aquel hombre condenado a la más infame servidumbre, pero aun así procuró interrogarlo acerca de la infausta misión que se le encomendaba.

—Y dime —preguntó con visible interés—, ¿qué ha hecho ese tal León el Salamino para merecer la muerte?

De un modo previsible, endureciendo un poco sus ojos y hasta con cierta impaciencia, el funcionario respondió:

—Eso no es asunto tuyo, Sócrates.

Ya no cabían dudas: era evidente que desconocía los motivos, acaso ni siquiera le importaba la suerte de aquel León a quien el régimen ordenaba ajusticiar, y la situación inquietó aún más al viejo filósofo. ¿Qué debía hacer? De pronto se vio a sí mismo ante la incierta y delgada línea que separa la virtud de la deshonra, la justicia de la injusticia; se vio a sí mismo en la incómoda necesidad, en la incómoda obligación de cruzar esa línea o permanecer indemne. Se preguntó qué podía haber hecho aquel León de Salamina para ser condenado a muerte: quizá su mayor crimen, su peor infamia no había sido sino la trasgresión, la rebeldía, oponerse en cuerpo y espíritu a las vilezas del opresivo régimen. ¿Y qué podía hacer él, Sócrates, frente a esa circunstancia? ¿Debía obedecer al funcionario? ¿Prestar su conformidad a la tiranía y marchar en busca del reo? ¿O debía negarse, aun asumiendo el riesgo que ello significaba para su vida?

Permaneció un instante envuelto en un grave silencio mientras el funcionario seguía inmerso entre sus papiros. Ignorar la orden significaba una condena a muerte o, tal vez, marchar hacia el temible y angustioso exilio. Y sin embargo estaba obligado a tomar una decisión. En medio de la estrecha y desnuda sala debía enfrentarse a sus dudas, a su incertidumbre, a la amenazante opresión a que había sido expuesta su vida.

Pero había algo que ya se insinuaba en el aire, vagamente, como una sombra aneblada, algo que parecía venir en su auxilio y que ya había sentido otras veces en momentos de cruda indecisión, cuando naufragaba en la adversidad y parecía hallarse al límite de sus fuerzas. La extraña presencia empezó a revelarse, con lentitud, como si no quisiera perturbarlo en modo alguno; empezó como un tímido murmullo en su interior, como una rara sensación visceral que al mismo tiempo se manifestaba en su derredor, y poco a poco fue develándose ante su alma, envolviéndolo con indecible suavidad, como el dulce abrazo de Afrodita. Era como un poder sagrado y colosal que parecía fluir en todo su cuerpo. Y entonces él, Sócrates, se dejó invadir por aquella grata sensación, pues no había demorado en comprender que se trataba del dios que venía a socorrerlo en ese instante de flaqueza.

Oh sí, era sin duda el dios, que una vez más intervenía en la vida de Sócrates. Desde la inmensa noche poblada de estrellas, desde aquella misteriosa oscuridad en que había surgido por primera vez, la presencia divina no dejaba de cruzarse en cada senda, en cada pensamiento, en cada sensación que experimentaba el viejo filósofo. Toda vez que emprendía un nuevo camino, toda vez que alumbraba alguna idea, allí estaba él, íntimo, inescrutable, tan ligero como una nube, tan impenetrable como un secreto, allí estaba el dios revelándose y llenando su espíritu de claridad.

El funcionario lo observó extrañado y sin comprender el raro ensimismamiento que se había apoderado del viejo. Pero no estaba allí para dar vueltas al asunto, de modo que se limitó a insistir con sus requerimientos.

—¿Y bien? —dijo mientras se acariciaba la cabeza y suspiraba de fastidio—. ¿Marcharás a Salamina?

Hubo un instante en que Sócrates pareció ajeno al tiempo y al espacio, en que nada sintió sino el arrobado aturdimiento de aquel abrazo divino, y luego, como si hubiera vuelto de un sueño, regresó a la realidad.

Entonces dirigió su mirada una vez más ante el imperturbable funcionario, advirtió una vez más su pasmosa indiferencia, y luego, quedamente, sintiendo estallar la tierna risa del dios en sus oídos, negó con la cabeza.

—No, no iré... —murmuró con calma.

Recién entonces el funcionario pareció reaccionar de su hastiada indiferencia. No había siquiera imaginado una respuesta así. Pero estaba tan aturdido que apenas advirtió cuando Sócrates, luego de haberse negado a cumplir la orden, se volvió sobre sus pasos, cruzó la puerta y abandonó el despacho.

Mientras desandaba el corredor, seguido de cerca por un guardia, no pudo evitar pensar en Critias. En la densa oscuridad del abismo, en el centro de aquel incierto laberinto, hundido entre las tinieblas, el Minotauro estaría dejando escapar un agónico y helado grito de horror.

XIV

Tal como el propio Critias había temido, el gobierno de los Treinta acabó por caer de un modo abrupto y vertiginoso. Apenas un año después, los muchos desterrados del régimen habían logrado organizar un ejército a las órdenes de Trasíbulo y marchar sobre Atenas. Critias intentó convocar a los ciudadanos en su defensa, pero sólo un puñado de ellos respondió a su llamado y conformó una resistencia tan débil que apenas consiguió dar batalla al ejército rival. Era el fin anunciado por sus propios temores, era el fin que tanto angustiaba al Minotauro, y él mismo acabó muriendo de modo trágico en un enfrentamiento que selló los destinos de la tiranía.

En muy poco tiempo, Trasíbulo restableció la democracia y organizó un gobierno que pronto se distinguió por su moderación y benignidad. Hubo condenas a destierro para muchos de los miembros del régimen, pero el nuevo gobierno se negó a impartir la pena de muerte a sus enemigos y a teñir de sangre las calles de Atenas.

Una vez más, la ciudad recobraba la cordura.

El cambio de gobierno había evitado que Sócrates padeciera algún castigo por negarse a marchar a Salamina. Aquello parecía fruto del azar y la buena fortuna, pues, de no ser por Trasíbulo y su revuelta, quizás ahora estaría preso, muerto o exiliado. Pero a los ojos de un griego nada sucedía por capricho. De seguro los olímpicos habrían dispuesto las cosas de ese modo, y si hoy él estaba vivo, deambulando una vez más por las calles de Atenas, era indudable que se debía a la oscura voluntad de los dioses.

Lejos de distraerse en otras cuestiones, aquello despertó aun más la curiosidad del viejo. Si los dioses gobernaban nuestra existencia, ¿cuál era el propósito de ella? ¿Qué misteriosos planes tenía reservado el Olimpo a la criatura humana?

Se lo había preguntado muchas veces, infinidad de veces en la soledad de algún arriate, y había procurado indagarlo en los libros, en los hombres, en la reposada voz de los sabios y en las honduras de su propia alma. Pero la respuesta era esquiva, parecía rehuirle como un ave ante la presencia de un cazador. Oh dioses, se repetía a cada momento, ¿qué enigmático propósito me tenéis reservado? ¿Qué oscura y desconocida trama habéis tejido para mí? ¿Seré tan magno y glorioso como Aquiles o, por el contrario, mi vida se reducirá al corto hálito de una respiración, a la efímera existencia de una chispa? Aquella era la más sublime, quizá la más inquietante de las preguntas que un mortal pudiera hacerse, y no había oráculo ni adivino que se atreviera a responderla.

Pero una mañana de primavera, mientras se dejaba llevar por la calidez del aire, el viejo filósofo pareció intuir la respuesta. Había hallado frente a sí a un hombre desconocido, quizás un funcionario del nuevo gobierno, quien se había detenido ante él en el Ágora y en tono desapasionado había dicho:

—Sócrates, me he enterado de que han puesto una demanda en tu contra ante el Gran Tribunal.

Y la noticia había sido como una súbita revelación, como un oscuro anuncio venido desde lo más ignoto, porque en esas breves palabras, en ese escueto y repentino anuncio que le había dado aquel hombre, Sócrates creyó adivinar el comienzo de su largo camino hacia el Hades.

¿No lo había imaginado ya? ¿No lo había pensado cien veces, mil veces, mientras importunaba a los hombres con sus preguntas en las calles de Atenas? ¿No había intuido que su actitud, tarde o temprano, despertaría las iras de quienes lo rechazaban? ¡Oh, ingenuo Sócrates! ¡Por un momento habías creído en los hombres! ¡Habías confiado en que aprenderían a ser virtuosos y comprensivos, a ejercer el difícil arte de la prudencia y de la tolerancia, habías pensado en que la necia criatura humana podría redimirse por medio de la razón!

Más por curiosidad que otra cosa, interrogó al hombre con quien había tropezado en el Ágora.

—¿Una demanda? —repitió—. Pero, ¿quién es que me acusa?

—Un tal Méleto —dijo el hombre—. Ha presentado varios cargos en tu contra.

Pero el viejo sabía que el nombre no importaba, lo sabía pues, en el fondo, era la propia Atenas quien lo acusaba, quien buscaba defenderse de aquel enemigo tan peligroso como imprevisible que subyugaba a los jóvenes y hacía extraviar sus mentes con ideas peregrinas. Y las pruebas eran evidentes: ¿no había contado Sócrates, entre sus discípulos, nada menos que al soberbio Alcibíades y al odiado Critias? Sí, aquel Critias que, pese a su reciente caída y a su trágica muerte, Atenas aún recordaba como uno de sus más siniestros gobernantes. ¿Qué importaba pues, que el acusador fuera ese tal Méleto o cualquier otro, si la propia ciudad era quien rechazaba su constante aguijoneo?

Ahora, mientras se dirigía a paso cansino hacia el Pórtico, en silencio, con la mirada puesta en la inmediatez de sus pasos, contemplaba la sencillez de sus vestiduras, el manto raído y los pies descalzos, y se preguntaba si acaso eran los dioses mismos quienes, a modo de prueba, le imponían aquel ingrato castigo.

Continuó su marcha y poco más adelante halló al joven Eutifrón, sentado en las inmediaciones del Pórtico y presa de una visible inquietud. Al verlo, el muchacho se puso en pie de un salto y fue a su encuentro con un gesto de preocupación en el rostro. Sin duda ya conocía la infausta noticia y estaba ansioso por hablar con el maestro.

—¡Oh, Sócrates! —suspiró—. Créeme que lamento mucho lo que ha ocurrido. Pero dime, ¿por qué te acusan? ¿Qué has hecho de malo?

Sócrates vaciló un instante y permaneció cabizbajo.

—Me acusan de algo muy grave, amigo mío —murmuró después de un momento—. Hay un tal Méleto que dice que mis enseñanzas corrompen a los jóvenes de Atenas...

Luego permaneció en silencio, respirando pausadamente, inmóvil, rodeado por la muchedumbre que paseaba por los alrededores y no parecía sino una procesión de espectros.

—¡Pero Sócrates! —protestó Eutifrón indignado—. ¿Cómo es posible semejante disparate? Tú no corrompes a los jóvenes sino al contrario, les enseñas a pensar. ¡Ese Méleto debe estar loco al querer acusarte!

Sí, tal vez sólo fuera producto de la locura, quizá la acusación de Méleto obedeciera a la demencial enfermedad que padecía Atenas en los últimos tiempos, donde el miedo y la desconfianza parecían reinar como dos feroces monarcas en el alma de cada ateniense. Sócrates dejó escapar una sonrisa y dijo:

—Quizá Méleto esté en lo cierto, querido amigo —y echando mano de su inefable ironía, añadió—: Tal vez sea un hombre tan inteligente y virtuoso que se ha percatado antes que los demás de cómo es corrompida nuestra juventud y de quiénes la corrompen. Más aún, me admiro de que siendo tan joven entienda de asuntos tan importantes y tenga la valentía de acusarme ante la ciudad, pues él ha sido el único en querer preservar a nuestra juventud. Y de seguro, mi buen Eutifrón, luego seguirá con el resto, con los adultos y los ancianos, a quienes también procurará salvaguardar de nuestros perniciosos discursos. ¡Sí, amigo mío! —exclamó ya en tono de burla—: ¡Creo que ese tal Méleto irá a traer muchos y muy grandes beneficios para nuestra ciudad!

El muchacho ya conocía al viejo, sabía de sus mañas y socarronerías, y no se asombró ante aquella casi grotesca reacción. Pero si algo llamaba su atención era la insólita entereza con que el maestro parecía haber tomado la noticia. ¿Qué extraña virtud le confería esa presencia de ánimo? La acusación que pesaba sobre su persona era gravísima, quizá de las más severas que pudieran recaer sobre un ateniense, y sin embargo el viejo filósofo se permitía hasta bromear con ella.

Casi bufando, con las manos apoyadas en su flaca cadera, Eutifrón preguntó:

—Pero dime, ¿a qué enseñanzas se refiere ese tal Méleto cuando dice que perviertes a los jóvenes?

—Pues dice que soy inventor de dioses —rezongó Sócrates algo asombrado—, que traigo nuevas divinidades a la ciudad y que no respeto a las antiguas.

—¡Por Hera! —exclamó Eutifrón meneando la cabeza—. Ésa es una acusación muy grave, Sócrates. ¿Y qué irá a ocurrir ahora?

—Oh, mi buen Eutifrón, supongo que deberé esperar a que el tribunal me llame, y una vez allí se presentarán los cargos y yo haré mi defensa.

Había un dejo de amargura en aquellas palabras, un matiz que revelaba la preocupación del viejo ante el oscuro trance que debía enfrentar, no tanto por verse obligado a un pleito judicial cuyas consecuencias podían ser imprevisibles, sino por ver a su amada Atenas envuelta en una infamia, en un sórdido proceso que sólo traería vergüenza y escarnio a la ciudad.

—¿Y qué harás hasta que te llamen? —preguntó Eutifrón.

La voz del viejo se oyó algo apesadumbrada:

—Seguiré mi vida igual que siempre... —murmuró.

Cambió algunas palabras más con el muchacho tratando de contener su amargura, y luego, viendo sus ojos humedecidos por el llanto, se despidió palmeándolo en el hombro.

Con imperturbable serenidad, marchando lentamente, apoyándose en aquel bastón que ahora se le hacía más necesario que nunca, Sócrates regresó a su casa y se echó sobre su catre.

El descenso, había comenzado el inexorable descenso hacia el Hades, y el viejo filósofo lo sentía como una premonición, como un trágico augurio de los tiempos que se acercaban. Ahora comenzaría a desandar la tortuosa vía que llevaba hacia el Tártaro, plena de selvas oscuras, amenazada por violentas corrientes de agua, hecha de sombras y tinieblas, y sentía un extraño hervor en su espíritu. Ya era un hombre viejo y en el limbo de su vida, en ese punto en que nada comienza y todo va llegando a su crepúsculo, a su penumbra; y sin embargo, los dioses aún le reservaban un nuevo viaje, un nuevo migrar hacia tierras desconocidas que pondría a prueba su espíritu una vez más. Tal vez, se decía, aquel fuera el más difícil de todos, el más arduo, pues no había retorno posible desde las profundidades de ese abismo.

Sin embargo, no era miedo lo que sentía. Aun cuando imaginara aquella ignota pendiente envuelta en brumas y tempestades, no temía tanto el horror a la oscuridad, a la espesura de las selvas arcanas, a las desapacibles y gélidas aguas de la Estigia o al rostro casi monstruoso del barquero

Caronte, a quien debía confiar su tránsito hacia la otra orilla. No, no era eso lo que más temía, sino su propio fracaso, su propia torpeza ante la sagrada misión que le había sido impuesta por el dios y que no había sabido cumplir.

Pocos días después, tras ser citado por las autoridades, fue conducido con gran solemnidad hacia el Gran Tribunal en medio de una innecesaria cuadrilla de hombres, tan numerosa como inútil, que flanqueaban su paso con exagerada hosquedad. El absurdo cordón humano parecía desproporcionado ante su anciana y dócil figura, pero tenía como propósito el humillar al reo, exhibirlo ante los ciudadanos de Atenas, desnudar el rostro de quien había desafiado las tradiciones religiosas de la ciudad.

Adentro aguardaba el inmenso Tribunal, compuesto por quinientos miembros que esperaban ansiosos la llegada del viejo. Había un crepitante murmullo que fluía entre la multitud, casi como una reverberación, que cesó de repente cuando el filósofo hizo su entrada en el recinto y de pronto, el enorme auditorio clavó sus ojos en aquella figura que avanzaba calmosamente hacia el estrado, alcanzó a ver su expresión serena y apocada, su eterno manto deshilachado, su rostro de Sileno, sus pies desnudos, y en un fugaz instante el murmullo se transformó en un raro silencio que pareció derramarse con gravedad sobre el Gran Tribunal.

El viejo Sócrates alzó sus ojos y contempló a la multitud. Vio aquellas figuras inmóviles y rígidas como estatuas, imaginó aquellas gradas como un bosque cerrado, como una espesura impenetrable, y en ese preciso momento descubrió su propia soledad en medio de la muchedumbre. La soledad infinita, sí, eso era lo que se abría ante sus ojos, una desapacible y helada soledad. De pronto se descubrió a sí mismo desamparado ante el inmenso gentío que lo observaba expectante, advirtió que ninguna mano lo sostenía, que ningún dios lo auxiliaba en ese trance, y en medio de aquella infame desolación, mientras un río de sangre le encendía las mejillas, volvió a sentir el hondo silencio, el primitivo silencio que se había adueñado de las tribunas, apenas cortado por algún breve susurro que le pareció el más intimidante y feroz de los sonidos.

Brillaba un sol caliente y áspero sobre Atenas, un sol desnudo que encandilaba y hacía arder los ojos, cuando los retumbos de un tambor anunciaron que daría comienzo el proceso.

Como era costumbre, se llevó a cabo el ritual de purificación, y más tarde, un heraldo entonó una plegaria en honor a los dioses de la ciudad. Poco después, el presidente del jurado invitó a los acusadores a subir a una tribuna y leer los cargos.

Méleto fue el primero, el avieso Méleto, con sus maneras algo afeminadas y una visible afectación en la voz, haciendo aspavientos con sus manos, gesticulando como un actor de comedia, insistió con énfasis en acusar a Sócrates de impiedad, de creer en dioses extraños a la ciudad y de sostener, como Anaxágoras, que el Sol y la Luna debían ser sólo piedras en el cielo.

Le siguió Ánito, un político de fama y dinero, dueño de una rica curtiembre que mantenía gracias al trabajo de sus esclavos. Años atrás, Sócrates lo había recriminado por querer hacer de su hijo un simple curtidor y no un hombre digno, y ahora, como una siniestra venganza, Ánito lo acusaba de corromper a la juventud con sus discursos e ideas descabelladas.

Y hacia el final llegó el turno de Licón, un orador de poca monta a quien ofendía que el viejo filósofo atrajese la atención de tantos atenienses, cuando en verdad, a su juicio, no hacía sino alejarlos del buen razonamiento. Sin embargo, había algo más en las palabras de Licón, una advertencia que subyacía a las acusaciones y tenía como propósito envilecer la imagen del reo.

—No os dejéis engañar por el acusado —había anunciado a las tribunas—. Abrid bien vuestros ojos y vuestros oídos, pues sin duda este hombre que veis aquí intentará enredaros con sus discursos.

Sócrates escuchó aquellas palabras con gran estupor. De pronto advirtió la inusual maledicencia que anidaba en sus acusadores y la temeridad con que podían manejarse durante el juicio. Meneó su cabeza hacia la multitud y se preguntó hasta dónde serían capaces de llegar. Podía resignarse a ser acusado de impiedad, podía admitir que lo confundieran con un sofista o que rechazaran sus ideas por ridículas, pero en la advertencia de Licón había algo aún más sórdido e inquietante: Sócrates es un mentiroso, había afirmado el orador, un embustero habituado a los recursos y melindres de la oratoria, y de seguro empleará sus peores mañas para convenceros.

Pero ahora era el turno del viejo filósofo. Lo embargaba una grave indignación ante las palabras de Licón. Jamás se había valido de trampas o engaños para convencer a los demás, y no lo había hecho pues, una vida como la suya, puesta al servicio de la virtud, no precisaba de la mentira como recurso. Sin embargo, ahora estaba allí, de pie frente al Gran Tribunal, agobiado por aquella terrible acusación, y le era imperioso demostrar lo contrario.

Miró hacia la vieja clepsidra que medía el tiempo de cada alegato y, alzando la voz, procurando llegar hasta el último de los jueces, observó:

—Me preocupa lo que decís, varones de Atenas. Me habéis traído aquí para acusarme de varios cargos de los que deberé defenderme. Pero ¿cómo podría hacerlo si además me tenéis por mentiroso? Sabed que no soy, tal como se ha dicho aquí, un hombre experto en retóricas, no soy un gran orador de esos que saben persuadir a las masas ni mucho menos, de modo que aunque quisiera no podría hablaros con discursos floridos ni frases dudosas. Permitidme, pues, deciros las cosas tal como se me van ocurriendo, casi sin pensarlas, pues os prometo hablar simplemente con la verdad, y la verdad no necesita de ser adornada con palabras rebuscadas.

Había hecho su primer descargo, sí, algo tímido y vacilante, y con el rabillo del ojo procuraba espiar la reacción de los jueces ante sus palabras. La vastedad de aquel escenario se le antojaba tortuosa y opresiva, jamás había estado en la ingrata situación de un reo, jamás había tenido pleito alguno en sus setenta años de vida, y ahora que observaba el enorme anfiteatro poblado de cabezas humanas, de túnicas blancas, grises, amarillas, ahora que veía el impresionante despliegue que se había formado en su derredor, descubría su propia indefensión ante una escenografía tan infausta como el propio Tártaro.

Sin embargo, aquel primer paso había definido su postura: no era él un charlatán ni un mentiroso, no era un hombre que se valiera de su locuacidad para tratar de convencer a los jueces; simplemente era un ciudadano más, tan sencillo y temeroso como cualquier otro, y cuyo único propósito era ser escuchado por el tribunal sin prejuicio alguno.

—Sólo os pido, señores, que paséis por alto las cuestiones atinentes al lenguaje —continuó—, pues a mi entender, esa y no otra es la virtud del juez: considerar si lo dicho es justo o injusto, haciendo oídos sordos a las destrezas de la oratoria.

Acto seguido habló de su vida cotidiana, de su fatigoso ir y venir por las calles de Atenas en procura de los hombres más sabios, de los más diestros en cada oficio; habló de la maravillosa, de la embriagante sabiduría que anidaba en el hombre, en cualquier hombre que sólo tuviese el coraje y la humildad de reconocer su ignorancia y luego emprender, desde allí, desde esa primigenia semilla, el áureo camino de la verdad. Habló de todo ello sin rodeos y con gran sencillez. Pero conforme iba pasando el tiempo se le revelaba su propia pequeñez, su remota pequeñez ante la multitud infinita, ante los rostros inalterables, pétreos, ante aquellas figuras inmóviles que parecían oprimirlo con su sola presencia. Creía notar una inquietante frialdad en el millar de ojos que lo observaban imperturbables, un desapego que le erizaba la piel, que le provocaba escalofríos en el espinazo, pues él, Sócrates, no estaba en modo alguno habituado a las grandes mareas humanas ni a tomar la palabra en actos de semejante naturaleza; sus charlas siempre habían sido para unos pocos amigos y discípulos, dentro de una esmerada privacidad, en recintos pequeños, junto a un lago, acurrucados en torno al calor de un fuego, bajo la sombra de un árbol; cada uno de sus encuentros siempre había gozado de una sagrada intimidad, de una tierna calidez. Y en cambio ahora, la muchedumbre anónima lo intimidaba, lo rodeaba como una inmensa y sofocante muralla que parecía aplastarlo. Pero además, el inmenso auditorio le era tan indefinido como la luz de un crepúsculo. ¿Quién es que me acusa?, se preguntaba a sí mismo, ¿cuál es su nombre? ¿en dónde vive? El temor hacia la multitud sin rostro era como una lucha a oscuras frente a un enemigo hecho de sombras, y eso eran precisamente, sombras inciertas y borrosas, sombras que lo increpaban, que lo interrogaban, que lo acusaban, sombras que le decían eres tú, Sócrates, quien reniega de las cosas sagradas y enseña y confunde a nuestros jóvenes.

La clepsidra había anunciado el fin de su discurso y ahora, con la garganta algo reseca, el filósofo se había retraído sobre sí mismo y aguardaba la siguiente embestida de los jueces. Esta vez fue Ánito, una vez más, quien tomó la palabra. En su mente aún debía resonar aquella antigua discusión, el viejo reproche con que el maestro había criticado la educación de su hijo. Con fingida vehemencia se puso de pie y exclamó:

—¡Pero eso no es todo, Sócrates! También eres culpable de hablar sobre los fenómenos del cielo y presentarlos como si fueran verdaderos.

¿Qué había dicho? ¿Presentar como ciertos los fenómenos celestes? A un costado del Tribunal, mezclados entre el gentío, algunos discípulos del viejo filósofo habían cruzado sus miradas aturdidos, perplejos ante la insólita acusación. Habían seguido al maestro durante años, habían oído sus enseñanzas, conservaban en la memoria el noble encanto de su voz y le debían el más precioso de los regalos: el haber aprendido a pensar. Y sin embargo, jamás lo habían escuchado hablar de las cosas del cielo. No era el viejo uno de aquellos filósofos naturalistas interesados en investigar los secretos y arcanos del cosmos; no le intrigaban los planetas, las estrellas o los meteoros; ignoraba el nombre de las constelaciones y apenas conocía el movimiento del Sol; y no le inquietaban aquellas cuestiones pues alguna vez, muchas veces, a la orilla de un lago o en las inmediaciones del Ágora, sus discípulos lo habían escuchado decir: "Sólo me importa la criatura humana"; y nadie que lo conociera, nadie que hubiese caminado junto a él podía afirmar lo contrario.

—No sé qué decirte, mi buen Ánito —respondió Sócrates algo confundido—. En verdad ignoro de dónde has sacado esas cosas acerca de mí, pues yo jamás he tratado sobre los asuntos del cielo. No quisiera ser irrespetuoso contigo, pero creo que te has dejado llevar por habladurías.

Algunos miembros del Tribunal se miraron entre sí y asintieron calladamente. Era cierto, la acusación de Ánito carecía de todo fundamento y no revelaba sino su propio y desvergonzado proceder. Pero el Tribunal aún guardaba otros muchos recursos. En ese momento, uno de sus miembros se puso de pie, agitó sus manos para atraer la atención y, cuando el silencio reinó una vez más, alzó la voz y dijo:

—Déjame ver, Sócrates, tú niegas ser culpable de esos cargos y de otros más que se te imputan. Pero entonces, ¿por qué crees que estás aquí? Has dicho que existen habladurías en tu contra, y es posible que así sea. Pero entonces, ¿cómo es que se han originado? ¿Por qué las gentes lanzan rumores sobre ti? Si quieres que no nos apresuremos a formar juicio en tu contra, entonces dinos de qué se trata.

Por más que sonaran algo imperiosas, el viejo tomó aquellas palabras como un soplo de aire fresco. En ellas había una tibia incertidumbre que lo invitaba a hablar, que le otorgaba al menos la oportunidad de defenderse.

—Me alegra mucho que preguntes eso, querido amigo —dijo asintiendo con la cabeza—, me alegra pues así podré explicaros aquello a lo cual debo mi reputación y las muchas calumnias que se han dicho en mi nombre.

Estaba a punto de hablar y sin embargo, una chispa de inquietud se apoderó de su espíritu al advertir la encrucijada en que se hallaba. Hablar y confesar la pura verdad tal vez fuera demasiado riesgoso, y sin embargo era preciso hacerlo, hundirse en un incómodo abismo aunque ello despertara la sospecha o incluso la burla del Tribunal, pues lo que estaba a punto de manifestar suponía nada menos que el desvelar un secreto insondable.

A punto de cruzar un pantano cenagoso, a punto de quedar atrapado en él, miró a los jueces con cierta ansiedad, se miró a sí mismo, pensó en los extraños senderos que trazaba el destino o quizás en las misteriosas conjuras del Olimpo, y en tono casi profético reveló:

—Ha sido el dios...

Un silencio inmutable se derramó sobre las tribunas, y antes de que fuera quebrado, antes de que fuera interrumpido por algún ansioso reproche, el propio acusado agregó:

—Sí, varones de Atenas, ha sido el dios quien me ha inspirado esta conducta; ha sido él quien, por intermedio de los sacerdotes de Delfos, me ha señalado como el hombre más sabio entre todos los hombres y luego, cierta noche, apareciéndose ante mí de un modo inexplicable, me ha impuesto la tarea de enseñar la virtud a los atenienses. Ha sido eso y mi ansiedad por obedecer aquel mandato lo que me ha atraído el desprecio y la burla de mis propios conciudadanos.

Se alzó un murmullo de inquietud entre los jueces. ¿Qué estaba diciendo aquel hombre? Poco antes había sido acusado de impiedad, de corromper a los jóvenes con ideas falsas e inventar deidades extrañas a la ciudad, y sin embargo ahora, por toda explicación, él mismo invocaba a los dioses oraculares y al Apolo délfico, él mismo ponía a los sacerdotes del templo como testigos de su alegato. ¿Era acaso un loco? ¿Un insensato? ¿Un pobre anciano que apenas sabía dónde se encontraba?

—¿Pero qué dices, Sócrates? —retumbó una voz desde la multitud—. ¿Pretendes hacernos creer semejantes patrañas?

—En modo alguno, amigo mío —se apresuró a decir el maestro alzando sus manos—. Soy consciente de lo temerario de mis afirmaciones y entiendo que os parezcan absurdas. Pero, por fortuna, tengo un testigo que puede confirmar lo que he dicho.

Algunos jueces se miraron entre sí desconcertados.

—¿Un testigo? —preguntaron—. ¿Quién es tu testigo?

—Habéis conocido a Querefonte, ¿no es verdad? —continuó el viejo—. Él fue mi amigo y también el de muchos de vosotros. Ahora ya no está más en este mundo, pero aquí mismo se encuentra su hermano, que podrá atestiguar todo cuanto he dicho ante este Gran Tribunal.

En ese preciso momento un hombre se alzó entre las gradas, batió sus manos hasta atraer la atención de los jueces y luego, en pocas palabras, confirmó lo dicho por Sócrates.

—Es cierto, varones de Atenas —dijo a la multitud—. Recuerdo con toda nitidez el día en que mi hermano Querefonte marchó a Delfos e interrogó al oráculo. Él mismo oyó decir a la Pitia que Sócrates era el hombre más sabio de toda la Hélade.

—¿Y no le dijo también que tú eras un asno? —preguntó alguien desde las últimas filas.

Estallaron risas en todo el anfiteatro y por un momento se atemperaron los ánimos. Pero luego regresó la tensión y el silencio se volvió aun más imperioso. Fue entonces cuando el viejo filósofo aprovechó para explicar que, en un principio, la extraña respuesta del oráculo no había hecho sino alarmar su espíritu. Varios días había transcurrido inmerso en la confusión y el aturdimiento, varios días en los que se había preguntado una y otra vez qué habría querido decir el dios, qué se escondía tras el velo de sus palabras, ya que él mismo era el primero en descreer los anuncios de la Pitia. Y luego, por fin, tras una profunda y agónica reflexión, la sentencia délfica había empezado a cobrar sentido, insinuándose entre las tinieblas de la razón, a la vez revelando y encubriendo su oscuro significado. Había comenzado por manifestarse no como una respuesta, no como una afirmación, sino como un largo y tortuoso camino que el propio Sócrates debía emprender, como una búsqueda tenaz, paciente, incansable. Y tras aquella primera revelación, tan sorprendido como el que más, había comprendido que su misión era indagar a los hombres, examinar a quienes se cruzaran en su camino, escrutar sus almas, curiosear en el interior de sus mentes, pues allí debía encontrarse el delicado elixir de la sabiduría, allí debía hallarse el dulce fruto de la verdad que sólo emerge a la luz después de sortear infinitas barreras de oscuridad.

Sin embargo, continuó el viejo, en su extenso periplo no había hallado sino el desengaño: los hombres lo rechazaban y despreciaban su presencia; allí donde iba recibía una risa burlona por toda respuesta y más de una vez había estado a punto de cejar en su inútil peregrinaje. Pero aquella desesperada y angustiosa búsqueda lo había puesto en la senda correcta, porque allí, en esa oscura caverna dominada por la necedad, allí, temeroso, andando a tientas, contagiado por la incertidumbre, allí se le había revelado el oráculo en toda su dimensión: no era él, Sócrates, un hombre sabio, pero a diferencia de los demás era el único en reconocer su ignorancia.

—Ése fue, señores —concluyó el maestro—, el mandato que he recibido del dios. Ésa fue la difícil tarea que me encomendó a través de su sentencia, y yo no he hecho más que obedecer su voluntad. Pero ya veis, aquello no me ha atraído sino la desgracia y la antipatía de muchos de ustedes.

Por fin había cruzado la línea. Al poner al dios por testigo había desnudado aquella sublime presencia en su vida y ahora quedaba a merced de los jueces. Pero, ¿había hecho lo correcto? Su alegato podía traer consecuencias funestas para su proceso, podía significar la irritación del Gran Tribunal, pues ¡ay de quien se dice el favorito de los dioses! No obstante, en su rostro parecía haber una mueca de sosiego, como si aquella confidencia le hubiese arrebatado una grave carga de encima.

A un lado del Tribunal, sus discípulos y amigos habían contemplado con cierta extrañeza aquella rara estratagema. Se preguntaban qué podía haber llevado al maestro a emplear semejante argumento que podía volverse en su contra. Pero quien lo hubiese observado en ese momento, quien hubiese visto la extraña luz que brillaba en sus ojos, habría descubierto que el motivo de la confesión era muy sencillo: en el viejo filósofo no cabía el engaño. Sí, nada le era más ajeno que el infame disfraz de una mentira; nada humillaba más su espíritu que el traicionar la verdad. Y al mostrarse así ante los jueces, al revelar la presencia del dios, no había hecho más que obedecer los dictados de su conciencia.

Pero la confesión, tal como sospechaban algunos, resultó demasiado aventurada, y quien pareció relamerse ante aquellas palabras fue el intrépido Méleto, que de inmediato se puso de pie con un ademán ostentoso y reclamó el derecho de hablar. Se lo veía agitado y presuroso.

—Ya lo habéis oído, señores —dijo en cuanto le fue concedido el turno de expresarse—. El mismo reo ha confesado que venera a otros dioses. ¿Y qué es eso sino la más horrible impiedad que se pueda imaginar? Vosotros lo habéis escuchado tan bien como yo, y de seguro eso mismo es lo que enseña a los jóvenes de nuestra amada Atenas.

Había un matiz desafiante en sus palabras, un matiz que el propio Sócrates no demoró en percibir. Pidió la palabra, y cuando le fue concedida observó:

—¿Eso piensas, Méleto? Y dime, ¿qué sabes tú de lo que enseño a los jóvenes?

—¡Ah, Sócrates! Lo sé muy bien, y también sé que prefieres a los jóvenes entre tus discípulos porque son los más incautos y fáciles de engañar.

—Pues en eso te equivocas, amigo mío. Es cierto que converso con los jóvenes, pero también lo hago con hombres de edad madura o ancianos como yo, gentes que no se dejarían engañar por los ardides de un charlatán. Pero además, déjame decirte algo que tal vez ignores: en las calles hay muchos jóvenes, Méleto, y te sorprenderías de esos a quienes llamas incautos e imprudentes. Muchos son tan despiertos como un lince y ni siquiera el más diestro de los sofistas podría enredarlos con sus argucias —hizo una ligera pausa y agregó—: Me han dicho que tú eres poeta, ¿verdad? Pues entonces, hazme caso, Méleto, deja un poco tus poesías y sal a las calles a hablar con los muchachos de tu edad.

Incrédulo y tieso como una estatua, procurando refrenar su ira, Méleto apretó los puños y permaneció un momento perplejo. ¿Qué había sucedido? La cadencia y el orden natural del juicio parecían haberse alterado, parecían haber tomado un rumbo distinto, y ahora era el propio reo quien embestía al acusador con sus palabras, era el acusado quien demostraba a los jueces la flaqueza y la fragilidad de quienes lo habían denunciado. Quedaba claro que Méleto era incapaz de fundar sus cargos, de llevar adelante una acusación seria y formal, pues de sus palabras se desprendía que ignoraba los hechos más elementales. Pero además, algo raro estaba sucediendo: entre Sócrates y Méleto parecía haberse establecido una delgada línea que los separaba del resto, que encerraba a ambos en un imaginario círculo aislado de todos. Se podía pensar que los dos hombres habían entablado una contienda personal, un duelo íntimo y profundo. Como tocada por un extraño conjuro, la multitud parecía haber desaparecido, y ya no era el maestro frente al Gran Tribunal, ya no era el viejo filósofo ante el inmenso hervor de aquel escenario: ahora era él, Sócrates, parado frente a Méleto, era el anciano acusado ante el joven acusador, y tras ellos la muchedumbre parecía haberse esfumado.

Méleto aún permanecía en silencio, quizás algo herido en su intimidad, por lo que el viejo maestro se aprovechó de la situación.

—Sin embargo, mi buen Méleto —continuó—, me complace que te preocupes por la educación de nuestros jóvenes. Es algo muy loable de tu parte y necesario a cualquier buen ciudadano. Pero dime una cosa: cuando me acusas de corromperlos, ¿eres capaz de presentar testigos que lo prueben?

Todos observaron a Méleto aguardando una respuesta. Pero su expresión, de ordinario tan ardorosa, mudó rápidamente hacia el desenfado.

—¡Toda Atenas es testigo! —rugió.

—No creas, Méleto —repuso el viejo—. Aquí mismo, en este Tribunal, hay padres, hermanos o parientes de esos jóvenes que tú mencionas y a quienes dices que he aconsejado mal alguna vez. Y no obstante, ninguno de ellos se ha levantado para acusarme —el viejo alzó su mano y señaló hacia las tribunas—. Allí está Critón, allá está Lisanias, más allá veo a Antifonte, a Nicóstrato, a Adimanto y muchísimos otros más a quienes tú dices que he corrompido con mis enseñanzas. Pero ninguno, mi buen Méleto, ninguno de ellos se muestra descontento ni dice haber sido engañado por mí.

Era cierto, muchos de quienes conformaban el tribunal habían paseado alguna vez junto al maestro y escuchado sus pláticas. Muchos lo conocían desde años atrás y sabían de la rectitud de aquel viejo que los animaba a pensar y a descubrirse a sí mismos. Y aunque estaban allí cumpliendo una obligación, convocados como cualquier ateniense, ninguno había alzado su voz en contra del maestro. Por lo demás, y al señalar a esos hombres, Sócrates ofrecía pruebas y testigos, mientras que la acusación de Méleto, expuesta ahora en toda su desnudez, se revelaba como un mero juego retórico lleno de palabras rimbombantes y cuya vacuidad quedaba al descubierto en el silencio del acusador, que ahora parecía aturdido y nervioso.

Pero una vez más el viejo tomó la palabra.

—Es curioso, mi buen Méleto —continuó diciendo—, pero debo entender que si tanto te inquieta la educación de nuestros jóvenes es porque deseas que lleguen a ser capaces e inteligentes, ¿no es así?

—Por supuesto —respondió Méleto con cierta aspereza.

—Y dime, ya que tú afirmas que yo los pervierto y por ello me haces comparecer ante la justicia, ¿quiénes son para ti los que en verdad enseñan lo bueno y lo virtuoso?

Méleto movió ansiosamente sus ojos y miró a la multitud con cierto recelo. ¿Había caído en la trampa? Sin notarlo parecía haber resbalado hacia aquel terreno cenagoso, él, que apenas dominaba los artilugios del pensamiento, que sentía vértigos ante las alturas de la razón, él, que ignoraba los finos vericuetos de la inteligencia y en consecuencia, ahora, se veía arrastrado hacia aquel precipicio del que le era imposible escapar.

Pero no tenía otra salida más que responder, no podía sino entrar en el juego, en aquella finísima tela de araña, pues ya era demasiado tarde para volver atrás. Se dio cuenta de que había sido su propia imprudencia la que lo había llevado hasta allí, de modo que apretó los puños y en tono desafiante preguntó:

—¿Quieres saber quiénes son los más virtuosos para enseñar, Sócrates? Pues, por ejemplo, los jueces que están aquí.

—¿Todos ellos?

—Todos.

—¿Y quiénes más? ¿Los miembros del Consejo? ¿Los de la Asamblea Popular?

—Sí, también ellos —dijo Méleto.

—¿Quieres decir entonces que sólo yo, sólo este viejo débil y sin fuerzas, es el único en toda Atenas que corrompe a los jóvenes?

Se había hecho un grave silencio en las tribunas. Todo el mundo procuraba afinar sus oídos y escuchar atentamente los vaivenes del diálogo. Entretanto, Méleto se veía cada vez más hundido en su propia necedad, y ahora, sin otra alternativa más que oponerse al reo, más que enfrentar la absurda situación a la que había sido arrastrado, alzó su mano y apuntando al viejo exclamó:

—¡Así es, Sócrates, tú eres el único en toda Atenas que corrompe a los jóvenes!

Las palabras habían sonado como un rugido, impetuosas y desmesuradas, pero en aquella desmesura anidaba su propia fragilidad; eran como el grito irracional de la bestia salvaje cuyo propósito es alborotar, ensordecer, atemorizar; eran palabras indignas para un tribunal, palabras que ofendían la inteligencia de algunos jueces, y muchos de ellos habían comenzado a recelar de las bravatas de Méleto.

Pero Sócrates seguía adelante con lo suyo.

—¿Y en cuanto a los dioses, Méleto? —preguntó en el mismo tono impasible—. Dices que no creo en ninguno de ellos, que opino, como Anaxágoras, que el Sol y la Luna son piedras, y sin embargo me acusas de adorar a mi propio dios. ¿Cómo debo tomar tus palabras? A mi juicio no son más que un despropósito. Debes saber que acostumbro a cumplir todas mis obligaciones religiosas, rezo mi oración matutina al sol, ofrezco sacrificios a los dioses y pido consejo a los sacerdotes de Delfos cuando necesito de alguna inspiración para mi conducta.

Era cierto, Sócrates era un hombre sumamente piadoso y jamás se hubiese permitido repudiar a los dioses de la ciudad. Aquello era algo impensable, casi temerario para cualquier ateniense, pues desafiar la religión establecida era casi un acto de traición. Era verdad, sin embargo, que el viejo filósofo decía tener su propio dios, tan íntimo como personal, pero ninguna divinidad nueva introducía más que otros que, por creer en las artes adivinatorias, utilizaban pájaros, signos, voces o entrañas de animales.

Se dirigió una vez más hacia el Gran Tribunal y observó:

—Yo creo, varones de Atenas, que las acusaciones de Méleto en mi contra no tienen fundamento alguno, que él se ha precipitado al denunciarme porque, según me parece, es un hombre algo petulante, vanidoso y presa de una juvenil insolencia —sobrevino una ligera pausa y luego dijo—: Pero a decir verdad, señores, no lo culpo por ello...

Ahora sí llegaba al nudo, a la médula, a la razón más primordial de su defensa. Todo lo anterior no había sido sino un mero recurso, un artificio destinado a servir de preámbulo, pues Sócrates sabía perfectamente, y lo intuía con absoluta nitidez, que el verdadero acusador que lo inculpaba, el verdadero acusador que lo perseguía, que lo censuraba, que lo hostigaba, que acosaba sus pasos, no era el propio Méleto, no era Ánito, no era Licón, ni siquiera se trataba de alguno de los miembros del Gran Tribunal: el verdadero monstruo, el inquietante y amenazador monstruo que se cernía sobre su persona era la mezquindad y el odio de los hombres, sí, aquella fuerza innombrable y anónima, aquel engendro que corroía desde siempre el alma de los mortales, el más peligroso, acaso el más huidizo de todos los enemigos, ese ante el cual era inútil la espada, ese que no se ocultaba en un bosque o yacía inmóvil tras un matorral, sino que estaba en los inciertos meandros del espíritu, que permanecía allí, encubierto, agazapado como una fiera, y para enfrentarlo debía el hombre volverse sobre sí mismo, observar su propio reflejo, su propia y horrible ferocidad, esa ferocidad animal que anidaba en cada criatura humana.

—Así es, señores —continuó diciendo el viejo filósofo—. Pese a lo erróneo de sus denuncias, no culpo a Méleto por ello, pues quienes en verdad me acusan son el odio y la mezquindad. Ellos son los que me condenan, los mismos que han ocasionado la perdición de muchos hombres excelentes y que todavía ocasionarán la de muchos más.

Se detuvo, respiró, pasó una mano por su cabeza, volvió a respirar. En su actitud se advertía la intención de continuar con su alegato, pero el calor agobiante asfixiaba sus pulmones y hacía flaquear sus piernas. La luz del sol le resultaba dolorosa y ardiente, algunas gotas de sudor corrían por su rostro y sentía una grave, intolerable pesadez. Siempre había sido un hombre sano y de recia contextura, habituado a los rigores y asperezas de la intemperie, a una vida tan austera como la de un espartano, pero los ardores del mediodía y la fatiga obnubilaban su espíritu y, pese a ejercitarse día a día en largas caminatas, sus músculos ya no le respondían como en sus días de juventud.

Por un momento pareció decidido a abandonar su defensa y entregarse a la voluntad de los dioses: la multitud, el millar de ojos que lo contemplaban eran como una gravosa carga, una insoportable carga sobre sus espaldas. Pero tenía que continuar, una voz íntima lo animaba a hacerlo. Permaneció unos instantes en silencio y tratando de recobrar sus fuerzas. Aún sentía la necesidad de hablar y persuadir a aquellos varones de Atenas, aún debía luchar por su inocencia, de modo que observó la clepsidra una vez más y continuó diciendo:

—Sí, queridos amigos, en verdad son las fuerzas del odio las que me condenan. Pero sabed que yo jamás podría retractarme de mis convicciones, pues aun cuando me absolvierais, aun cuando me dejarais en libertad bajo la condición de no impartir mis enseñanzas, os replicaría que no, que debo obedecer al dios antes que a vosotros, y que mientras tenga algún resto de vida no dejaré de buscar la verdad. Porque mi verdad, varones de Atenas, no es otra sino la más sencilla de las verdades: sed virtuosos, obrad con justicia, practicad la honra y no os preocupéis tanto por las cosas del cuerpo, sino antes cuidad de las cosas del alma. Por eso jamás podría abandonar ese camino, tan sencillo y tan profundo a la vez —una nueva pausa, un nuevo respiro, y luego continuó—: Y en cuanto a mí mismo, ¿qué importa si me encarceláis o me matáis? Tales cosas me tienen sin cuidado, y si me dieseis a elegir preferiría mil veces la cárcel, la muerte o el exilio antes que obrar como mis acusadores, que cometen injusticia contra una persona y pretenden atentar contra su vida.

Una vez más se alzó un hormiguear de voces que osciló como un eco sibilante. Ahora el viejo había descargado sus dardos sobre el Gran Tribunal, había consumado su defensa y atraído la febril atención de la multitud que se preguntaba de qué madera, de qué metal estaba hecho aquel hombre que los desafiaba abiertamente. Muchos jueces cruzaban sus miradas llenas de confusión, aturdidos por el inesperado suceso, y mientras tanto él, Sócrates, seguía parado allí, como un dios terrenal, como un profeta que anuncia la venida de una nueva religión, porque en el fondo, en las honduras de su alegato, en el nudo visceral de sus palabras habitaba algo más que una simple defensa: la suya era una nueva religión, ayuna de mandamientos, más primigenia que cualquier otra, una religión sin dioses que adorar ni dogmas que obedecer, una religión sin altares ni sacrificios, sin imágenes ni templos ni sacerdotes, porque ese hombre, ese viejo filósofo desarrapado y sucio venía a anunciar a los hombres la religión de la virtud, de lo justo y de lo bello.

—Pero no me tengáis por un profeta —añadió con un resto de voz—. No, varones de Atenas, yo soy un simple mensajero, acaso un pequeño tábano cuya misión es punzar, aguijonear, despertar a los hombres y abrir sus ojos hacia el conocimiento de sí mismos. Por eso os pido que confiéis en mí; dejadme que os increpe de vez en cuando, que os despierte de vuestros sueños aun cuando os encolericéis contra mí, pues, de lo contrario, seguiréis dormidos para siempre.

Había tocado la fibra más íntima de aquellos hombres, y sin embargo, tal vez se había equivocado. Muchos comenzaron a mirarlo con cierto desprecio. ¿Qué estaba sucediendo? Ese hombre arrogante jugaba con fuego al invertir los papeles: parecía no comprender que era el reo, el acusado en un proceso judicial, parecía no comprenderlo, y amén de ello se decía imprescindible para la ciudad. Pero además, ¿por qué sonaba tan humillante? ¿Por qué se empeñaba en aparecer como un ser superior, el único despierto en medio de una Atenas de hombres soñolientos?

En algunos rostros había empezado a asomar la ira, una ira contenida que, en cualquier momento, podía estallar en su contra.

De pronto se oyó una voz en las gradas:

—Y dime, Sócrates, ¿qué te hace pensar que los dioses te han elegido para esa tarea? ¿No crees que tus palabras suenan más bien como las de un loco?

El viejo asintió levemente con la cabeza y sonrió.

—¡Ah, querido amigo! —dijo exhalando una bocanada de aire—. Sé muy bien lo que estás pensando, pero creo poder dar muestras de sobra acerca de lo que me pides. Que los dioses me han llamado para esta misión lo reconocerás en el modo en que he llevado adelante mi vida. He descuidado por completo mis obligaciones domésticas, y de ello os podrá dar testimonio mi pobre mujer, Jantipa, a quien he irritado y hecho sufrir más de una vez con mis asuntos. También me he descuidado a mí mismo y a mis propios hijos, que no han tenido a un padre que estuviera cerca mientras crecían. Y todo ello lo he hecho en bien de vosotros, preocupándome de vuestros asuntos, acercándome como un padre o un hermano mayor, persuadiéndoos de que os ocuparais de la virtud. Si al menos hubiese obtenido algo a cambio de ello, pero nadie, ni siquiera mis acusadores, pueden afirmar que alguna vez haya recibido pago o beneficio alguno de parte de ningún ateniense.

¿Qué más podía agregar? Aquella era una prueba inexcusable y nadie podía objetarla. ¿A qué decir más, si su propia y deslucida figura, sus ropas ajadas y marchitas, la ausencia de ornamentos o prendas de lujo, todo ello hablaba por sí mismo de una pobreza que era el mejor testigo de su verdad? Y por cierto, ¿qué otro sino él, qué otro sino aquel a quien los dioses habían tocado con su hálito divino, habría puesto su vida entera al servicio de una misión semejante?

Las tribunas callaron de repente y nadie se atrevió a hablar. Méleto, Ánito y Licón se habían sentado y permanecían mudos. Las últimas palabras del viejo parecían haber sellado el proceso y ya no quedaba lugar a nuevos alegatos. Y entonces todo fue llenado por un extraño silencio que dio paso a una nueva instancia. Agitando sus brazos, atrayendo la atención de todos, uno de los magistrados se puso de pie y con voz imperiosa anunció que había llegado el tiempo de que hablaran las urnas.

Había llegado el tiempo, sí, el momento decisivo en que callarían las voces y hablarían los votos. Ya todos habían escuchado las acusaciones y la defensa y era hora de zanjar el proceso a través del sufragio.

A una señal del magistrado, la silenciosa muchedumbre comenzó a descender de las gradas con lentitud y parsimonia. Uno a uno los jueces fueron desplazándose como una inmensa marea humana, algunos bostezando, otros desperezándose, la mayoría gozosos de poder estirar sus piernas después de tantas horas de rígida espera en las tribunas.

El temible sol del mediodía parecía eternizar la marcha de aquella procesión, pero aun así, quedamente, luchando contra las ropas que se pegaban a la piel, cada uno fue encolumnándose frente a las urnas y, una vez allí, dejando caer en ellas un pequeño disco torneado en el que habían grabado su voto.

¿Y el viejo Sócrates? ¿Qué era de él en medio de ese mudo enjambre humano que se desplazaba en silencio? Inerme en su sitio, colmado de incertidumbre, vuelto hacia sí mismo y sin embargo atento a la multitud, contemplaba las siluetas casi espectrales que desfilaban ante sus ojos, el mar de cabezas ondulantes que se movían como hormigas; contemplaba sus rostros vagos e inciertos, sus facciones impasibles, y trataba de adivinar algún gesto o alguna expresión que le permitiera descifrar lo que se ocultaba tras ellos.

Mientras tanto esperaba con tremenda impaciencia, con la torturante impaciencia de quien se halla librado a la ajena voluntad. Quizá nunca como entonces se había sentido tan frágil, tan vulnerable como en ese momento. Podía ver, podía sentir la delgadez entre la vida y la muerte, la tan extraña forma en que fluctuaba su existencia; él mismo era como una finísima lámina de arcilla tan endeble que un simple roce bastaría para quebrarla. Y su fragilidad se acrecentaba aún más a causa del opresivo entorno, de aquellas largas columnas que pasaban a su lado observándolo, examinándolo, algunos rehuyendo su mirada, pero todos ellos, sin excepción, empujándolo hacia un abismo de soledad.

¿Era eso? Sí, era la soledad, la angustiosa soledad que se siente en las vísceras cuando ya todo parece perdido, cuando todo lo humano parece disiparse, cuando ya no hay calor ni ternura ni auxilio posible, y mientras padecía aquella horrible sensación, casi suspendido en el tiempo, se preguntaba dónde estaría el dios en ese momento. ¿Por qué no aparecía ahora, con su figura aneblada, susurrante, murmurando una vez más en su oído? Era la soledad, oh sí, pero también era el horror al abandono divino, pues nada era tan lacerante y doloroso y devastador como ser olvidado por los dioses. ¿Qué podía hacer la mísera criatura humana sin el amparo divino? ¿Qué podía hacer más que experimentar un horror intolerable y desesperante, un horror desnudo y siniestro que la devolvía a su más primitiva incertidumbre? El hombre a quien abandonaban los dioses no podía sino caer hacia el vacío infinito, hacia el gélido corazón del Hades, y así estaba él, Sócrates, en ese momento de cruda indefensión, en aquel instante en que nada ni nadie podían socorrerlo en su desaliento; así estaba, sintiendo el desamparo y la agonía bajo la cegadora luz del mediodía que alborotaba sus sentidos.

Pero de pronto, como si emergiera de una alucinación, cuando ya todo parecía extinguirse a su alrededor, creyó advertir que la inmensa marea humana retornaba a sus asientos. Había concluido la votación y allí estaban, solitarias, las urnas que contenían su destino.

Aun cuando las tribunas hervían de ansiedad, aun cuando muchos querían ya largarse a sus casas o ir a refrescarse a los baños públicos, el recuento de los votos fue pausado y cuidadoso. Hacia las primeras horas de la tarde, en medio de un retumbar de voces que ya insinuaban su inquietud, uno de los magistrados se abrió paso entre el resto y anunció el resultado de la votación:

—¡Varones de Atenas! —vociferó hacia las gradas—. Las urnas han arrojado un total de doscientos veinte votos en favor del acusado y doscientos ochenta en su contra. El veredicto, pues, es el siguiente: este Gran Tribunal declara al ciudadano Sócrates culpable de los delitos que se le imputan.

El sol pareció quemar aún más la redonda y grisácea cabellera del viejo, que ahora se había tomado el rostro con las manos y parecía hundirse en una rara agonía. La votación había arrojado una escasa diferencia, menor de lo que esperaba, pero aun así, aquellos pocos votos bastaban para que fuera condenado a muerte.

¿La muerte? Sí, ése era el destino al que lo empujaba el tribunal, ésa era la voluntad de aquellos doscientos ochenta jueces que habían votado en su contra. Pero aún restaba un paso en aquel proceso. Las leyes atenienses permitían al condenado proponer otra sentencia, sugerir otro castigo en lugar del impuesto por los jueces, de tal modo que el Gran Tribunal pudiese evaluar y escoger entre ambas alternativas.

El magistrado tomó una vez más la palabra y se dirigió al reo anunciándole su derecho.

—Ahora te toca a ti, Sócrates —exclamó cediéndole el turno de hablar—. Este Gran Tribunal te condena a muerte, pero dinos qué propones tú a modo de sentencia.

El viejo escuchó el anuncio con el rostro impávido. Era la oportunidad de torcer la fatal condena que pesaba sobre sus espaldas y salvar su vida. Calladas estaban las tribunas ante él, calladas después de la fervorosa discusión, y ahora, cuando todos esperaban su reacción, cuando el tiempo parecía haberse suspendido una vez más y los jueces aguardaban la contestación del reo, algo extraño sucedió: Sócrates mudó la expresión de su rostro y dijo:

—Varones de Atenas, me habéis hallado culpable y dado la posibilidad de elegir mi propio castigo. Pero yo me pregunto: ¿de qué pena soy merecedor? ¿Qué sanción me cabe por haber pasado todos estos años descuidando mi propia vida para ocuparme de la vuestra? —respiró con lentitud y añadió—: Os lo diré, señores: lo que merece un hombre como yo no es otra cosa que ser mantenido por las arcas de la ciudad...

Una voz, varias voces se levantaron atónitas.

—¿Qué dices? —preguntaron a destiempo algunos jueces.

—Lo que habéis escuchado, señores —insistió Sócrates—, yo propongo, en lugar de la pena de muerte, el ser alimentado y vestido por la ciudad hasta el fin de mis días, al igual que hacéis con quienes vencen en los Juegos Olímpicos. Y por cierto, acaso yo lo merezca aun más, pues habéis de saber que aquellos que triunfan en una carrera de caballos o en el lanzamiento del disco, sólo brindan a la ciudad una alegría efímera, tan pasajera como terrenal, y os hacen creer que sois felices tan sólo por un momento, mientras que yo procuro enseñaros la virtud y la felicidad para que siempre gocéis de ellas.

Había hablado en un tono encendido, exagerando cada frase y cada palabra, y aquella osadía había sonado casi grotesca a oídos del Gran Tribunal, no sólo por la temeridad de la propuesta, sino también porque el reo había tenido la insolencia, la altivez, la soberbia de parangonarse con los atletas olímpicos, aquella suerte de semidioses de cuya sacralidad y heroísmo Atenas hacía un culto y se vanagloriaba desde los albores de su historia. Ni siquiera sus discípulos acertaban a comprender semejante acto de imprudencia. Pero él, Sócrates, que ahora había enmudecido y respiraba calmosamente, que ahora entrecerraba sus ojos cegados por el sol, parecía ahogar una burlona sonrisa entre sus labios; quien se hubiese acercado a él, quien hubiese visto la minuciosa expresión de su rostro desnudo bajo el sol, habría descubierto la apacible sonrisa que se había dibujado en su boca, pues desde su insignificante figura de Sileno, tan miserable como irrisoria, el viejo había lanzado su último y más mortífero dardo en contra el jurado. Sí, aquella propuesta suya, tan descabellada y absurda, no era sino un reto, una provocación, un desafío a la imperturbable necedad de los jueces que habían votado en su contra y ahora escuchaban, estupefactos, cómo aquel viejo se burlaba de ellos con irónica desmesura, cómo dejaba al desnudo la infamia y la vergüenza de aquellos hombres que en un proceso injusto y desatinado, habían puesto a un ciudadano ateniense en manos de las Parcas.

Por fin el tábano aguijoneaba con todas sus fuerzas, por fin pellizcaba el sueño de aquellos hombres indiferentes y nadie, ninguno de los miembros del Gran Tribunal, dejó de inquietarse ante la proposición del reo.

—Lo que dices es una locura, Sócrates —observó uno de los magistrados—. Este tribunal ha decidido castigarte, no ofrecerte un premio. Pero, conforme indican las leyes, consideraremos tu propuesta y votaremos una vez más.

Como una última instancia, pues, una nueva y brevísima votación se llevó a cabo con toda celeridad y, tras el recuento de los sufragios, la oferta de Sócrates fue rechazada.

Ahora sí, por primera vez, mientras la tarde se iba cerrando sobre la multitud, el viejo filósofo creyó ver de cerca el rostro de la muerte. Había sido anunciada como una fría sentencia desde la boca de las urnas, había llegado invocada por anónimos verdugos con silenciosa fatalidad. Y al intuir esa presencia, el viejo advirtió que lo embargaba una inmensa aflicción. Sin embargo, no era a causa de su propio y trágico destino, hacia el cual marcharía con la serenidad de un sabio; no era a causa del dolor que pudiese provocarle el tránsito hacia el Hades, sino, una vez más, por su amada y gloriosa Atenas, la que pronto mostraría al mundo su más oprobiosa cara al convertirse en el sombrío escenario, en el oscuro cómplice de una muerte injusta.

Sus ojos se habían llenado de lágrimas ante aquella angustiante visión: era su propia ciudad la que parecía agonizar como un animal herido, la que se hundiría en la oscuridad eterna, y tras sus párpados cerrados el viejo sintió una pena indecible que lo obligó a doblarse sobre sí mismo y buscar auxilio en su bastón para no caer. Nada había más doloroso para un ateniense que el ver a su tierra opacada por la injusticia, y mientras oía el murmullo lacerante de la multitud, mientras el gigantesco tribunal parecía cerrarse sobre su persona, Sócrates oyó una voz en su interior, una voz remota y apenas audible, tan dulce como el susurro de una lira. Casi por instinto abrió sus ojos ansioso, miró hacia ambos lados de su cabeza y luego hacia la bóveda del cielo, pero los rayos del sol chisporrotearon sobre sus ojos y lo obligaron a parpadear con brusquedad. Nada había en su derredor sino aquel escenario asfixiante y aterrador. ¿Había sido una alucinación, un espejismo? Habría querido abrir los ojos y hallar al dios, tenerlo junto a sí en ese momento, pero en su lugar no había sino resignación y vacío.

Ahora yacía sentado en su pequeño banco, la espalda encorvada, las manos sobre las rodillas, mientras la inmensa marea humana iba dejando las tribunas y marchando hacia las salidas del enorme anfiteatro. Así, en aquella resignada postura, casi hecho un ovillo sobre sí mismo, el viejo aguardó a que los guardias fueran por él mientras oía el paso de la callada multitud abandonando el lugar.

Ya nada quedaba sino esperar a que el último de los hombres dejara las tribunas. Pero algo inaudito sucedió en ese momento: de pronto, como atraídos por una muda señal, algunos de los jueces regresaron a las gradas y ocuparon sus asientos. Había algo extraño en sus rostros, una mirada compasiva y acaso llena de ternura hacia aquel viejo maestro que a su vez los miraba desconcertado, perplejo, intentando descifrar el sigiloso murmullo que acompañaba a aquella inexplicable procesión, cada vez más numerosa, cada vez más visible, que parecía negarse a abandonar aquel sitio. Uno a uno, como guiados por la mano de un dios, fueron acomodándose en las tribunas, mirándose entre sí y descubriendo la secreta complicidad que los había animado a regresar. ¿Qué estaba sucediendo? ¿Por qué volvían aquellos hombres, en silencio, como tentados por una dulce y subyugante melodía?

Poco a poco el murmullo se fue apagando, cesaron los ecos de la multitud, cesaron las voces inaudibles y hasta la más remota vibración del aire pareció ahogarse en el silencio. Y entonces comenzó uno de esos raros instantes en que el flujo del tiempo se vuelve inaprensible y confuso. El sol ya enrojecía el horizonte y anunciaba el crepúsculo mostrando los primeros puntos de luz que pronto se volverían enjambres de estrellas. Aquellos hombres, aquellos jueces que habían votado en favor de Sócrates, parecían negarse a dejarlo solo y a merced de la muerte. Habían vuelto a sus asientos y ahora formaban un estrecho círculo en torno al maestro. Cada uno parecía querer brindarle su apoyo, su amistad, palmear su hombro en señal de afecto, y como nunca jamás, Sócrates sintió aquella extraña comunión como una fuerza inconmensurable, como un instante sublime que los dioses le regalaban quizá como una última recompensa, como la casi póstuma compensación a una vida llena de sacrificios.

Una vez más brotaron lágrimas de sus ojos y en su rostro se dibujó una emoción casi infantil. Miraba a esas gentes con incredulidad, pero también con la muda sensación de que no todo estaba perdido. Entendió que al menos su vida había resultado provechosa para unos pocos espíritus, y aquello lo enterneció aun más, pues al cabo de un momento, cuando por fin pudo recomponerse del llanto y sus ojos aún húmedos miraron detenidamente hacia las tribunas, sintió un gran desahogo en el alma. Estaba feliz, había sido tocado por el éxtasis, por el soplo divino, y ni siquiera la muerte podía arrebatarle aquel instante.

—Gracias por acompañarme, amigos —se oyó decir con un hilo de voz—. Os agradezco en verdad por este noble gesto que habéis tenido para conmigo. Sé que os apenáis por mí, que consideráis como una gran injusticia lo que ha sucedido el día de hoy en este tribunal. Pero no debéis temer por mi persona. La muerte hacia la cual he de marchar es, acaso, un beneficio para mí, pues he llegado a una edad en que el esfuerzo de vivir se hace cada día más intolerable.

Sobre el escenario se había derramado un silencio aún más profundo, un silencio inmóvil que parecía acentuar la intimidad. Cualquier brizna, cualquier mota de polvo que se agitara en el aire hubiese perturbado la quietud como un gran cataclismo.

—Pero dejadme deciros algo —prosiguió—: Ni vosotros ni nadie debéis temer a la muerte. Por el contrario, habréis de ir hacia ella con serenidad y confianza, pues para un hombre bueno no existe mal alguno que pueda perjudicarlo. Así lo quieren los dioses, oh sí, así lo quieren ellos, que nunca dejan de observar nuestras acciones.

Y como broche final, como un ocaso a sus palabras, mientras el suave crepúsculo daba paso a una noche de primavera, el viejo filósofo añadió:

—Pero ya es tiempo de irnos, amigos míos, ya es tiempo de salir de aquí: yo, para morir; vosotros, para vivir. Quién de nosotros va al encuentro de un mejor destino, eso nadie lo sabe, excepto los dioses.

Había sido todo. Con gran parsimonia el viejo maestro comenzó a marchar hacia una de las salidas, allí donde lo aguardaba un pequeño contingente de guardias, y se entregó en sus manos con un gesto de apacible cortesía. Atrás quedaba el infausto escenario de su proceso, atrás quedaba el murmullo de las gentes que abandonaban el lugar, pero en cada uno de ellos, en cada alma y en cada espíritu, resonaban y aún resonarían por mucho tiempo las palabras del divino Sócrates, destinadas a cruzar los siglos y atravesar la eternidad.

XV

Había sido una jornada larga y extenuante para la maltrecha humanidad de Sócrates. En la noche aún retumbaba en su cabeza el ardiente sol del mediodía, y mientras era trasladado a la cárcel de Atenas, marchando por calles oscuras, aherrojado con grilletes que aprisionaban sus tobillos, contemplaba el primer resplandor de las estrellas y pensaba en la antojadiza voluntad de los dioses, que parecían tolerar los más oprobiosos crímenes al tiempo que reprendían con la muerte a quien sólo buscaba el bien y la justicia para su ciudad.

Un momento después fue encerrado en un amplio calabozo de piedra en donde, a poco de entrar, recibió una generosa ración de comida y una botella de vino que apenas probó. Tenía demasiado sueño, un cansancio de siglos que pesaba sobre sus espaldas como el yunque de un herrero. Se había dejado conducir hacia allí en silencio, con paso calmo y reposado, sintiendo el húmedo contacto de la tierra en sus pies desnudos, y una vez dentro, cuando ya los guardias se habían retirado, cuando ya habían sonado los goznes que trababan la puerta, se había tumbado sobre el camastro y cerrado los ojos para encomendarse a las diosas de la noche.

Empezaba a morir. Lo anunciaban las paredes, el encierro, la triste opacidad del calabozo en que se hallaba; lo insinuaba la fría piedra de los muros, el techo abovedado, el aire inmóvil y silencioso, la angustiante soledad; lo decía la pasmosa inmediatez de los barrotes y lo afirmaba la oscuridad, la terrible oscuridad de la prisión, apenas iluminada por la débil llama de una antorcha que ardía sobre uno de los muros y parecía exagerar las sombras.

Había llegado el momento en que la muerte se haría presente como el dulce abrazo de un dios, arropando su viejo cuerpo, envolviéndolo como un manto de eternidad, pero aun así el viejo filósofo sentía un apacible sosiego ante el impreciso camino que estaba a punto de transitar. Ahora sólo debía esperar, debía permanecer encerrado y esperar a que cierta nave, enviada todos los años a Delos como ofrenda a los dioses, regresara al puerto de Atenas, pues según ordenaban las leyes, estaba prohibido ejecutar a ningún condenado hasta verificar el arribo de la embarcación.

Los días comenzaron a transcurrir con gran lentitud. Vientos desfavorables, el azar o tal vez la oscura y misteriosa intervención divina retrasaban la llegada de aquel navío, y en el lento pasar de las horas el viejo filósofo se había hallado a sí mismo como nunca antes, se había visto con luminosa nitidez, con deslumbrante nitidez, había contemplado cada minúsculo fragmento de su cuerpo y de su espíritu, y había comprendido que la cercanía de la muerte le provocaba un intenso y raro éxtasis. Lo que hubiera más allá, la respuesta al eterno enigma que atormentaba a los hombres desde siempre, se hallaba próxima a desvelarse, y en su espíritu de sabio latía la ansiedad por conocerla. Toda su vida había procurado responder a aquella pregunta esencial: ¿qué hay al otro lado? ¿Será tal vez la nada, el vacío, el retorno a la inexistencia, la horrible putrefacción de los cuerpos? ¿O acaso el principio de un camino, la puerta hacia lo absoluto, la sublime, excelsa, inefable posibilidad de ver el rostro de los dioses?

Había pensado mucho en ello y ahora, por fin, su alma se hallaba cercana a dar con la respuesta.

El tiempo se deslizaba como un río de aguas mansas. Hacía calor en el calabozo, un calor pesado y a veces sofocante, pero el viejo filósofo se sentía liviano, despojado de las muchas ataduras de la vida cotidiana. La prisión, curiosamente, lo había librado de sus más angustiosas preocupaciones, de aquella incansable tarea asignada por el dios; lo había redimido de la tortuosa obligación de ser un tábano, un molesto insecto condenado a zumbar en los oídos de los atenienses y zaherir con su fastidioso aguijón a los espíritus indolentes. Sentía una rara ligereza en el cuerpo y ahora, sus miembros, sus músculos, cada palmo de su humanidad gozaba de una ansiada y merecida calma, tan grata y anhelada como el reposo del guerrero.

Dos o tres veces al día el carcelero entraba a la prisión portando alimentos, sábanas limpias y algo de aceite para la antorcha que ardía sobre el muro. En ocasiones traía algunas flores frescas, recién cortadas, cuyo húmedo perfume se escurría en el aire y aligeraba la pesadez del cuarto. Entraba con una muda reverencia, cambiaba algunas palabras con el viejo maestro, palabras sencillas, teñidas de una afable rudeza, y luego se retiraba a cumplir con sus otras labores. Era un hombre demasiado rústico, habituado a la infame tiniebla, a la miserable sordidez de aquel escenario hecho de piedra y sombra, y sin embargo se mostraba gravemente respetuoso hacia el maestro. Tal vez había oído hablar de Sócrates, de aquel célebre prisionero al que ahora debía atender y custodiar, y aun pese a su tosquedad y a su ignorancia, aun pese a la estrechez de su genio, demasiado ajeno a las inquietudes filosóficas, se dirigía al maestro con un respeto reverencial, con una casi exagerada veneración, esmerándose en atender sus ruegos o llevando las últimas nuevas del mundo exterior.

En ocasiones, cuando iba a dejar la comida, un viejo y lanudo perro se colaba entre sus piernas y entraba al calabozo meneando su rabo lleno de peladuras. Entraba con perruna dignidad, casi majestuoso, y tras dar algunas vueltas iba a echarse apaciblemente a los pies de Sócrates. Era un perro achacoso y viejo, ya había perdido el brillo de sus ojos y tenía el lomo lleno de cicatrices. Permanecía a los pies del maestro dormitando o royendo algún hueso que sobraba del almuerzo, lamiéndose alguna herida en la pata, rascando el piso de tierra, olisqueando el aire, hasta que algunas horas más tarde, al regresar el carcelero, abandonaba el cuarto con la misma parsimonia con que había entrado. Sócrates le había tomado cariño y solía acariciar su lomo con el pie; admiraba la serenidad, la graciosa indiferencia de aquel animal, gozaba de la silenciosa desfachatez con que entraba y salía del calabozo y con qué desvergonzada naturalidad se había adueñado de su sitio; y a veces, mientras sostenía su noble cabeza entre las manos, mientras observaba sus ojos oscuros y algo lobunos, daba en pensar en las delicias y encantos de la vida canina, en la rara nobleza de que gozaban los hijos de Cerbero, y no porque fuera deseable una existencia animal, salvaje, impúdica, sino porque aquella estirpe poseía muchas de las cualidades que él mismo había predicado toda su vida: la espontaneidad, la frescura, la desvergüenza, el vivir con lo necesario, la descarada indiferencia ante cualquier pomposidad. Pero, por sobre todo ello, por sobre todas las cosas, había descubierto una sutil afinidad que parecía hermanarlo con aquel animal, pues ambos, hombre y perro, se hallaban vecinos a la muerte; ambos, hombre y perro, estaban a punto de cruzar el remoto umbral que los llevaría tras las sombras eternas, y en esa coincidencia el viejo filósofo creía hallar la razón de que el perro lo visitara todos los días, de que fuera a echarse una y otra vez bajo su cama, pues acaso intuía su propia muerte y no deseaba sino un compañero de viaje.

Casi todos los días, poco antes del amanecer, algunos discípulos y amigos de Sócrates se reunían cerca del Ágora y luego marchaban a la prisión a visitarlo. Era extraño observarlos: se congregaban allí, aún a oscuras, aún espabilándose el sueño, respirando el cálido aliento de la noche, y una vez completo el grupo se unían en una lenta y muda procesión que vagaba como un susurro por las calles de Atenas, como un brisa de madrugada en esas horas cargadas de quietud. Caminaban ansiosos, anhelantes por ver al maestro en esos días de incertidumbre y transcurrir el tiempo a su lado. En el trayecto iban cambiando impresiones sobre el semblante de Sócrates, sobre el aspecto de su figura cada vez más magra y sin embargo tan saludable y fuerte. Recordaban mañanas y tardes en que su apacible voz se alzaba por entre las demás hablando acerca del bien, de la justicia, de la virtud. Y empeñados en aquel diálogo sordo, hecho de murmullos, empeñados en mantener viva la memoria del maestro, arribaban a la prisión justo con la salida del sol, cuando los primeros rayos pegaban sobre el enorme portón de hierro y madera que se alzaba al frente del edificio. Llegaban allí algo nerviosos, y tras cumplir las formalidades necesarias eran llevados al calabozo de Sócrates, quien las más de las veces aún se hallaba durmiendo, entregado a un sueño apacible y envuelto entre los pliegues de su propio manto.

Luego de entrar, quedamente y en silencio, procurando no perturbar la calma del durmiente, cada uno se refugiaba en algún rincón del calabozo, tomaba asiento en el piso de tierra o se recostaba contra el frío y descascarado muro en el que el carcelero acababa de encender una antorcha. Cuando todos se habían acomodado regresaba el silencio, una vez más, hasta que un rato después, una suave y blanquecina claridad empezaba a colarse por el ventanuco y el aire se llenaba del húmedo perfume de los abetos. Recién entonces, mientras se oía gorjear a los ruiseñores, el viejo comenzaba a desperezarse con gran parsimonia y lentitud, bostezaba con su enorme boca de fauno, se frotaba los ojos, rascaba sus cabellos enmarañados y por fin, tras reconocer a sus compañeros, dejaba asomar una tierna y afable sonrisa que emergía de sus labios y quebraba el silencio.

—Buenos días, queridos amigos —rumiaba aún algo dormido—. ¿Cómo habéis amanecido hoy?

Y entonces todos se ponían de pie y se acercaban a su lecho, ansiosos, felices de poder escuchar una vez más a su admirado maestro, quien se sentaba en el lecho, acomodaba su manto y comenzaba a dialogar, como siempre, como todos los días, como si nada ocurriera en el mundo que pudiese vulnerar aquel sagrado momento.

Sin embargo, pese al buen ánimo del prisionero, el sórdido calabozo se hallaba impregnado de muerte, contagiado de muerte, pues la omnímoda presencia de las Parcas lo inundaba todo y aparecía en la rígida oscuridad de los muros, en la moribunda antorcha que desprendía sus llamas rojizas y amarillentas; aparecía en el viejo perro que lo visitaba todas las mañanas, en la recia, en la innecesaria cadena que abrazaba sus tobillos y lo mantenía sujeto al muro; y se insinuaba sobre todo en la espera, en la tediosa y cruda espera de la nave que debía arribar desde las costas de Delos y anunciar, por fin, el momento en que el viejo Sócrates emprendería su marcha hacia los dominios del Hades.

Había pedido que llevaran a su calabozo un rollo de papiro y una pluma, y ahora que los tenía entre sus manos sentía una extraña sensación ante aquellos objetos que le resultaban demasiado ajenos e inexplorados. Jamás había escrito una letra, no había compuesto libros o tratados al modo en que solían hacerlo los filósofos, y no lo había hecho pues la escritura, para él, tenía la inmovilidad de una estatua, la rigidez de una pintura llena de personajes muertos a quienes bastaba interrogar para descubrir su silencio. La palabra escrita, pensaba el maestro, las mudas frases que componían un libro, eran como seres inanimados a los que era imposible objetar, rebatir, impugnar. La palabra escrita se anquilosaba, moría en el interior de los papiros y dejaba al hombre ayuno de muchas respuestas, y era precisamente esa cualidad la que lo había llevado a preferir el diálogo, la palabra viva, el ímpetu y la vibrante agilidad de un discurso.

Pero ahora el maestro se había resuelto a escribir, impulsado por una remota y extraña fuerza, por una sutilísima inspiración que le había ordenado componer música y versos, pues aquello debía ser como una suerte de purificación, el cumplimiento de un mandato sagrado que los dioses imponían a su conciencia.

Tímidamente, con alguna indecisión, abrió el rollo de papiro y lo puso frente a sí. Con suavidad, casi con ternura, acarició con sus dedos la superficie áspera, irregular, sintiendo cada mínima rugosidad; palpó las estrías fibrosas, la textura casi coriácea de aquella materia amarillenta y reseca, y con toda la solemnidad que se guarda ante un objeto sagrado, ante una reliquia inviolable, dejó que su pluma se deslizara con lentitud, con firmeza, trazando unos rasgos que parecían guiados por un impulso divino. Sentía una suerte de embriaguez, un cosquilleo que recorría todo su cuerpo mientras sus dedos, vacilantes, inestables, sostenían la pluma con delicada tosquedad.

Cuando terminó, un rato más tarde, se descubrió envuelto en un raro estado de éxtasis. Leyó lo que había escrito y su cuerpo todo se estremeció. ¿De dónde provenían aquellos versos? ¿De qué oscuro pliegue de su alma? Leyó lo escrito una vez más, ahora con mayor detenimiento, degustando cada palabra, cada sonido, la dulce melodía que emanaba de aquellas frases, y de pronto su espíritu se sintió aligerado como una nube. Sí, había sido el dios quien guiara su mano, había sido él quien, de un modo inverosímil, trazara esos caracteres que ahora aparecían sobre el papiro, y Sócrates, mero vehículo de aquella intervención divina, se descubrió satisfecho de haber cumplido con una sagrada obligación antes de la partida.

Pocos días después, mientras dormía, un sonido apenas audible lo despertó del sueño. Entreabrió sus ojos y en medio de la penumbra creyó descubrir una silueta inmóvil sentada a los pies del camastro. Enseguida, forzando la vista, procurando desentrañar la opacidad del calabozo, comenzó a distinguir unos rasgos conocidos, familiares, un semblante cuyas líneas y contornos le eran demasiado cercanos, demasiado íntimos, hasta que poco a poco la improbable oscuridad le fue devolviendo el rostro apacible de Critón, aquel viejo amigo de toda la vida que ahora lo observaba con ojos impasibles.

Critón parecía envuelto en una nube de sombras que acentuaban los ángulos de su rostro y permanecía mudo ante el despertar del prisionero, quizás algo incómodo en esa postura que lo obligaba a encorvar su vieja espalda. Hacía horas que estaba allí, horas en las que había permanecido tieso como una estatua, en silencio, procurando no perturbar el sueño del maestro, y ahora que el viejo filósofo había despertado al fin, ahora que sus ojos habían descifrado el rostro de su amigo entre la negrura, las facciones de Critón se transmutaron en una tierna sonrisa que principió en sus ojos y fue resbalando hacia sus pómulos, marcando las arrugas de la piel, hasta descender a sus labios gruesos y algo resecos, diluidos entre una espesa barba blanca que le daba el aspecto de un dios. Los ojos de ambos se iluminaron de lágrimas.

—Mi buen Critón —susurró el maestro—. ¿Qué haces aquí tan temprano?

Apenas asomaba el alba, hacía calor, y el húmedo perfume de los musgos entraba por la ventana.

—He venido a visitarte, Sócrates —respondió Critón en voz baja, como si aún respetara el sueño del prisionero—. El guardia de aquí, que por cierto es un hombre muy bueno, me ha permitido entrar a verte y a charlar contigo.

—¿Y llevas mucho tiempo en este cuarto o recién has llegado?

—Hace varias horas que estoy aquí, pero no creas que me he aburrido viéndote dormir —la voz de Critón se había vuelto aún más íntima y cercana, similar al murmullo de una confesión—. ¿Sabes? He estado pensando mucho mientras contemplaba tu sueño; parecías dormir tan plácidamente como un niño, libre y despreocupado del mundo, y me dije a mí mismo: ¡por Zeus, cuán admirable es este hombre! ¿Cómo puede estar tan sosegado en un momento como éste?

Sí, era en verdad admirable el temple con que el viejo maestro se hallaba en aquellas horas en que la muerte comenzaba a tejer sus hilos en torno al calabozo. Era admirable y sorprendente el ánimo con que sobrellevaba esos días en que su alma, fatal e inexorablemente, iba enredándose en el oscuro entramado que tejían las Moiras y del que era imposible escapar aun para el más sabio de los mortales. Era admirable, sí, y no parecía haber en Sócrates ni siquiera un asomo de inquietud, una pizca de temor que revelara su intranquilidad.

Ahora había tendido su mano a Critón, una mano amistosa y cordial, y mientras el visitante sentía el calor de aquella piel ya demasiado vieja y áspera, mientras observaba una vez más la enigmática serenidad del prisionero, su espíritu pareció regocijarse.

—¿Quieres saber por qué estoy tan tranquilo? —preguntó Sócrates acercándose a su amigo—. Es muy sencillo, mi querido Critón: a mi edad, nadie debería irritarse ante la vecindad de la muerte. Tal cosa podría angustiar a un joven, que ha estado poco tiempo en este mundo, pero no a mí, a quien los dioses ya han dado más que suficiente.

Critón acarició su barba encanecida y reconoció que era cierto, que el hombre no debía mortificarse ante la muerte cuando había sido premiado con una existencia larga y plena. Además, la vida era demasiado efímera en relación con la eternidad del cosmos, y a causa de ello la muerte debía resultar algo natural para toda criatura. Sin embargo, el hombre se resistía a ella, no aceptaba su fatalidad ni aun en la vejez, cuando llegaba el momento del remanso, cuando ya sus conocimientos, su madurez, su sabiduría, le indicaban resignación ante la implacable circunstancia; no se sometía a ella y seguía emperrándose, negándose a emprender la oscura travesía.

—Dices bien, Sócrates —murmuró—. Pero la mayoría de los hombres de tu edad no acepta la muerte; le teme, le huye, se atormenta ante ella...

Iba a agregar algo más, pero de pronto dejó sus palabras en suspenso y, recordando que su visita al calabozo obedecía a otro asunto, hizo un breve gesto y cambió de tema.

—Por cierto, Sócrates —insinuó—, he venido a decirte algo.

Una vez más dejó sus palabras en suspenso y una expresión melancólica y amarga apareció en su rostro.

—¿Qué sucede? —preguntó Sócrates al advertir el semblante de su amigo.

Critón se esforzó para hablar.

—La nave —dijo en un tono apesadumbrado—. Ya está muy cerca de aquí...

Ligeramente oscilaron las sombras de la habitación, movidas por una suave brisa que agitó el fuego de la antorcha. La nave enviada a Delos ya estaba cerca, precisó Critón, tal vez a un día de navegación de Atenas, y eso significaba que el momento de la ejecución se hallaba próximo. Sin embargo, ni siquiera aquel anuncio de muerte logró turbar el espíritu del viejo.

—No temas, querido amigo —dijo, y con un matiz de travesura agregó—: Te aseguro que la nave no llegará durante el día de hoy; ni siquiera mañana o pasado mañana.

—¿Qué? ¿Cómo puedes saberlo?

Una vez más brilló la claridad en los ojos de Sócrates.

—He tenido un sueño... —dijo.

Siguió un instante de raro silencio en que ambos se miraron sin decir palabra. ¡Ah, la enigmática realidad de los sueños! ¿Qué era aquel extraño mundo nocturno? ¿Qué inexplicables fuerzas lo animaban? Más de una vez Sócrates se había preguntado acerca de todo ese incierto universo que parecía despertar en el curso de la noche, acerca de toda la insólita fauna de monstruos, de seres fantásticos, de criaturas inconcebibles que el azar dibujaba de un modo caprichoso en las horas oscuras. Más de una vez se había preguntado qué ocurría durante la secreta intimidad del sueño, cuando el alma quedaba suspendida en un mar de irrealidad. ¿Era quizás una vía hacia las moradas divinas? ¿Un eco lejano de las voces del Olimpo? ¿Era el modo en que los dioses hablaban con los mortales? La delgada presencia del sueño había intrigado a los sabios desde siempre, y su carácter huidizo, inextricable, absurdo, su confusa ambigüedad, cuando no el siniestro horror de las pesadillas, cuando no la inquietante presencia de las Erinias, era como un desafío para el filósofo, un reto para quien pretendiera descifrar el extraño alfabeto de sombras que la noche imponía al durmiente. Con todo, y acaso influido por las tradiciones órficas, Sócrates veía en el fluir de los sueños un carácter adivinatorio, una visión profética enredada entre las confusas imágenes, y esa misma noche, poco antes de ser despertado por Critón, había contemplado en sueños a una bellísima mujer de hermosas formas y luminoso vestido blanco, una bellísima y encantadora mujer que se había acercado a su oído, sugestiva y fascinante, y en un delicado susurro le había dicho: "Sócrates, en tres años estarás en los fértiles campos de Pitio". El pasaje, según recordaba el viejo filósofo, correspondía a un verso de la *Ilíada* en el que el gran Aquiles, a punto de partir de Troya, anunciaba que tres días después estaría de regreso en su tierra natal.

—Es por eso, mi querido Critón, que la nave no arribará sino hasta dentro de tres días. Los sueños han hablado...

Pero Critón había dejado de escucharlo. Se hallaba demasiado aturdido por la infame situación en que se encontraba su viejo maestro. Sus manos se habían posado sobre sus mejillas, arrugando un tanto la piel del rostro; su barba asomaba por entre los dedos, de uñas largas y resecas, y sus ojos, empequeñecidos por aquella singular postura, centelleaban con un brillo de preocupación.

Fue entonces cuando Sócrates advirtió que había algo más en el semblante de su amigo. Demasiado conocía el inquieto parpadear de esos ojos, demasiado conocía el tono sombrío de sus pupilas, la expresión de angustia que emanaba de aquella mirada cuando algo atormentaba a su dueño. Sí, Critón estaba allí por otro motivo, algo que no se animaba a revelar, quizás intimidado por sus propios temores.

—Vamos —lo animó con una palmada en el hombro—, dime de una vez por qué estás aquí.

Hubo un momento de vacilación. Había algo en el espíritu de Critón que turbaba sus sentidos y le impedía mantener la calma. La luz de la mañana ya había entrado en la habitación, disipando las sombras, y el húmedo perfume de los musgos se había hecho aún más intenso. Era difícil hablar. Critón deseaba hacerlo con toda su alma y sin embargo parecía ahogarse en la incertidumbre. Conocía a Sócrates desde hacía muchos años, acaso de toda la vida, y aun así la presencia del viejo maestro lo seguía intimidando como la primera vez. Cuando al fin se resolvió a hablar, sus labios temblaron de un modo imperceptible.

—He venido a proponerte, Sócrates, que huyas de aquí...

Durante un momento sus ojos permanecieron tensos, aguardando la reacción del maestro. ¿Qué significaba aquella insólita propuesta? ¿Era una broma, una locura? No, no lo era en modo alguno, pues aun cuando las cárceles de Atenas fueran bastante seguras y casi imposibles de vulnerar, siempre había un pequeño resquicio, un hueco, una hendidura secreta que era posible franquear. Sin embargo, Critón no hablaba de puertas ni pasadizos, no hablaba de burlar a los guardias huyendo en la noche a través de túneles o aprovechando la distracción de los centinelas. Hablaba de algo mucho más conveniente y sencillo: la humana debilidad de los carceleros. Se sabía que mediante algún soborno era fácil comprar a las autoridades de la prisión y facilitar la fuga. Pero al oír la propuesta el viejo maestro pareció rehusarse. No había horror sino más bien sorpresa en su expresión.

—¿Qué dices, amigo mío? —preguntó arrugando el rostro y echándose hacia atrás—. ¿Huir de aquí? ¿Y no has pensado en el riesgo que eso significa?

Critón se asombró ante la pregunta.

—¡Oh no, Sócrates! —exclamó agitando las manos—. Si lo dices por quienes hemos planeado tu fuga, entonces no debes preocuparte, pues se trata de un riesgo que todos nosotros estamos dispuestos a correr por ti. Ya contamos con el dinero para hacerlo: muchos de tus amigos y discípulos han aportado lo suficiente para comprar a los guardias. Pero además, si tú quieres, hay dinero de sobra para que viajes a alguna otra ciudad y vivas allí hasta el fin de tus días.

Sócrates escuchó aquello en silencio, aún sorprendido ante la extraña proposición. Creía notar en su viejo amigo una cierta inquietud, presentida desde horas atrás, cuando aún se hallaba velando el sueño del maestro y tal vez pensaba en lo inoportuno del ofrecimiento. Pero además, Critón parecía ser presa de una rabiosa impotencia, y en sus ojos, ahora sombríos aunque vivaces, había aparecido una ligera tonalidad rojiza, un matiz de sangre que enturbiaba su mirada. No lo decía, no era necesario, pero su alma aún vibraba de indignación ante el absurdo proceso que había condenado a muerte al viejo filósofo. Tanto él como los demás amigos del maestro juzgaban inaceptable y acaso humillante el verlo allí, encerrado, tolerando un destino arbitrario, admitiendo la abusiva decisión de los jueces. Era algo indigno de aquel hombre noble y virtuoso, y más aún cuando la posibilidad de huir, de sortear aquellos muros infames estaba al alcance de sus manos. Pero el anciano maestro aún parecía negarse a la propuesta de su amigo.

—No me parece oportuno, mi querido Critón. Agradezco tus intenciones, por supuesto, pero será mejor dejar las cosas como están.

Hubo un leve silencio que desnudó aún más la soledad de los dos hombres. Pero luego, de pronto, Critón estalló en un arrebato de fastidio.

—¡No lo comprendo, Sócrates! —dijo endureciendo sus puños; su voz ahora sonaba como una súplica visceral, como un ruego desesperado—. ¡No comprendo cómo te dejas estar aquí! ¿Aceptarás morir a manos de una injusticia? ¿Abandonarás a tus amigos, a tu mujer, a tus hijos? ¿Has pensado qué será de ellos ahora, una esposa viuda y tres hijos huérfanos y desamparados? —y luego, procurando calmar sus ánimos, destensando sus puños, añadió—: A mí me parece, amigo, que eliges el camino más fácil, pues un hombre noble y valiente seguiría viviendo aun cuando debiera soportar infinitas penurias.

Nada sucedió por un momento, nada excepto la tibia respiración de ambos, el pausado y cadencioso movimiento de sus pulmones que parecía quebrar la silenciosa monotonía reinante. Pero aún quedaba un resto de enfado en la piel de Critón. ¿Cómo entender aquella negativa, la tozudez con que Sócrates rechazaba la fuga? ¿Los días de encierro habrían hecho mella en su espíritu, habrían derribado la cordura del maestro? De pronto Critón reaccionó una vez más. Su boca se estremeció un poco y, apoyando sus manos en las rodillas de Sócrates, lo apremió:

—¡Vamos, amigo mío! ¡Por todos los dioses! Apresúrate a decidir, pues tu fuga debe llevarse a cabo a más tardar mañana en la noche. ¡Hazlo ahora, pues si continuamos demorándonos ya será demasiado tarde!

Tras decir aquello permaneció inmóvil y expectante, observando con timidez el modo en que Sócrates meneaba su cabeza, y ante la negativa, cada vez más acosado por la tristeza y la desesperación, Critón sintió que sus planes se esfumaban en el aire, que el viejo filósofo, demasiado imperturbable y lejano, resultaba imposible de convencer pues no parecía haber forma de que aceptara la huida. De pronto se vio a sí mismo deseando con fervor que el dios, el espectral dios que en ocasiones visitaba a su maestro, la deidad a la que Sócrates obedecía ciegamente, se apareciera ahora, justo en ese preciso momento, se presentara en toda su vital dimensión y lo persuadiera de escapar, de abandonar la cárcel antes de que la muerte alcanzara sus pasos. Apretando los dientes con febril impaciencia exclamó:

—¡Vamos, Sócrates! ¡Decide de una vez, por todos los dioses!

Y luego sobrevino un raro instante de perplejidad. El viejo filósofo miró a su amigo con indecible sosiego, rió casi imperceptiblemente y en sus ojos apareció un brillo extraño y singular. Critón lo reconoció de inmediato, lo había visto dibujarse infinidad de veces en el rostro del viejo; primero asomaba como una sutilísima expresión, como una suave luminosidad, casi invisible, tan tenue como un hilo de seda, y luego se contagiaba a todo su rostro con graciosa ternura. Y fue de aquel rostro, de aquellos labios ligeramente arqueados de donde emergió una voz tan dulce que pareció una melodía divina.

—Oh, querido amigo —susurró el maestro—. Tú me conoces, ¿verdad? Y sabes que toda mi vida he intentado ser un hombre íntegro y honesto. No sé si lo he logrado, pero creo que el hombre virtuoso es el que procura no cometer injusticias. Yo he vivido siempre obedeciendo las leyes de esta ciudad, y lo he hecho pues gracias a ellas he sido criado y educado, gracias a ellas he podido casarme y gracias a ellas he podido tener a mis hijos. Además, he obedecido las leyes porque creo que sin ellas ninguna ciudad puede mantenerse organizada. Y es por eso, mi buen Critón, que sería injusto el querer ahora eludirlas o desobedecerlas —se detuvo un instante, su respiración se tornó más pesada y luego continuó—: Por otra parte, nadie me ha obligado a ser ciudadano ateniense ni nadie jamás me ha impuesto por la fuerza las leyes de la ciudad. Por el contrario, tengo ya setenta años y podría haber dejado Atenas cuando se me hubiese antojado, podría haber construido mi casa en Tesalia, en Beocia o en Creta, pero he elegido vivir aquí, en esta ciudad, y he elegido llevar adelante mi vida bajo el amparo de sus leyes. Por eso, amigo mío, me niego a ser infiel a ellas en este momento.

Critón sintió un repentino acceso de vergüenza ante aquellas palabras. Se vio de pronto a enorme distancia de su maestro, como si una infranqueable valla los separase fatalmente. ¿Cómo no había pensado en que Sócrates, aquel hombre a quien admiraba y respetaba por sobre todos los demás, aquel hombre incorruptible que tenía frente a sí, preferiría la muerte antes que la tentación de la injusticia? Por primera vez abandonó el camastro, se puso de pie y caminó hasta el muro en donde aún oscilaba la llama de la lámpara de aceite. Allí, recostado contra la pared, inmóvil bajo el cono de sombras, cerró sus ojos y permaneció un momento acongojado, arrepentido de haber ido hasta el calabozo a proponer lo que ahora juzgaba un dislate. Sin embargo, aún había algo que escapaba a su comprensión. Sin dejarse apocar por el rechazo, emergiendo de entre la oscura penumbra, regresó hacia el catre del viejo y no sin cierto dolor exclamó:

—¡Pero, por todos los dioses, Sócrates! Durante el juicio has repetido hasta el cansancio que tu condena era injusta. ¿Cómo es entonces que respetas a una ciudad que ha cometido una injusticia?

Una vez más la sonrisa del viejo filósofo acudió a su rostro.

—No es la ciudad, amigo Critón —dijo acariciando su cabeza—, no es ella quien ha obrado injustamente, sino unos cuantos hombres a quienes ha tocado ocupar el cargo de jueces durante mi proceso. Por eso no culpo a Atenas, querido amigo, y ni siquiera a los tribunales o a las leyes. Al hablar de injusticia lo he hecho sólo en alusión a aquellos jueces que, por inexperiencia o mala intención, han actuado con torpeza —se incorporó con lentitud y quedó sentado en el catre—. Pero si quieres saber la verdad, todo ello me tiene sin cuidado. Nada importan los tribunales de los hombres, nada importa el juicio mundano de una criatura efímera y acaso despreciable. Son las leyes del Hades, mi buen Critón, son ellas y el inmutable rigor de los dioses lo que en verdad me preocupa...

Critón pareció advertir un dejo de tristeza en la mirada del maestro.

—¿Debo entender que no guardas rencor alguno a tus verdugos? —preguntó.

—Oh, por supuesto que no. Estoy tranquilo, amigo mío, y como ha dicho Homero: si en todo esto ha habido ruindades o bajezas, quieran los dioses que el viento se lleve el enojo...

—Pero entonces, ¿a qué viene esa aflicción que veo en tus ojos?

Por primera vez Sócrates se quedó sin palabras. Critón parecía haberlo arrinconado y durante algunos instantes volvió la quietud al calabozo, un silencio reposado aunque algo incómodo. El filósofo debió hacer un esfuerzo para hablar.

—Me conoces, viejo amigo —murmuró—, y sabes que no puedo engañarte. Es cierto, hay algo que aún aflige mi espíritu...

—¿De qué se trata?

Un ligero estremecimiento se apoderó del maestro.

—No he alcanzado mi propósito... —dijo.

Critón vaciló desconcertado. Tenía ante sí al hombre más virtuoso que hubiera conocido en toda su larga vida, tenía ante sus ojos al hombre más íntegro y admirable que pudiera imaginar, acaso a un semidiós encarnado en el cuerpo de un mortal, y sin embargo, de labios de su viejo amigo había escuchado aquellas palabras que sonaban a confesión, a desgarradora confesión, tan sorpresiva como inesperada. Había escuchado esa revelación íntima y ahora debía llegar hasta el fondo.

—¿Tu propósito? —repitió—. ¿A qué propósito te refieres?

—A la verdad, querido Critón, no existe otro propósito más que hallar la verdad.

El visitante suspiró fatigado.

—Vamos, Sócrates —dijo—, tú sabes que sólo los dioses son capaces de hallar la verdad.

—Puede ser. Pero yo he destinado mi vida a buscarla, y sin embargo no he logrado siquiera una mínima certeza. He tenido sólo intuiciones, atisbos, verdades a medias... Ahora voy a morir, Critón, y sólo espero hallar al otro lado la respuesta a mis preguntas.

No era sencillo comprender la ambigua actitud del maestro. Tal vez Critón se dejaba llevar por sus propios miedos, por su propia desazón, pero en ese momento parecía negarse a aceptar que, en la muerte, Sócrates pudiera hallar alguna respuesta o alguna compensación a sus muchas penurias. Respiró con dificultad y dijo:

—Nunca podré comprenderte, amigo mío. Para ti la muerte parece ser un regalo de los dioses...

El maestro se puso de pie y, con lentitud, abandonó su lecho. Tenía el cuerpo algo entumecido y demoró algunos instantes en recobrar el movimiento de sus músculos. Con paso lento y pausado, sintiendo el peso de las cadenas, arrastró sus pies hacia un rincón del calabozo en donde casi no llegaba la luz, y permaneció allí de pie, camuflado entre la oscuridad. Desde ese sitio, envuelto entre las sombras, observaba a Critón con los ojos llenos de amargura. Ah, amigo mío, pensaba, quieran los dioses que alguna vez, cuando tú también debas dejar esta tierra, alguna vez, cuando seas llamado por las Parcas y emprendas tu tránsito hacia el Hades, permitas que la muerte se apodere de ti como una sutil embriaguez; que nada perturbe ese último viaje que todos debemos hacer, pues el hombre virtuoso jamás debe temer a la muerte.

—¿Un regalo de los dioses? —repitió—. Sí, eso creo de la muerte, mi buen Critón, de seguro se tratará de un regalo.

Desde el lecho, una vez más sentado y con sus ojos mirando hacia la penumbra, Critón procuraba en vano descubrir el rostro del viejo. Lo imaginaba allí, hundido en la oscuridad, en silencio, tal vez enredado en sus propias cavilaciones y preparándose para emprender el viaje. Lo imaginaba ilusionado ante aquel escenario que lo esperaba al otro lado de la Estigia y pensaba que era mejor así, que tal vez el maestro llevara razón en todo cuanto decía, y que si acaso estaba errado, si acaso su alma había resbalado hacia la locura, si todo ello no era más que una alucinación demencial, no era él, Critón, quien debía torcer el destino que los dioses habían fijado.

Una vez más se levantó del lecho y dirigiéndose hacia la oscuridad murmuró:

—Entonces, Sócrates, ¿debo regresar y decir a todos que te quedarás aquí, esperando a la muerte?

No hubo palabras, no hubo respuesta, no hubo susurro alguno que emergiera de entre las sombras, pero Critón interpretó el silencio como un argumento más que inobjetable. Ya no había más que decir. La claridad matinal había aneblado el calabozo, o al menos así le parecía a Critón, cuyos ojos húmedos de lágrimas enturbiaban su visión y le impedían observar con nitidez. Ahora debía marcharse, dejar a su maestro acaso para siempre, contemplar por última vez la nobleza de ese rostro imperfecto, irregular, quizá monstruoso y sin embargo tan apacible. Debía dejarlo y sentía una honda pesadez en el alma. Pero aquel instante no debía hacerse aun más doloroso. Los dioses habían hablado, el destino había impuesto su sentencia y Critón lo sabía, su alma lo sabía con toda certeza, y ya se disponía a marcharse cuando de pronto, saliendo de entre las sombras, la figura de Sócrates se interpuso en su camino y detuvo su marcha. Débil e imperceptible, con graciosa testarudez, la sonrisa del maestro volvió a aflorar de sus labios en toda su delicada pureza, pero esta vez había una ligera ambigüedad, un secreto lenguaje que se escondía detrás de ese gesto y que el propio Critón no tardó en descifrar: "No temas, amigo mío —parecía estar diciendo el maestro—, estaré bien adonde vaya".

Y bastó con aquella insinuación para que el visitante abandonara el calabozo en paz.

XVI

Por qué te dejas morir?

La voz de Platón había sonado casi temerosa, llena de suavidad, con algo del sonrojo infantil que brillaba en su atormentado rostro. Poco antes había entrado por primera vez en la prisión, acompañado por su amigo Apolodoro, y con los ojos llenos de espanto había percibido el horror de los cuatro muros que encerraban al maestro, la sensación de ahogo, la indefinible oscuridad a esa temprana hora de la mañana en que la luz del sol parecía sólo una tímida y confusa palidez.

Junto a Apolodoro habían visto a Sócrates allí, sentado en su cama, con sus gruesos dedos entrelazados en los pliegues de su manto, y al notar la cálida sonrisa que emergía de sus labios, los dos muchachos habían experimentado una rara turbación. Poco antes de entrar se habían sentido nerviosos: esperaban hallar al viejo agobiado por el encierro, acaso ovillado en algún rincón, temeroso, clamando a los dioses por su libertad, y sin embargo habían descubierto a un hombre en cuyo rostro parecía brillar una luz misteriosa que contrastaba con la negrura del cuarto.

¿Por qué?, se preguntaban desconcertados, ¿por qué esa inexplicable actitud ante el fatal presagio que encerraban esos muros? Se hubiera podido imaginar que el viejo estaba ebrio, que en las noches, para aligerar su estancia, el carcelero le deslizaba alguna botella de vino puro con el cual atemperar su agonía. Pero no había trazas de embriaguez en su rostro. Por el contrario, aquél era el semblante de un hombre austero y dueño de sí, de un hombre morigerado hasta lo impensable, y Platón no pudo menos que recordar con singular nostalgia la mañana en la que el viejo, a la orilla del río, le había hablado de los espíritus intemperantes y la necesidad de vencerse a sí mismo.

Ambos jóvenes lo habían interrogado, habían insistido, quizá con demasiada premura, en que revelara el porqué de su entereza, el porqué de su silencio, de la rara mansedumbre ante la vecindad de la muerte. Esperaban, tal vez con demasiada impetuosidad, hallar el secreto que encerraba su maestro, esa presencia de ánimo que parecía conferirle el temple necesario para afrontar aquel momento de desasosiego. Pero la respuesta no era sencilla. Sócrates había intentado explicarse, hablar a ambos muchachos y llegar hasta lo profundo de sus almas, pero acaso la agitación, la prisa, el ardor juvenil que animaba sus espíritus les había impedido comprender las palabras del maestro.

Y ahora, una vez más desconsolado y casi implorante, el joven Platón se había sentado en el piso junto a la cama del viejo filósofo, se había casi derrumbado en aquel sitio, y con el último resto de voz, a punto de romper a llorar, había insistido una vez más ante el anciano maestro:

—¿Por qué te dejas morir?

Con gran suavidad Sócrates extendió su mano y acarició los cabellos de Platón. Había una gran ternura en ese gesto; los dedos gruesos y ásperos se movían con un afecto casi paternal sobre la cabeza del muchacho, se deslizaban como tantas veces lo habían hecho, y en ese delicado movimiento Platón creyó percibir una calmosa tranquilidad. Enseguida, el viejo filósofo volvió sus ojos hacia Apolodoro, que se hallaba de pie junto a uno de los muros, y le dijo:

—Ven, siéntate aquí.

Lentamente, no sin cierta parsimonia, el joven dio unos pasos y se acurrucó junto al viejo y a su amigo Platón. Un silencio inmutable parecía envolver a los tres hombres como una nube. Desde afuera llegaba el murmullo de los guardias, entretenidos en alguna conversación, y más allá, desde la calle, provenía el incesante rumor de una feria que se hallaba en las cercanías. Sócrates contempló a los dos jóvenes envueltos en sus túnicas, notó el rubor en sus mejillas, la incipiente barba que asomaba en sus rostros, y comprendió su pesadumbre ante la idea de la muerte. ¿Cómo no entender el miedo ante aquel abismo impenetrable? La muerte era una selva infinita cuya espesura abrumaba a la criatura humana. ¿Qué podía sentir el hombre sino pánico y angustia frente a la oscuridad incierta, frente a aquel horror vacío que parecía exceder los dominios de la razón? La muerte acompañaba al hombre desde el principio, desde el Caos primigenio, había sido implantada en él desde el primer instante de la creación, y sin embargo, la criatura humana jamás había aprendido a convivir con ella, a tolerar su implacable y despiadada fatalidad, a admitirla como el desenlace natural de las cosas. Aquel raro tránsito se revelaba como una tragedia a los ojos del hombre, y sólo a él, pues ni siquiera el animal más salvaje, la criatura más rústica y primitiva la entendía como un hecho desgraciado: el perro, el antílope, el buey, presintiendo la hora final, se arrastraban en silencio, imperturbables, dueños de una recóndita sabiduría natural, se arrastraban con heroica dignidad hacia una pradera desnuda o hacia el interior de un bosque, y allí, en el hueco de una caverna o bajo la oscura sombra de un árbol, se echaban apaciblemente a esperar el último y fatal descanso. Pero el hombre, temeroso y gimiente, rehusaba el destino con todas sus fuerzas, pataleaba, reñía, se encrespaba ante la derrota final, rogaba a los dioses por un poco más, un soplo más de vida en este lado del mundo.

Sí, lo comprendía, el viejo filósofo comprendía la temerosa inquietud de aquellos muchachos, la compulsiva perplejidad ante la muerte. Y entonces dijo:

—Queridos amigos, ¿no hemos aprendido juntos que la peor ignorancia, la más censurable ignorancia en que un hombre puede incurrir, es la de creer saber lo que no sabe?

Platón y Apolodoro alzaron sus cabezas y miraron al viejo algo aturdidos. Por supuesto que lo recordaban. ¿Cómo habrían de olvidar aquella memorable sentencia del maestro, ese razonamiento que era casi como un escudo contra la necedad? ¡Sí, por todos los dioses! ¡Ninguna criatura es tan infame como el ignorante que se cree sabio! Pero, ¿a qué venía esa pregunta? Los dos jóvenes asintieron con la cabeza y permanecieron callados.

—Pues bien —continuó el maestro—. Dime tú, Platón, ¿por ventura sabes qué hay más allá de la muerte?

—Por cierto que no, Sócrates —respondió el muchacho.

—¿Y tú, Apolodoro?

—Tampoco yo, por supuesto.

—Y entonces, mis jóvenes amigos, ¿cómo es posible que os asustéis? ¿Cómo es que la muerte os parece una tragedia si acabáis de confesar que nada sabéis acerca de ella? Por el contrario, habéis demostrado ser ignorantes al creer saber lo que no sabíais. Nadie conoce la muerte, pero se le teme como si fuese el peor de los males. ¿Y no es ésa la mayor necedad de la que hablábamos recién?

El rostro de ambos muchachos pareció iluminarse. Creció en ellos una tímida, acaso algo traviesa mueca de asombro, y de repente, como si su ánimo se librara de una tensión reprimida, de un ahogo reprimido, Platón estalló en una sonora carcajada que pronto contagió a su amigo y al viejo maestro. ¡Cuán discordante sonaba aquella euforia en medio de la oscuridad lúgubre, del opresivo silencio que inundaba la cárcel! Lo había comprendido al fin, ¡y cuán sencillo parecía sonar en boca del maestro! Toda congoja era inútil, innecesaria, toda aflicción ante la muerte era un despropósito, pues nadie sino los dioses conocían el secreto de esa última morada, nadie sino ellos sabía del ineludible viaje que el alma emprendía tras el último suspiro, y era acaso una imperdonable soberbia el temer a aquella desconocida línea que separaba la vida de la muerte.

Pero el alborozo no duró demasiado. Platón se había puesto de pie y ahora, mientras alisaba las arrugas de su túnica, advirtió que aún lo inquietaban algunas ideas. Con cierta precipitación observó:

—Pero entonces, ¿qué es para ti, Sócrates, eso que llamamos muerte?

El maestro arrugó la frente con algo de ternura.

—Tal como os he dicho, mi buen Platón —observó—, nadie sabe lo que en verdad sea la muerte. Pero convendrás conmigo en que sólo puede ser una de estas dos cosas: o bien nuestro cuerpo y nuestra mente desaparecen por completo, y por ende no experimentamos sensación alguna, o bien, tal como opinan algunos, el alma sobrevive a la muerte y viaja hacia algún misterioso lugar que sólo a los dioses es dado conocer.

Platón y Apolodoro asintieron una vez más. Las palabras de Sócrates eran como una tentación; estaban llenas de una dulce calidez que seducía a cualquiera que lo escuchase. Y entonces el maestro continuó:

—Si se tratase de la primera opción, es decir, la ausencia de sensación alguna, no habría por qué inquietarse de ningún modo, ¿no os parece?, ya que la muerte sería algo comparable a quedarse dormido profundamente. Pero si en verdad se tratara de algo así como un viaje, es decir, el tránsito de nuestra alma desde un sitio hacia otro, entonces, ¿qué mayor bien habría que éste, amigos míos? Pues, si es cierto lo que se cuenta, en ese lugar se hallarían las almas de todos los que han muerto ya, y en tal caso, ¿imagináis cuán maravilloso sería el encontraros a Orfeo, a Hesíodo, a Sísifo?

Ahora se había puesto de pie y caminaba en torno a la estrecha habitación con pasos breves, demasiado cortos y pausados, pues la fría cadena que sujetaba sus tobillos le impedía alejarse lo suficiente del catre. Aquella inmovilidad, esa serpiente de hierro que se hendía en la carne le resultaba demasiado molesta y acentuaba en su espíritu la idea de cautiverio, una idea inquietante y amarga que se hacía aun más terrible para él, Sócrates, habituado a pasear libremente por las calles de la ciudad. Mas, el contacto de la tierra con sus pies desnudos le provocaba una dulce y grata sensación que se contagiaba en todo su cuerpo, una sensación de frescor, de ligereza, como si toda su humanidad estuviera suspendida en el aire.

Mientras lo observaban, Platón y Apolodoro descubrían una extraña llama de vivacidad en sus ojos; parecía como si el dios habitara en ellos, como si fuese a aparecer en cualquier momento, pero en verdad, aquella luminosa expresión no era sino de alegría ante el infinito viaje al que estaba a punto de partir, sí, el remoto y desconocido viaje hacia el Hades, pues aun cuando su razón le dictara lo contrario, aun cuando pudiera pensar que la muerte era el vacío, lo inexistente, la ausencia de toda sensación, su alma intuía que el periplo hacia el reino de los muertos era el más maravilloso regalo que pudieran otorgarle los dioses. ¿Qué mayor regocijo, pensaba el filósofo, qué mayor dádiva podía otorgarse a los mortales que la posibilidad de hablar con Homero, de caminar junto a los héroes de Troya, de pasar días y noches junto a Palamedes, a Áyax, a Néstor, a Tiresias? No había por qué pensar en el Hades como un terreno yermo y estéril, como un mar de tinieblas en donde todo fuese quietud y silencio y oscuridad; no había por qué imaginar un abismo tenebroso y subterráneo en donde las almas vivieran en perpetuo suplicio. No, el Hades debía ser un vergel, un inmenso y colorido vergel atestado de árboles y de frutos silvestres, de lagunas cristalinas en donde las aguas cabrillearan a la luz del sol. Muchas veces había pensado en esa imaginaria morada y se había visto a sí mismo deslizándose entre pastos suaves y frescos, tumbándose bajo un árbol, viendo pasar, a unos pocos palmos de distancia, la imponente figura del valeroso Aquiles, despojado ya de sus armas, sereno, gozando de la infinita gloria que le fuera concedida por los dioses después de la batalla. O quizá fuera Odiseo, ¡sí, el ingenioso y robusto Odiseo! ¡Cuán extraordinaria estampa la de aquel vencedor de Troya! Y Sócrates se acercaría a él con indecible entusiasmo, casi como un niño, curioso por saber cuán gigantesco había sido el caballo con que los aqueos conquistaran Ilión, curioso por saber de los mil peligros que había enfrentado en su regreso a Ítaca, curioso por escuchar, de labios del propio héroe, cuán increíble y fascinante era la bella Nausícaa, tan seductora y agraciada como una diosa olímpica.

Sí, pensaba el viejo filósofo, quizá la muerte no fuera sino un dulcísimo éxtasis del espíritu, y por eso, aun enclaustrado en aquella sórdida prisión, aherrojado como un animal de tiro, la esperaba con infinita ansiedad.

Sereno, ya más aplomado y libre de sus temores, Platón se animó a preguntar:

—¿Y qué harías tú, Sócrates, una vez llegado al Hades? ¿Por ventura continuarías importunando a los muertos con tu filosofía?

El maestro sonrió, se encogió de hombros y con graciosa picardía observó:

—¿Crees que alguna vez podría dejar de hacerlo?

XVII

Seguía muriendo, con pasmosa lentitud seguía deslizándose hacia el Hades, y día a día se agigantaba su ansiedad. Inmenso era el paso que estaba por dar, inmenso y tan incierto como el borroso contorno de una nube, y Sócrates, ahora, mientras una suave luz matinal pintaba los muros del calabozo, pensaba en qué extraño enigma cargaba el hombre a sus espaldas: los dioses le habían dado el entendimiento y la razón, le habían dado la capacidad de conocer los animales, de conocer los árboles, de poder trazar mapas y contar las estrellas; le habían regalado el ingenio para escribir poemas, para conocer el arte de la medicina, para intuir la matemática y mediante ella erigir templos y edificios; todo ello le habían ofrendado, y sin embargo, los dos hechos más esenciales de su vida, los dos hitos de mayor trascendencia le eran desconocidos, ignorados, pues nada sabía la criatura humana acerca del nacimiento y de la muerte, nada sabía de esos dos misterios que jalonaban su vida y acaso jamás podría comprender ni un ápice acerca de ellos. Los dioses parecían haberse negado a revelarlos, pues, por más que los filósofos intuyeran, presintieran, trataran de adivinar qué remoto enigma se ocultaba tras aquellos misterios, nadie era consciente de su propio nacimiento, nadie recordaba la primera vez en que la luz había herido sus ojos o el instante, el sublime instante en que había abandonado el vientre materno. Y lo mismo con relación a la muerte, ese terreno oscuro, inexplorado, tan secreto como las conjuras olímpicas. Quizá, pensaba el viejo filósofo, el nacimiento y la muerte no eran sino una misma cosa, eslabones de una cadena que se cerraba sobre sí misma, pues, como si fueran extremos de una infinita serpiente que se muerde la cola, el principio y el fin parecían estar anudados o entrelazados en un círculo perpetuo.

Sonaron los goznes de la puerta y un momento después, casi invisible, recortada por una claridad amarillenta, asomó la ventruda silueta del carcelero. Traía entre sus manos una bandeja con algo de vino y unas pocas galletas. Avanzó despacio, cabizbajo, con cierta imperceptible timidez y casi rehuyendo la mirada del prisionero. Por entre sus pies, como siempre, se coló el viejo y lanudo perro que iba todas las mañanas y fue a echarse bajo el camastro de Sócrates. El carcelero siguió avanzando con paso vacilante y en sus ojos, apenas iluminados por una débil transparencia que llegaba desde el ventanuco, Sócrates adivinó lo que sucedía.

—Hoy es el día, ¿verdad? —preguntó sin rastro de inquietud en la voz.

No fue siquiera preciso esbozar una respuesta. Había llegado el día, sí, el día en que al fin la muerte disiparía el misterio tantas veces anunciado. La nave enviada a Delos ya había regresado a Atenas, se había estacionado en el puerto y era el momento de cumplir las sentencias. Más lentamente aún, como si buscara fundirse en aquella oscuridad matinal, el carcelero marchó en dirección a Sócrates, depositó la bandeja sobre una mesa y preguntó:

—¿Has dormido bien?

Su voz se oía acongojada, tensa, y en el áspero aliento de sus palabras era posible reconocer una honda preocupación ante la suerte del prisionero. Era algo extraño, sí, muy extraño el comportamiento de ese hombre cuya inefable cordialidad contrastaba con la rudeza, con la severidad que debía esperarse de su oficio.

—A mi edad el sueño es algo frágil, amigo mío —respondió Sócrates con idéntica cordialidad—. Pero de todos modos he dormido bastante bien.

Luego se incorporó en su lecho, tomó algunas galletas, las mojó en vino y fue comiéndolas una a una, pausadamente, con un rítmico movimiento de sus mandíbulas que semejaba el lento mordisqueo de un rumiante. Había algo de bestia salvaje en ese rostro, algo casi animalesco pero que en modo alguno trasuntaba brutalidad, sino más bien al contrario: esos ojos, esa boca que mascaba con lentitud le conferían un aspecto sosegado y tranquilo, como el de un buey que se echa a pastar en el medio de un campo.

—Jantipa está aquí —anunció el guardia tras un momento de silencio.

El rostro del viejo se iluminó de repente. Tragó las últimas galletas con cierta prisa y dijo:

—Oh, déjala pasar, por favor.

El carcelero volvió sobre sus pasos y abandonó el calabozo. Una vez fuera cambió algunas palabras con Jantipa, quien se hallaba acompañada por uno de sus hijos, y al cabo de un momento ambos, el niño y la mujer, atravesaron la puerta de la celda. Para Sócrates fue como si dos espectros hubiesen penetrado en aquel sitio, dos espectros apenas reconocibles entre la densa oscuridad que pesaba sobre el aire. La mujer y el niño avanzaron con cierta timidez hacia el catre, juntos, paso con paso, tomados de la mano, aferrándose el uno del otro con visible desesperación.

Cuando por fin estuvieron cerca del prisionero, Jantipa vaciló un momento antes de aproximarse del todo; fue un instante efímero, casi imperceptible, y sin embargo suficiente para que Sócrates advirtiera que la magra figura de su esposa se había vuelto aún más delgada y frágil. La mujer sabía que ése era el último día, las últimas horas de su esposo en esta Tierra, y en su noble rostro habían aparecido nuevas grietas, nuevas sombras que denunciaban el infortunio en que se hallaba en esos días. Sus cabellos, ahora tan grises como un cielo anubarrado, brotaban de su cabeza desordenados y algo sucios; sus ojos, aquellos ojos en donde solía dibujarse la cólera, ahora se veían apaciguados y tristes, casi sin vida, casi sin brillo en sus dos grandes pupilas, y proyectaban una mirada sombría que desnudaba la terrible aflicción de su alma. Ahora, derrumbada sobre sí misma, Jantipa era una mujer indefensa y vulnerable, presa de una decadencia física que se había acentuado en los últimos días, y su carácter irritable, aquella personalidad severa y rígida que tanto importunaba a su esposo, había quedado diluida detrás de aquellos rasgos.

—Ven —la animó Sócrates—, siéntate junto a mí.

La mujer y el niño avanzaron hasta donde se hallaba el viejo y se sentaron sobre el lecho. De pronto, en un arresto inútil, acaso absurdo, Sócrates se percató de sus grilletes y trató de ocultarlos bajo las sábanas, de esconder el vergonzoso anillo que lo sujetaba al muro, pero todo su esfuerzo fue en vano pues la gruesa cadena de hierro sobresalía del lecho y exhibía toda su metálica frialdad. A cambio de ello miró a Jantipa y trató de sonreír.

—No tienes que preocuparte por mí —dijo en un tímido susurro—. Debes saber que mi alma marcha hacia un destino venturoso, y por eso mismo nada malo puede pasarme.

Pero al decir aquello, al oírse hablar de ese modo, comprendió que sus palabras habían sido en vano: poco podía comprender Jantipa acerca de esas cuestiones de filósofos y nada entendía acerca de las especulaciones que animaban la mente de Sócrates, que decía estar ante los umbrales de un viaje maravilloso; de modo que la mujer, bajando sus ojos, apenas sonrió con pacífica indiferencia, con la actitud comprensiva y terrenal de quien sonríe ante las alucinaciones de un loco, pues, ¿qué podían ser para ella esas fábulas sino meras extravagancias de la imaginación? ¿Qué podían ser sino los delirios de un alucinado? Se acercó aún más a Sócrates, acarició sus manos con gran ternura y dijo:

—Esposo mío, no importa adónde vayas, pero debes saber que nunca podré olvidarte...

En eso se oyeron pasos una vez más, ambos volvieron sus cabezas y vieron aproximarse al carcelero, también él tímido, también él apocado, quien había entrado al calabozo llevando algunas herramientas en la mano.

—Sócrates —dijo—, he venido a quitarte los grilletes. De ahora en más ya no serán necesarios.

El viejo maestro asintió con un ligero movimiento de cabeza, al tiempo que la propia Jantipa, tomando al niño de la mano, se hizo a un lado para dejar que el hombre hiciera su trabajo.

De rodillas, empuñando unas tenazas de hierro, el carcelero se inclinó sobre los pies de Sócrates y comenzó a quitar los remaches que sujetaban la argolla a la cadena. El niño lo observaba con pasmosa atención, acaso con demasiada ingenuidad; no comprendía del todo el trágico desenlace que esperaba a su padre, pero aún menos se dolía por aquella figura lejana y distante que tenía frente a sí. En sus pocos años de vida apenas lo había conocido, apenas había intimado con ese hombre que se levantaba al rayar el sol, que poco después traspasaba la puerta de su casa y regresaba ya al anochecer, cuando él y sus hermanos dormían pesadamente. Sí, Sócrates había descuidado a sus hijos y a su esposa, había sido indolente con ellos y eso atormentaba su espíritu, pues sentía vergüenza de sí mismo ante un deber que todo hombre virtuoso está obligado a cumplir.

Se desprendieron los primeros remaches, sonaron los eslabones de la cadena y, en aquella breve operación que el guardia se empeñaba en ejecutar con gran cuidado y pulcritud, Sócrates advirtió de una vez que lo inexorable, lo que se había anunciado noche tras noche desde su llegada al calabozo ahora se convertía en algo fatalmente inevitable. Por fin había llegado el momento de enfrentar la cruda realidad; contemplaba las manos del carcelero, duras, callosas, habituadas al hierro, contemplaba sus dedos gruesos y entendía que ahora, de una vez por todas, sería el tiempo de comprobar la templanza de su espíritu, ahora sería el momento, pues hasta entonces, hasta ese preciso instante en que había yacido en su cama, arropado y sereno, comiendo y bebiendo a su antojo, hasta ese instante en que había permanecido con vida, su idea de la muerte había sido precisamente eso, una idea, una mera abstracción de sus sentidos. Pero ahora comenzaba a morir de verdad, la Parca le enseñaba su horrible mirada infernal, sus ojos de hielo y su expresión amenazante. Y entonces sobrevino un momento de vacilación: por primera vez, ante la presencia real de la muerte, Sócrates pensó en que tal vez se había engañado a sí mismo. Sí, mientras observaba al carcelero hacer su trabajo, el viejo filósofo se preguntó si en verdad deseaba morir, si quería gozar de aquel sereno tránsito hacia el Hades. Fue un momento de extraña incertidumbre en que la proximidad de la muerte, el ya inminente contacto con ella desnudó sus más recónditos temores. Tal vez el miedo lo había devuelto a su más primigenia humanidad, el miedo visceral, frío, inquietante, el miedo que estremece a toda criatura terrenal ante lo desconocido. Sintió un ligero temblor, una vibración en sus músculos que le produjo escalofríos, pero de pronto sus pensamientos se vieron interrumpidos por la presencia de otro guardia que se asomó a las puertas del calabozo.

—Tus amigos están aquí, Sócrates —anunció el hombre.

Sacado de sus pensamientos y vuelto a la realidad, Sócrates se alegró de aquella presencia.

—¡Oh, por Zeus! —exclamó—. Haz que pasen, por favor.

Uno a uno, en lenta procesión, fueron entrando los discípulos, los amigos de siempre, dibujado el dolor en sus rostros ante la visión de ese noble anciano que partiría unas horas más tarde. Uno a uno, en lenta procesión, se acercaron al maestro y le tendieron sus manos en medio de un concierto de murmullos, de sonrisas apagadas, de voces que apenas se dejaban oír entre el silencio. Allí estaban Apolodoro, Fedón, Critóbulo y su padre, Hermógenes, Critón, Simmias, Cebes, Fedondes y otros más.

Fue Hermógenes quien, al tiempo que estrechaba la mano de Sócrates, se inclinó sobre su oído y murmuró:

—Platón no ha podido venir...

—¿Por qué? —preguntó Sócrates.

—El pobre se hallaba muy enfermo y no podía salir de su cama. Pero me ha rogado que te trajera sus saludos y me ha dicho que alguna vez, cuando él muera, espera verte en el Hades.

Y entonces fue otra vez el silencio, un silencio mortuorio que nadie se atrevió a interrumpir; las miradas parecían temerosas, vacilantes, el aire inmóvil denunciaba el encierro. Allí, en ese misérrimo calabozo, estaban los amigos de siempre, los discípulos de toda la vida, mudos ante el desolado aspecto del lugar; allí estaban, apretados unos contra otros, rodeando la figura del maestro como si fuese el cuerpo de un difunto; había una extraña indefensión en sus rostros, un extraño desamparo como el del hijo que despide a su padre, y sin embargo, uno a uno procuraban disimular su agonía tras alguna velada sonrisa, tras algún gesto que intentara disfrazar su desazón.

De pronto se oyó la voz desesperada de Jantipa:

—¡Oh, Sócrates! ¡Oh, esposo mío! ¡Éste es el último día en que verás a tus amigos! ¡Es el último día en que hablarás con ellos!

No había podido contener el llanto, oh no, y ahora yacía de rodillas sobre el suelo, apoyada en el lecho del maestro, con los cabellos revueltos y las manos cerradas sobre el rostro. La escasa luz del cuarto le daba un aspecto casi irreal, fantasmagórico. Sócrates no pudo evitar que una lágrima se deslizara por su mejilla. Miró a la mujer, acarició sus cabellos y con un gesto de cabeza llamó a Critón.

—Amigo mío, haz que alguien la lleve a casa —le rogó—. No quiero que siga sufriendo.

Critón hizo llamar a uno de sus esclavos y le dio instrucciones para que acompañara a la mujer y al niño hacia su casa. Sócrates se despidió de ambos estrechándolos entre sus brazos y murmurando alguna palabra de consuelo a oídos de Jantipa. La mujer dejó el calabozo envuelta en lágrimas y dándose golpes en el pecho, devastada, sintiendo el peso de la tragedia sobre sus frágiles hombros de anciana, aquellos frágiles hombros que ahora se curvaban hacia adelante cansados, vencidos, tolerando la agonía del final.

Poco después el guardia acabó de quitar los grilletes y el viejo filósofo, aún sentado sobre el lecho, comenzó a masajear sus tobillos para aliviar el dolor. Era una sensación dulce, embriagante, quizás aún más dulce y embriagante por la inmediata presencia del dolor, cuyas garras se habían clavado en la carne produciéndole excoriaciones, y en aquella dualidad, en aquella inmediatez entre el placer y el dolor, Sócrates creyó advertir que uno y otro estaban ligados entre sí, unidas sus cabezas, como si el goce y el sufrimiento fuesen las dos caras de una misma moneda.

Transcurrieron algunas horas entre charlas y murmullos. Cerca del mediodía el viejo tuvo otro momento de fragilidad. Fue apenas un instante, pero bastó para que intuyera cada vez más cercana la presencia de la muerte. Se iban a cerrar las puertas, sí, de un momento a otro iban a cerrarse, cuando el guardia llegara al calabozo portando el veneno y diera de beber al prisionero su último y más amargo trago. Y aquel pausado acontecer se volvía cada vez más real, vibraba en el aire y era como si un imaginario reloj de arena fuese marcando el tiempo silencioso, inquietante, inexorable. Sin embargo, el maestro no renunciaba a su imperturbable serenidad. Por el contrario, hablaba, preguntaba, sonreía, buscaba animar a sus amigos, pretendía que su muerte no fuera el agónico estertor de un hombre, que no fuera el penoso ritual de una ceremonia fúnebre, sino el grato discurrir de una charla, de un diálogo, de una lección. Una y otra vez insistía en su rechazo a los temores del Hades y exhortaba a todos a emprender el viaje final con alegre complacencia, sobre todo a quienes se preparaban para filósofos, a quienes la muerte debía regocijar aún más que a cualquiera.

Fue el joven Cebes quien rompió el silencio y se animó a interrogar al maestro.

—Pero dime, Sócrates —observó—, ¿es que tú apruebas el suicidio?

La pregunta, hecha con cierta frescura juvenil, tomó por sorpresa a todos los presentes.

—¡Por cierto que no! —respondió el viejo.

—Pero entonces, ¿cómo dices, por un lado, que rechazas el suicidio, y por otro que el hombre, y sobre todo el filósofo, debe complacerse ante la muerte?

Lentamente aún, con un suave y acompasado movimiento de sus manos, el viejo siguió masajeando sus tobillos.

—Oh, mi buen Cebes —dijo con el torso algo inclinado—, eres un joven muy agudo y me alegra que siempre estés buscando objeciones a mis argumentos. Comprendo que te angustien esa clase de ideas, pero la razón de que no sea lícito el suicidio es muy sencilla, y la comprenderás mejor si piensas en nuestro cuerpo como una suerte de prisión, como una especie de calabozo igual a éste, y del cual los dioses tienen la llave. No podemos escapar, mi buen amigo, no podemos evadirnos de esta cárcel pues los dioses son nuestros guardianes y sólo ellos deciden cuándo liberarnos.

El muchacho sintió una pueril vergüenza ante las palabras del maestro. Comprendía el sentido de aquella metáfora, comprendía la imagen del cuerpo humano entendido como una prisión inviolable, como una ergástula cuyas puertas sólo pudieran abrir los dioses; lo comprendía y celebraba la idea, pero aun así, ¿qué razón tenía el filósofo para desear la muerte? ¿No estaba protegido, seguro y a buen recaudo en esa prisión que custodiaban los Olímpicos? Morir sería abandonar esa inestimable protección, quedar a merced de la nada, de las fuerzas oscuras y en manos de la más devastadora soledad.

Sócrates advirtió la inquietud del muchacho.

—Debes tener en cuenta, mi querido Cebes —explicó—, que el buen filósofo es alguien diferente al común de los mortales. Si ha vivido en procura de la verdad y la sabiduría, entonces su vida no habrá sido otra cosa que una preparación para la muerte.

—¿Qué dices, Sócrates? —intervino el joven Simmias—. ¿Entonces nuestra vida a tu lado no ha sido más que eso, aprender a morir?

El viejo celebró la espontaneidad de Simmias con una sonrisa. ¡Qué grato era escuchar aquella ingenua sagacidad! ¡Qué grato oír de labios de un joven ese interés, esa indiscreta curiosidad! En un fugaz recuerdo su memoria se hundió en los días lejanos en que merodeaba las calles de Atenas como un inquieto hurón; se vio a sí mismo interrogando a los atenienses, apestillándolos con sus preguntas una y otra vez, perturbando el oscuro sueño en que se habían hundido sus almas, y de pronto su memoria regresó al presente, al inmediato presente de la prisión, y vio a aquellos jóvenes impetuosos y despiertos, quizá sólo un poco imprudentes, vio sus ojos vivaces, penetrantes, y soñó con que algún día remedaran su paso por Atenas importunando a las gentes de la calle, soñó con que zumbaran como tábanos en cada oído ateniense y mantuvieran viva la llama de la filosofía. Y estaba por responder a Simmias cuando una vez más se abrió la puerta del calabozo y un chorro de luz penetró en el cuarto recortando la figura de Critón. El anciano, más desgarbado que de costumbre, tolerando un peso que encogía sus hombros y con una pálida debilidad en el rostro, avanzó a pasos breves y se detuvo ante Sócrates.

—¿Qué ocurre? —preguntó el maestro.

—El guardia —respondió Critón— me ha dicho que trates de conversar lo menos posible.

—¿Y eso por qué? ¿Va a privarme de hablar justo ahora, que tan poco me queda en este mundo?

—No, Sócrates, créeme que es por tu bien. Dice que quienes hablan suelen acalorarse, y cuando eso ocurre el veneno pierde gran parte de su efecto, de modo tal que deben beberlo dos y hasta tres veces.

El maestro se encogió de hombros y pareció no dar importancia al asunto.

—¿Era eso? —preguntó—. Pues entonces dile que no se preocupe: si es preciso dármelo cien veces igual lo beberé con gusto —volvió sus ojos hacia Simmias y continuó—: Y en cuanto a ti, querido amigo, no habré de eludir tu pregunta. Os he dicho que el filósofo, el verdadero filósofo, se prepara toda su vida para la muerte, pero no os he explicado el porqué de ese razonamiento.

Hizo una pausa grave y silenciosa. Era una vez más el instante, sí, el mágico instante en que el maestro iba a hablar, y aquella silenciosa pausa no era sino el preludio que anunciaba una idea, el inicio de una búsqueda fascinante por entre los meandros del pensamiento. No cabían dudas de que el viejo filósofo poseía un noble encanto: sus manos, sus ojos, su voz, todo ejercía una inquietante seducción en quienes lo escuchaban; todo era cautivante en sus movimientos, el modo en que mesaba su barba, el modo en que entrelazaba sus dedos, aquella tierna sonrisa que ya era casi un sello, un perpetuo emblema en su rostro; todo era llamativo en el viejo maestro, y más aún en ese momento en que se avecinaba el final de su vida. Sus amigos, sus discípulos, habían empezado a mirarlo casi como a un dios. ¿Acaso la cercanía de la muerte le dispensaba conocimientos secretos? ¿No estaría ya su alma en contacto con las divinidades olímpicas? ¿No habría iniciado su ansioso camino hacia el Hades?

—¡Vamos, Sócrates! —gruñó impaciente Simmias—. ¡Dinos de una vez por qué el verdadero filósofo ha de sentirse complacido ante la muerte!

—Calma, amigo mío —susurró el maestro—, que tus ímpetus no te llevarán a ninguna parte. Y en cuanto a tu pregunta, pues bien, te diré lo que opino. Pero antes déjame hacerte una pregunta: ¿no crees que la muerte no es otra cosa que la separación del alma y el cuerpo?

—Eso creo, Sócrates.

—Bien, y responde también a esto: ¿crees que es propio del hombre sabio dejarse llevar por los placeres, comer y beber en demasía, gastar fortunas en vestido, en calzado, en adornos, es decir, en todo aquello que sirve para satisfacer las necesidades del cuerpo?

—Me parece que no —respondió Simmias.

—Así también lo creo yo, pues quien se entrega a los placeres sin medida no sólo corre el riesgo de enfermar su cuerpo, sino que olvida las necesidades de su alma. Y en tal caso, para quien busca la sabiduría, ¿no será el cuerpo un impedimento? Pues, imagina lo siguiente: un hombre en estado de ebriedad no puede ver claramente, sus ojos lo engañan y le muestran cosas de manera distorsionada. Y si ese hombre fuera un filósofo intentando buscar la verdad, ¿no diríamos que es engañado, que es perturbado por su propio cuerpo?

—Eso diríamos —respondió Simmias.

—Pues bien, querido amigo, he ahí la razón de por qué el buen filósofo se prepara para la muerte: toda su vida ha aspirado al conocimiento, al saber puro, y a causa de ello es que desestimará su cuerpo al máximo, que huirá de él, pues de ese modo llegará a la verdad más profunda sin que su cuerpo consiga engañarlo. ¿Y cuándo logrará desembarazarse por completo de él? Pues en la muerte, ya que hemos dicho al principio que ésta no era sino la separación completa del alma y el cuerpo.

Una luz brilló en los ojos del muchacho. Acababa de entender que la filosofía era un sendero, un camino arduo y espinoso en busca de la verdad, pero sólo el alma purificada era capaz de hallar esa verdad. El cuerpo era un obstáculo, acarreaba distracciones, se veía llevado por deseos, por temores, por imágenes distorsionadas, provocaba confusión y desorden, era atacado por enfermedades, causaba discordias, empujaba al hombre a la guerra y se convertía en una pesada cadena que lo esclavizaba a todos sus males. Por eso la muerte, el estado en que el alma se despojaba de esa cárcel, el estado en que hallaba su pureza y nada conseguía perturbarla, era el más deseable y dichoso para el buen filósofo.

Avanzaba la tarde, avanzaba con agónica parsimonia y poco a poco la habitación iba poblándose de sombras. Alguien dio lumbre a la antorcha y de pronto las sombras comenzaron a oscilar en dibujos irregulares. Ya todos llevaban muchas horas en el pesado encierro de aquel cuarto, ya el calor se había vuelto sofocante, y aun cuando había signos de fatiga en sus rostros, nadie quería abandonar al maestro en sus horas finales.

En cuanto a Sócrates, nada parecía incomodar su espíritu. Estirando sus piernas, desperezándose como un perro, se había recostado sobre el lecho, su cabeza permanecía erguida, apoyada sobre la almohada, los pies cruzados uno sobre el otro, los brazos a un lado del cuerpo. ¡Cuán apacible era aquella figura yaciente, aquel Sileno imperturbable que sonreía casi embriagado, perezoso, quizá perdido en algún idílico escenario habitado por hombres y dioses!

En cada uno de los presentes aún perduraba la imagen del alma como prisionera del cuerpo. En verdad era una visión ancestral, venida desde los tiempos remotos, formaba parte de las antiguas tradiciones órficas y de los más recónditos misterios en los que Grecia hundía sus raíces. ¿Pero cómo, se preguntaban, cómo sucedía aquella mágica transición en que el alma se desprendía del cuerpo? ¿Cómo sucedía la secreta y silenciosa mutación en que lo inmaterial se libraba de lo corpóreo? Acaso el misterioso tránsito era como el eco de un sonido, el eco que retumba desde un abismo y va ascendiendo, inaprensible, entre los muros de una montaña, ascendiendo hacia regiones desconocidas, libre ya de sus cadenas, al principio quizás un mero eco irregular, casi terrenal, un rumor impuro y discordante, y luego, poco a poco, una suave melodía celestial que va puliendo sus acordes hasta volverse perfecta, nítida, inmaculada. ¿Serían los dioses quienes conducían el alma a través de aquel camino? ¿Serían ellos quienes irían librándola de impurezas? ¿O, por el contrario, acaso el alma se desprendería del cuerpo y luego se dispersaría en el aire, como una nube de humo empujada por el viento, en ligeras volutas, extendiéndose y esfumándose, remedando un incierto murmullo que va apagándose poco a poco hasta desaparecer por completo?

—Dinos, Sócrates —se oyó la voz de Simmias—, ¿cómo crees tú que es ese viaje? ¿Cómo es que el alma alcanza por fin las moradas del Hades?

—Es un largo camino, amigo mío —reflexionó el maestro—, y me parece que no todas las almas pueden emprenderlo. Sólo aquellas verdaderamente puras, aquellas que han conseguido desprenderse por entero del cuerpo, esas sí logran hallar el camino correcto, pues los dioses se encargan de guiarlas y evitar que se extravíen entre los muchos desvíos y bifurcaciones que existen. Y luego, mi buen Simmias, luego de cruzar la gélida Estigia, de atravesar el Tártaro y las aguas del Aqueronte, llegarán por fin al Hades, a la región maravillosa en la que descansan los hombres y los dioses.

Tras aquellas palabras regresó el silencio. Habían quedado vibrando, oscilando en el aire como un delgado susurro mientras la luz de la antorcha seguía ardiendo y la noche comenzaba a derramarse en el cuarto. Había una huella de cansancio en el rostro de Sócrates. Llevaba demasiadas horas despierto y conversando, brindándose a sus discípulos sin el menor desvelo, y aun para su membrudo cuerpo, tan habituado a rigores y durezas, aquello significaba un tremendo esfuerzo cuyos efectos se advertían a medida que transcurría el tiempo. Respiraba con alguna dificultad, bostezaba, se echaba sobre la cama una y otra vez, estiraba sus miembros, masajeaba su cuello. Quienes se encontraban junto a él hubiesen preferido eso, una muerte suave, un ir apagándose poco a poco, un ligero deslizarse hacia el abismo final, como quien va entrando con lentitud en las regiones del sueño dejándose invadir por una apacible somnolencia; hubiesen preferido eso, y sin embargo, la muerte que aguardaba al viejo filósofo era como una horrible espada que se hundiría en su carne y desgarraría sus entrañas. El veneno, ¡oh sí!, el siniestro veneno, el imperturbable veneno entraría en su sangre y corrompería sus vísceras como una fiera hambrienta. Sería una muerte oscura, monstruosa, dolorosamente agónica, una muerte cuyo horror contagiaba por anticipado a quienes ya temían su presencia.

Callaba, respiraba, aguardaba, murmuraba algo para sí. Ya la noche había vencido a la tarde, ya el aire había cobrado un nuevo silencio, y en el fluir de aquel silencio volvió a oírse su voz:

—Será mejor que vaya a tomar un baño —anunció—. No quisiera dar a las mujeres el trabajo de lavar un cadáver.

Se puso de pie y junto a su anciano amigo Critón marcharon hacia una habitación contigua. Los demás quedaron en el calabozo conversando, examinando cuanto habían escuchado, pero sobre todo acongojados por una situación que sentían como propia. Sócrates había sido mucho más que un maestro para ellos, y ahora se descubrían desamparados, despojados, huérfanos.

En la otra habitación había una gran tina con agua. Nada parecía moverse en aquel sitio cuando entraron Sócrates y Critón, nada parecía alterar la tensa quietud del agua, que espejeaba sobre la tina como si fuese una delgada lámina de cristal. Un tanto angustiado, sin quitar los ojos del piso, Critón tomó a su amigo por el brazo y lo ayudó a entrar en la bañera con gran cuidado, sin perturbar el delicado silencio que invadía la habitación, y fue apenas rozar, apenas sentir las caricias del agua tibia para que una mueca de placer asomara en el rostro de Sócrates. Lentamente fue entrando en la tina y dejándose estimular por el agua en todo su cuerpo. ¿Se lo permitía? ¿Se estaba permitiendo un último goce antes de morir? Prefirió no pensar en ello. Entretanto, Critón permanecía mudo a su lado; quizá recién ahora comenzaba a entender a su amigo y maestro, él, que había pasado noches en vela angustiado por la suerte del filósofo; él, que había intentado persuadirlo de fugarse, que había reunido el dinero suficiente para que el maestro pudiese vivir a sus anchas en alguna otra ciudad; quizá recién ahora comenzaba a entender la serenidad de Sócrates, ahora que lo observaba jugueteando con el agua, enjabonándose la piel, ahora que veía brillar una tierna sonrisa en su cara.

Y sin embargo no había palabras entre aquellos dos hombres, no las había porque eran innecesarias, inútiles, y porque se había establecido una íntima y silenciosa comunión entre ambos que sólo fue quebrada cuando el viejo filósofo acabó de bañarse.

—Estoy listo —murmuró.

Critón lo ayudó a salir de la tina y le alcanzó un jubón seco.

—Es hora de que regresemos —dijo.

De vuelta al calabozo hallaron nuevas visitas. Había regresado Jantipa con sus tres hijos, había otros parientes del maestro y algunos discípulos más se habían sumado a la despedida. Sócrates fue saludándolos uno a uno y ofreciéndoles una palabra de aliento. Era como un dios que se desplazaba con solemnidad entre los mortales, como un astro que dibujaba su órbita en la bóveda nocturna, majestuoso, imperturbable, brillando con su propia luz, y las gentes callaban ante él recelosas de perturbar ese momento sublime, callaban ante la visión de aquel hombre que poco después se volvería eterno, pues ya nada quedaba para ellos sino la muda tristeza ante lo inevitable.

Sócrates lo intentó una vez más, rogó a todos que no se apenaran por él, que la muerte era la vía áurea para el filósofo; intentó persuadir a sus amigos del regocijo que sentía ante el enigmático umbral; pero aún quedaban algunas dudas en su espíritu: ¿cómo sería el instante preciso en que acontecería la muerte? ¿Sucedería de repente, como un chispazo fugaz, como una luz que se apaga inexorable? ¿O la Parca arribaría lenta, imperceptible como un atardecer, pausada como las sombras de la noche que poco a poco van envolviendo la esfera del cielo? No lo sabía, no le había sido dado el conocer ese misterio, pero intuía aquel momento final como un suave adormecimiento, una tremenda necesidad de sueño que poco a poco iría adueñándose de sus sentidos.

El ruido de la puerta vino a interrumpir sus cavilaciones. Era el guardia, seguido por el perro, que venía a dar las últimas instrucciones al prisionero. Se adelantó unos pasos, y mientras el animal, una vez más, iba a echarse bajo el lecho del filósofo, dijo:

—Sócrates, ha llegado el momento...

Ahora sí, por fin, la espera había terminado. Se oyó un ahogado murmullo entre los presentes, gestos de dolor, miradas esquivas, llanto desconsolado. Cebes y Simmias, que se hallaban sentados junto al lecho, alzaron sus rostros y observaron al maestro buscando una grieta, un mohín de tristeza en su expresión, pero en su lugar hallaron, una vez más, la animosa y tierna sonrisa de siempre. El viejo miró a ambos jóvenes y acarició sus cabellos con gran dulzura, mezclando sus dedos entre la renegrida suavidad de sus melenas y palmeándolos en la cabeza. Luego alzó sus ojos, miró al carcelero y dijo:

—Ya era tiempo, amigo mío. No me resta más que despedirme de ti.

El hombre se aproximó aún más.

—Quiero darte las gracias, Sócrates —dijo—. La mayoría de los prisioneros se encolerizan conmigo, me echan maldiciones cuando les doy la orden de beber el veneno que imponen los jueces. Pero tú has sido siempre muy amable y sé que no me guardas rencor.

Sócrates se encogió de hombros.

—Nunca podría hacerlo —susurró—. Sé muy bien quiénes son los responsables de mi muerte. Y en cuanto a ti, no tengo más que palabras de agradecimiento.

—Me alivia oírte decir eso. Y ahora, si me disculpas, debo seguir con mis faenas... Adiós, amigo mío.

—Adiós.

Estrechó la mano del viejo con firmeza, con la angustiante firmeza de quien despide a un amigo de toda la vida, y con los ojos húmedos de lágrimas salió del calabozo.

Enseguida Sócrates hizo un gesto a Critón y le rogó que se acercara.

—Viejo amigo —le dijo—, ya has escuchado lo que dijo el carcelero. Es hora de partir de este mundo, de modo que ve a llamar al encargado y dile que traiga el veneno.

Critón pareció vacilar ante el pedido del maestro.

—Pero, Sócrates —rezongó no sin cierta timidez—, ¿qué objeto tiene apresurarse ahora? Recuerda que aún hay tiempo para eso; si tú quieres puedes comer y beber a gusto y charlar cuanto te venga en gana.

Se alzaron dos o tres voces reclamando lo mismo, rogando al maestro que aprovechara aquellos últimos momentos, que permaneciera un instante más ente los mortales; eran voces desesperadas ante la vecindad de la tragedia, pero Sócrates parecía ajeno a ellas. ¿Esperar? ¿Prolongar aun más aquel largo día que ya tocaba a su fin? Ya no había nada que lo retuviera en el mundo de los mortales, ya todo había sido dicho y anunciado y ni siquiera el tiempo, esa breve y delgada cuerda que lo unía a la vida, tenía el menor sentido para él. Sintió deseos, eso sí, de abrazar a cada uno de sus compañeros, de sentir el calor fraternal de quienes se hallaban en el cuarto y con quienes tantas y tantas veces había emprendido el dorado camino hacia la verdad; sintió deseos de consolarlos una vez más, pero acaso era mejor permanecer en silencio, inmutable, permitiendo que el dolor se hiciera carne en sus discípulos, pues, ¿no era el dolor una sublime forma de conocimiento? Se tumbó una vez más sobre el lecho y por fin, con visible serenidad, insistió:

—No hay por qué preocuparse, amigos míos. Confiad en mí y os iréis más tranquilos. Y tú, Critón, te lo ruego una vez más, ve a llamar al encargado y dile que no se demore más en traer el veneno.

Una breve señal fue suficiente para que uno de los esclavos de Critón abandonara el cuarto y fuera en busca del encargado. Una rara inquietud se apoderó entonces de los amigos del maestro: ellos también, a su modo, se preguntaban cómo sería el momento crucial en que el prisionero debiera ingerir la pócima, el momento en que la siniestra bebida fatal se mezclara con la sangre; se preguntaban de qué extraño modo el veneno iría avanzando y carcomiendo las vísceras del viejo hasta provocarle la muerte. Aún se negaban a aceptar la noble mansedumbre del maestro; temían verlo retorcerse del dolor, sentir el regusto amargo y fatal de la cicuta al tocar sus labios, temían escuchar sus gritos desesperados ante la cruda inminencia del final, pues ninguno de ellos entendía la muerte como Sócrates, como un suave aletargamiento, como una sensación de sopor en que los músculos irían adormeciéndose con indecible ternura.

Un momento después cruzó la puerta un hombre viejo, de piel amarillenta y aspecto algo sombrío. En sus manos traía una copa de bronce que contenía la muerte. Sin decir una palabra avanzó hacia el lecho de Sócrates y le tendió la copa con lentitud, procurando no derramar ni una gota de aquel líquido espeso y de color verdoso. El viejo filósofo extendió su mano, tomó la copa y en la oscilante penumbra contempló durante un momento el extraño brebaje como si fuera el mejor de los vinos, un vino espumoso, exquisito, sangre y néctar de los dioses, un vino cuyo perfume embriagaba sus sentidos. De nuevo sonrió con dulzura, se volvió hacia el encargado y dijo:

—¿Y bien? Tú me dirás qué debo hacer ahora.

El hombre asintió con un breve movimiento de cabeza. Su expresión era impenetrable, fría, y sus ojos parecían huecos, sin brillo y sin vida; quizá no ocultaban sino las huellas del horror, la amarga visión de tantos y tantos hombres a quienes había dado de beber la cicuta, él, mudo instrumento de la muerte, callado portador de aquel vaso fatal que debía ofrecer a cada prisionero en su última hora. Sin embargo, su voz fue extrañamente cordial.

—Sólo bebe de la copa y luego camina en derredor de la cama —dijo—. Camina hasta sentir que tus piernas se ponen pesadas y ya no toleran tu propio peso. Entonces recuéstate una vez más y espera a que el veneno actúe por sí solo.

No hubo objeciones, no hubo palabra alguna que emergiera de parte de Sócrates, sino una sencilla y cálida expresión de placidez, y entonces sí, con enorme estupor, con incredulidad, lo vieron llevarse el veneno a la boca sin la menor vacilación, vieron el preciso instante en que sus labios, ocultos tras la barba, rozaban el borde de aquel recipiente y se humedecían al contacto con el líquido, vieron la breve contracción de su rostro al sorber el brebaje amargo y desabrido, aquella pócima letal que penetraba en su cuerpo, y en el infausto silencio que acompañaba aquella libación, en el silencio pétreo que emergía de los muros, estalló el primer llanto. Había sido Fedón, acaso el más vulnerable de todos, acaso el más joven y tornadizo y quien más adoraba al maestro. Lloraba con furia incontenible, con una furia animal que lo llevaba a dar gritos y a golpearse la cabeza con los puños, lloraba como una criatura horrorizada ante una visión monstruosa, y aunque por momentos se cubría el rostro con las manos, tratando de esconderse tras ellas, de sofocar su arrebato ante los demás, los ecos de su llanto habían contagiado a muchos de los presentes.

—¡Oh, por Zeus, calma amigos míos! —se oyó decir a Sócrates; no había temor, no había la más ligera perturbación en su voz—. He hecho salir a las mujeres para evitar los lloriqueos, ¡y ahora resulta que sois vosotros quienes andáis a lágrima suelta!

Tras decir aquello dejó la copa en manos del encargado y comenzó a dar vueltas en torno a su lecho. Caminaba de un modo singular y extraño, como si aquel fuera un vertiginoso viaje a través de los ríos que conducían al Hades; caminaba como si sus pasos, que retumbaban con ligereza sobre el piso, que por momentos parecían elevarse por sobre la tierra, imitaran el descenso infinito hacia el mundo de los muertos, y en sus ojos parecía habitar aquel paisaje maravilloso e inaccesible para los mortales, el escenario al que marchaba para siempre.

De pronto su andar se volvió más torpe y fatigoso; era el veneno, sí, la temible ponzoña que ya empezaba a roer sus entrañas; caminó dos o tres pasos más, pero ya sus piernas se habían vuelto más rígidas y pesadas y se negaban a avanzar. Algunos discípulos se aproximaron a él temiendo que cayera, que todo su cuerpo se desplomara sobre el piso de tierra, pero el maestro consiguió tenerse en pie un momento más, hasta que un ligero tropiezo lo obligó a buscar auxilio en los brazos de Simmias.

—Ahora sí debes recostarte, Sócrates —susurró el encargado.

Del brazo del propio Simmias el viejo filósofo se dejó conducir hacia su lecho y una vez allí quedó sentado, con las piernas hacia fuera, el torso algo caído hacia adelante, la espalda encorvada; ya se advertía una leve sofocación en sus mejillas, y algo semejante a una angustiosa pesadez comenzaba a anunciarse en las piernas que colgaban fuera del lecho. La siniestra poción continuaba adueñándose de su cuerpo, había empezado a trepar, a invadir sus extremidades poco a poco, como un leve hormigueo casi imperceptible, como una fiebre tenue que va avanzando por oleadas. Alguien recogió sus piernas y las apoyó sobre el lecho, y entonces sí, recostado boca arriba, las manos sobre el pecho, sintió un estremecimiento glacial que subía por todo su cuerpo y helaba sus músculos.

En ese momento se vio presa de una tremenda fatiga; un negro velo cruzó por sus ojos y por un breve instante, por un imperceptible lapso de tiempo, sintió un vacío a su alrededor. No había luz, no parecía haber sonido alguno, pero aun así advirtió que no estaba muerto. La soledad más absoluta, sí, eso era lo que veía ante sus ojos velados por la oscuridad, eso era lo que parecía reconocer en medio del abismo, a punto de hundirse y ya casi hundido en él, hundido en la belleza de la muerte que lentamente empezaba a tejer su manto. Volvió a abrir los ojos y distinguió la llama de la antorcha, solitaria y tal vez demasiado fría, y luego, poco a poco, reconoció las anebladas siluetas de sus amigos que se inclinaban sobre él, rostros petrificados, sombras negrísimas, rasgos informes, tan irregularmente bañados por la luz de la lámpara que apenas parecían humanos y más bien semejaban máscaras, grotescas y horribles máscaras de una infernal obra de teatro.

Cerró sus ojos una vez más y oyó el silencio. Alguien, nunca supo quién, le masajeaba las piernas en un desesperado intento por demorar la muerte, por retrasar la acción del veneno, pero la sensación era ambigua y perturbadora. ¿Sentía en verdad su propio cuerpo? ¿Eran sus piernas las que alguien acariciaba? Sumido en aquella irrealidad, en aquel aturdimiento, intentó decir algo y creyó notar que sus labios se movían, que algún débil e imperceptible sonido emergía de su boca, pero, ¿había hablado? ¿Alguien podía escucharlo? No hubo respuesta, nadie respondió a lo que acaso había sido un balbuceo oscuro, inexistente, venido desde la otra orilla, porque tal vez él ya estaba muerto y no lo sabía. Abrió los ojos una vez más, creyó abrirlos, y le pareció notar el calor de una mano sobre su rostro, y luego voces, una maleza de voces que parecían flotar a su alrededor, voces entrelazadas, incomprensibles, venidas desde la espesura de la noche y cuyos ecos se perdían sin remedio. Entonces la mano que acariciaba su rostro se volvió más y más tibia, el calor se fue disipando lentamente, una oscurísima sombra veló sus pupilas y un momento después, casi brutalmente, una densa ola de frío recorrió todo su cuerpo.

Había comenzado el viaje.

Esta edición de 6.000 ejemplares
se terminó de imprimir en
Grafinor S.A.,
Lamadrid 1576, Villa Ballester, Bs. As.,
en el mes de septiembre de 2005.